KB206775

뭉크를 읽는다

그렇게도 작은 공간에 그렇게나 많은 간절함이

뭉크를 읽는다

그렇게도 작은 공간에 그렇게나 많은 간절함이

Så mye lengsel på så liten flate

칼 오베 크나우스고르 지음

이유진 옮김

비트윈

For Sissel

나의 어머니께

추천의 글

Karl Ove Knausgård's reflections on Edvard Munch in this book gave me a deeper understanding and completely renewed experience of Munch and his art. His deep dive into Munch's growth from a young artist, through the various periods up to his death, is fascinating reading. It is inspiring to read one of today's great writers, explaining and sharing his own experiences of Edvard Munch. As Norway's ambassador to South Korea, I am excited that this book will now be available to a Korean audience.

Anne Kari Hansen Ovind
Ambassador of Norway

《뭉크를 읽는다》에 담긴, 에드바르 뭉크에 대한 작가 칼 오베 크나우스고르의 성찰은 뭉크와 그의 예술을 보다 깊이 이해하게 만든 아주 새로운 경험이었습니다. 한 젊은 예술가에서 출발하여 다채로운 시기를 거쳐 그가 세상을 떠날 때까지, 예술가로서의 뭉크의 성장 과정을 깊숙이 파고드는 칼 오베 크나우스고르의 접근이 무척 흥미롭습니다. 뛰어난 동시대 작가 중 한 분이 직접 이야기하고 나누는, 에드바르 뭉크에 대한 자신만의 경험담에 깊이 공감하고 많은 영감을 얻습니다. 주한 노르웨이 대사로서, 《뭉크를 읽는다》가 한국 독자들께 소개되어 매우 기쁩니다.

안네 카리 한센 오빈
주한 노르웨이 대사

프롤로그

2017년 칼 오베 크나우스고르는 뭉크 미술관의 초대로 특별 전시《숲 속으로Mot skogen》를 기획했습니다. 본서는 전시와 함께 출간된 에세이집《소 뮈에 렝셀 포 소 리텐 플라테Så mye lengsel på så liten flate》를 충실하게 번역하였으며, 향후 뭉크 미술관과 노르웨이 국제문학협회에 소장됩니다.

미술 작품 및 영화의 제목은〈 〉로, 문학 작품 및 전시의 제목은《 》로 표기했으며, 독자 여러분의 연구와 검색을 돕고자 뭉크의 작품을 포함한 일부 작품명에 원제를 병기했습니다.

이따금씩 하나의 예술 작품이 왜 그리고 어떻게 효과를 발휘하는지 설명할 수 없을 때가 있습니다. 어떤 그림 앞에 서서 틀림없이 바로 그 그림으로부터 전이되었을 감정들과 생각들로 가득 차오르게 될 수는 있지만, 이러한 감정과 생각을 다시 그림 속으로 돌이켜, 예컨대 슬픔은 색채에서 나왔다고, 간절함은 붓놀림에서 나왔다고, 혹은 삶이 유한하다는 갑작스러운 깨달음은 모티프 속에 깔려 있었다고 말할 수는 없습니다.

제가 이렇게 느끼는 그림 중에는 에드바르 뭉크가 1915년에 그린 그림이 있습니다. 이 그림은 양배추밭을 묘사하고 있습니다. 전경의 양배추는 흡사 스케치처럼 거칠게 표현되어있고, 배경으로 갈수록 녹색과 파란색 붓질 속으로 녹아듭니다. 양배추밭 옆에는 노란 공간이, 그 위로는 짙푸른 녹색 공간이, 더 위로는 어둑어둑한 하늘이 가는 띠로 놓여 있습니다.

이것이 다요, 이것이 그림의 전부입니다.

그러나 이 그림은 마치 마법 같습니다. 의미로 가득해서, 그림을 보고 있으면 제 안에서 무엇인가가 터져 버리는 것만 같습니다. 그렇지만 동시에 단지 양배추밭일 뿐입니다.

그렇다면 이 그림에서는 무슨 일이 일어나고 있는 것일까요?

풍경을 표현한다기보다는 그저 암시하듯 극단적으로 단순화시킨 그림 속의 색상들과 형태들을 볼 때마다 제게는 죽음이 보입니다. 마치 이 그림은 죽음과 화해라도 할 것만 같습니다. 그러나 무언가 끔찍한 것의 흔적도 남아 있는데, 그 끔찍함은 우리를 기다리는 것이 무엇인지를 우리가 모른다는 그것입니다.

그러나 뭉크의 그림은 전혀 아무 말도 없고, 양배추와 곡식과 나무와 하늘 말고는 아무것도 형상화하지 않습니다. 그럼에도 죽음이 있고, 그럼에도 화해가 있고, 그럼에도 평화가 있고, 그럼에도 무언가 끔찍한 것의 흔적이 있습니다.

밭을 이루는 선들이 어둠을 향해서 안쪽을 향하고 있고, 위로 하늘에는 저녁 어스름이 깔리고 있어서라는 그 이유 때문만일까요?

그럴 수도 있습니다. 그러나 숱한 사람들이 밭을 그려 왔고, 숱한 사람들이 황혼을 그려 왔지만, 이 그림이 이토록 차분하게 이뤄낸 것을 해 내지는 못하였습니다.

뭉크가 〈양배추밭Kålåker〉을 그렸던 것은 쉰 살 무렵이었습니다. 그는 내면의 삶을 그려낸 화가, 꿈과 죽음과 섹슈얼리티의 화가로 알려져 있었습니다. 그는 인생의 위기를 지나왔고, 그후 사회적 활동에서 물러났으며, 그림을 그릴 때 더 이상 고통을 파고 들지 않았고, 바깥 세상을 향해 돌아서서 태양을 그렸습니다. 나름 이해가 갑니다. 태양이 뜨면 모든 것이 다시 시작됩니다. 어둠이 걷히고 날이 밝으면 세상이 또다시 보이기 시작하는 것입니다. 그는 이후 삽십 년 동안 눈에 보이는 세상에서 자신이 바라본 것을 그렸습니다. 그러나 보이는 세상은 객관적인 실재가 아니라 각자가 바라보는 그대로 드러나는 것이며, 뭉크의 뛰어난 재능은 자신의 시선이 바라본 것뿐만 아니라 그 시선에 담긴 것을 그리는 능력에 있었습니다.

양배추밭을 그린 이 그림에는 간절함이, 사라져서 세상과 하나가 되고 싶어하는 간절함이 있습니다. 그리고 그와 같은, 사라져서 세상과 하나가 되고 싶다는 간절함이 그에게 이 그림을 그리게 만들었고, 그가 그림을 그리는 행위를 영위하게 만들었습니다. 이 그림이 이처럼 훌륭한 것은 바로 그래서이며, 사라지는 것은 새로이 생겨나는 무언가 가운데 다시 나타나고, 그 사라짐은 뭉크가 그림을 완성하는 순간 멈추었다 해도 그림 속에서는 여전히 구현되어 있어서 우리를 그 공허함으로 거듭, 거듭 채우는 것입니다.

양배추. 알곡과 숲.

노랑과 초록, 파랑과 주황.

1장

에드바르 뭉크는 평생 그림을 그렸다. 화분 식물과 실내 풍경, 가족들의 초상화와 자신이 성장했던 곳의 외경을 담은 소품을 그렸던 십 대부터, 여든 살의 나이로 에켈뤼에서 자신의 작품들에 둘러싸인 채 세상을 떠나기까지 줄곧 그림을 그렸다. 그에게는 한 번도 끊어지지 않고 계속된 활동이었던 회화 작업은 여러 시기로 분류될 수 있다. 첫 번째 시기는 그가 전통에 따라 그림을 그렸던 수련기로, 초기에는 앳되고 서투른 풍경화와 초상화를 그리다가 곧 놀라울 정도로 빠르게 당차고 훌륭한 그림들을 그렸고, 1885~6년에는 첫 걸작이기도 했던 〈병든 아이Det syke barn〉를 완성시키면서 미적 도약을 성취했다. 그의 나이 스물두 살 때였다. 두 번째 시기는 1892년까지이며, 다양한 양식으로 그림을 그리며 자신의 내면을 표현할 방법을 모색하고 있었다는 것이 드러나는 시기로서, 사실적인 항구 모티프로부터 전형적으로 인상주의적인 거리 풍경에 이르기까지 모든 양식을 아우른다. 세 번째 시기는 우리가 '뭉크스럽다Munchian'고 여기는 시기로, 〈멜랑콜리Melankoli〉, 〈흡혈귀Vampyr〉, 〈절규Skrik〉, 〈칼 요한 거리의 저녁Aften på Karl Johan〉, 〈병실의 죽음Døden i sykeværelset〉, 〈사춘기Pubertet〉, 〈불안Angst〉, 〈마돈나Madonna〉, 〈질투Sjalusi〉가 그려졌다. 네 번째 시기는 세기가 바뀌던 무렵에 시작되었는데, 비록 그가 1944년 세상을 떠날 때까지 일정한 시차를 두고 이전 시기의 모티프로 되돌아가기는 했다고 해도, 상징주의적인 언어와 사고를 버리고, 세기말까지 보여준 자신만의 독특했던 양식과 기법을 보다 덜 문학적이고도 더 회화적인 쪽으로 전환시켰던 시기이다.

물론 이러한 시기들 사이에 무슨 벽이 있는 것은 아니다. 예컨대, 뭉크는 작가 인생 전반에 걸쳐 다른 작품들 속의 성과와는 무관한 전신 초상화들을 그렸고, 마지막 날까지 줄곧 자화상을 그렸으며, 이들은 그의 작품들 중 최고 작품군에 든다. 기나긴 네 번째 시기만 해도 분류 가능한 여러 시기가 포함되며, 그중에는 그가 나체의 남성이나 물놀이하는 사람들, 말이나 노동자를 그렸던 '생명주의 시기'나, 특히 오슬로 대학교의 강당에 소장된 벽화 〈태양〉으로 그 정점을 이루었던, 다양한 공공 예술을 의뢰 받고 작업했던 '기념비 시기'도 들어 있다.

한 예술가의 창작 생활을 시기별로 분류하는 것은 하나의 취급 방식이며, 뭉크의 경우 이 방식은 특히 중요한 듯하다. 왜냐하면 현재 우리가 기억하는 그의 작품들은 거의 전적으로 특정 시기만의 회화들로서, 천칠백 점이 넘는 전체 작품 중 십여 점 정도에 불과하며, 이제는 이 작품들이 너무 익숙해지고 그 자체만으로 상징성을 띄게 되어서 이러한 상징성을 떠나서 본다는 것이 거의 불가능하기 때문이다. 하나의 특정 양식이 뭉크를 가리키고, '뭉크스러움'은 곧 그 양식을 가리키는 일종의 악순환 속에서 작품은 관람자를 차단하고, 우리를 배제시켜 버린다. 이러한 움직임은 모더니티, 즉 복제의 시대의 특성이며, 반 고흐의 해바라기와 모네의 수련 연못,

피카소의 〈게르니카〉와 마티스의 춤추는 여인들과 함께 뭉크의 〈절규〉는 아마도 우리 시대의 가장 상징적인 이미지라 하겠다. 이는 이미 우리가 이 작품들을 늘 봐 왔기 때문에 더 이상은 처음 보듯 볼 수 없다는 것을 의미하는데, 왜냐하면 뭉크가 이 그림에 그토록 많은 노력을 쏟아부은 것은 친숙하지 않음에서 오는 거리를 만들어서 처음 보는 것처럼 세상을 바라보는, 정확히는 낯설게 하기 alienation와 관련되어 있기 때문이며, 따라서 어떤 의미에서는 우리에게 예술 작품으로서의 〈절규〉는 손상되었음에 틀림없다.

그러나 예술가로서의 뭉크는 손상되지 않았다. 뭉크의 작품 규모는 아주 방대했고 그 극소수만이 전시되어 왔기 때문에, 새로운 눈으로 그의 작품들을 접근하는 것은 여전히 가능하다. 그리고 대표작에만 집중하거나 대표작에서 멈추지 말고, 대신 육십 년이 넘도록 끊임없이 의미를 찾고 회화 작업을 통해 지속적으로 세상을 탐험하는 가운데, 실패와 어설픈 시도와 진부함 뿐만 아니라 야성과 대담함과 승리로도 가득했던 과정 속의 정거장들로서 이 명작들을 바라본다면, 아마도 〈절규〉 역시 하나의 예술 작품으로서 제대로 다가올 수 있을 것이다. 말하자면, 세계의 변방에 위치한 한 자그마한 도시에서, 옛것과 새것의 교차점에서, 우리들의 것이 될 시대가 막 열리던 무렵에 그려진, 우스꽝스러움과 위대함 사이, 완성과 미완의 사이, 아름다움과 추함의 사이에서 시계추처럼 왔다 갔다하는 무언가로 보일 수도 있다는 것이다.

• • •

인간으로서의 뭉크가 감정적이고 예민하며 자기 몰입적이었다면, 예술가로서의 뭉크는 초창기부터 주목을 받았고, 비교적 빨리 그림에 전념할 수 있게 지원을 받았을 정도로 운이 좋았다. 뭉크에게 그림은 처음에는 보는 방식이었던 만큼이나 보여지는 방식이었고, 결국에는 자신이 아는 유일한 생활 방식이 되었다. 그는 오로지 그림을 그리는 것 말고는 다른 일을 한 적도 없었고, 다른 직업을 가진 적도 없었으며, 가족도 없었고, 삶에 으레 가득 차 있을 만한 현실적인 문제에는 거의 시간을 들이지 않았다. 따라서 뭉크의 삶은 여러모로 극단적이어서, 극도로 단조롭고, 극도로 몰두했고, 극도로 고독했다. 그러나 그의 삶은 결코 영웅적이지 않았으며, 안정을 포기한 채 독특한 무언가를 창조하는 것에 대한 대가를 치러야 하는 문제였던 만큼이나 세상과 그 난관으로부터 숨거나 도망치는 문제였다. 뭉크에게는 타인과 밀접한 관계를 맺으며 살아가고, 다른 사람들에게 애착을 갖는 등의 인간적인 기본 자질이 부족했을 수도 있다. 그에 대한 전기를 읽다 보면, 그에게는 친밀감에 대한 극심한 두려움이 있었다는 것이 분명해지며, 그 이유도 분명해진다. 그는 다섯 살 때 어머니를 여의었고, 열세 살 때는 정말 사랑했던 누나를 잃었다. 스물다섯 살 때는 아버지가, 서른두 살 때는 남동생이 세상을 떠났고, 따지고 보면 어린 나이에 심각한 정신 질

환에 걸렸던 여동생 레우라 역시 이미 잃은 것이나 마찬가지였다. 이렇게 계속되는 상실에, 예민한 감수성과, 때로는 종교적으로 혼란스러워 하는 한편 자상하면서도 폭력적이고 거리감이 느껴지던, 어린시절의 아버지 모습까지 더한다면, 상실을 너무나도 두려워한 나머지 아예 손에 넣지 않는 방식으로 대처하는 어린아이가, 십 대 청소년이, 다 큰 남자가 남는다. 뭉크는 서서히 자신의 내면에서 고통스러울 수 있는 곳들을 면밀히 회피하게 되었고, 이것은 하나의 생존 전략이 되었다. 말년에 그에게는 어머니와도 같은 존재였던 이모가 세상을 떠났을 때, 그는 장례식에 참석하지 않고 멀찌감치에서 바라보았다. 그는 교회 담장 밖에서 장례식을 들여다보며 서 있었다.

이러한 정보는 뭉크의 그림을 감상할 때 얼마나 중요할까? 이는 비단 뭉크의 작품만이 아니라 예술 전반에 있어서도 중요한 질문이다. 예술가의 사적인 경험과 작품 사이에는 분명히 연관성이 있지만, 그 연관성이 무엇으로 구성되어 있는지는 불분명하다. 피카소는 부모와의 관계 때문에, 자라난 환경 때문에, 독특한 내면 세계 때문에 그가 행했던 방식으로 그림을 그렸던 것일까? 이러한 주장은 피카소의 작품 세계를 터무니없이 과소 평가하는 것이며, 그가 텅 빈 캔버스를 마주한 채 해결하고자 했던 문제들을 완전히 백안시한 것이다. 이는 글을 쓰는 작가들의 경우도 마찬가지여서, 전기적 요소는 그들이 쓰는 책에 자연스레 영향을 미치지만, 이는 독자들이 직접 확인하기 힘든 방식으로 이루어진다. 예컨대 이십 세기의 독특한 두 작품인, 헤르만 브로흐Hermann Broch의 소설 《베르길리우스의 죽음》(1945)이나 안드레이 타르콥스키Andrei Tarkovsky의 영화 〈솔라리스〉(1972)를 생각해 보자면, 이 작품들을 이해하고 체험하는 데 있어서 전기적 요소의 역할은 극히 미미하다고 해도, 브로흐와 타르콥스키가 아닌 누군가 다른 사람이 만들었다고 상상하기는 어렵다는 점에서 어쨌거나 이들 두 작품은 사적私的이다.

예술 작품은 특정 장소, 특정 시간, 특정 인물이라는 세 개의 좌표로 이루어진 체계 속의 점 하나와도 같다. 작품이 창작된 지 시간이 오래될수록, 특정 인물의 경험과 심리, 즉 개성은 작품이 표현 방법을 기대고 있는 문화에 비해 그 역할이 줄어들 수밖에 없다. 중세 시대의 박식하고 전문성이 뛰어난 독자라면 당시의 서적 삽화가들을 일일이 구별할 수 있었을 것이고, 심지어 이들 사이의 차이점을 아주 중요하게 여겼을 수도 있겠지만, 반면 우리에게는, 적어도 나에게는, 그 스타일은 오직 '중세'만을 표현할 뿐인 것이다.

우리 시대에 보다 가까운 예를 들자면, 1960년대부터 오늘날까지 작품 활동이 계속되고 있고, 그동안 줄곧 그 문학적 미학으로 반향을 일으켜 왔던 노르웨이 작가 다그 솔스타Dag Solstad의 작품이 있겠다. 《파티나! 녹색!》에서는 1960년대의 분위기를, 《9월 25일의 광장》에서는 70년대의 분위기를, 《우리나라를 휩쓸었던 그 위대한 정치적 각성에 대한 고교 교사 페데센의 설명》에서는 80년대의 분위기를, 《수줍음과 존엄성》에서는 90년대의 분위기를, 《아르만 V. 발굴되지 않은 소설에 대한 각주》에서는 2000년대의 분위기를 읽는다. 흥미로운 점은 솔스타만의 독창적이면서도 몹시 독특한 목소리도 이 오십 년 동안 줄곧 존재한다는 점인데, 이 소설들 가운데 어떤 작품에서든지 한두 문장만 읽어도 그가 쓴 소설임을 바로 알 수 있는 것이다. 《파티나! 녹색!》의 첫 출간 당시 선명하게 부각되었던 것은 바로 그 목소리였고, 60년대라는 소설적 분위기는 배경에 깔린 채로 거의 파묻혀 있었다. 그러나 지금은 60년대스러움만이 먼저 눈에 띄며, 솔스타의 목소리는 배경 속에 깔려 있다.

이는 우리가 세상을 바라보는 우리의 방식을 의식하지 못한 채로 세상을 바라보기 때문에 일어나는데, 이들 두 요소가 우리에게는 동일할 때가 많은 것이다. 우리는 마치 매개되지 않은 현실 속에 살고 있는 것만 같고, 누군가 우리를 위해 현실을 매개할 때면(이것이야말로 예술가들의 역할인데), 우리 자신의 현실 인식과 아주 유사해서 우리는 이 차이마저도 혼동할 때가 많다. 이것은 우리가 무엇을 주목하고 중요시하는가에도, 우리가 사람들이나 세상에 대해 갖고 있는 관념에도, 또한 우리의 언어 및 이미지 사용에도 적용된다. 예를 들어, 1977년의 텔레비전 뉴스 방송을 본다면, 실소를 터뜨릴 만큼 지금과는 다른 옷차림이며 머리 모양과 안경을 바로 알아챈다. 지금 우리에게 익숙한 것보다 훨씬 더 딱딱하고 격식을 차렸던 표현 방식도, 믿기 어려울 만큼 국지적이고 순진했던 뉴스 보도도 눈에 띈다. 그러나 1977년 당시에는 아무도 이런 사실을 인지하지 못했다. '1970년대스러움'은 존재하지도 않았다. 왜냐하면, 모든 사물과 모든 사람이 70년대에 속해 있었고, 모두가 옷 스타일, 머리 모양, 안경 디자인, 말투, 관심 분야 등등을 공유했기 때문이다. 이 모든 것이 우리가 공유하는 공간의 일부이자 소위 '시대 정신zeitgeist'으로, 우리는 이를 통해 자신을 표현한다. 수준이 낮은 소설이라면 오로지 이것만을 표현할 것이고, 비록 그 소설이 개인적인 경험에 의존하고 작가가 실제로 겪은 사건을 묘사한다고 하더라도 몇 년 후에는 시대를 기록한 문서로서의 가치 밖에는 남지 않는다.

문화를 자연으로 여긴다는 것, 그리고 자의적이면서도 시간에 구속을 받는 판단과 관념을, 시대를 초월한 진리로서 무의식적으로 받아들인다는 것은, '독사doxa(주: 각자의 눈에 비친 진실)'라는 수사학적 개념에 해당하며, 이는 롤랑 바르트Roland Barthes가 자신의 책 《현대의 신화》에서 도표화해서 설명했던 기초 개념들과 같다. 내가 대학에서 공부하던 1990년대 초에는 이 책이 지배적인 사상이었고, 프랑스 철학이 학계에서 권위를 차지하고 있었으며, 시간과 예술에 대한 나의 관점에 (아마도 나 자신도 인식하지 못하게) 영향을 미쳤다. 단연코 나에게 가장 중요한 이론가는 미셸 푸코Michel Foucault였는데, 특히 그의 저서 《말과 사물》은 처음 읽었을 때 하나의 계시와도 같이 느껴져서 '그래, 바로 **그렇지!**' 싶었다. 나는 그때도 그렇게 생각했고, 지금도 그 생각은 여전하다. 물론 내가 여기에 쓰고 있는 글, 이 글을 쓰는 방식과 이 글을 통해 표현하는 생각도 '시대 정신'의 일부이고, 또한 현재 내가 진실이라고 느끼는 관념에 속하며, 그 이유는 이것이 나에게는 현실의 모습이기 때문인데, 그래서 언젠가는 이 글 역시 시간과 장소에 국한된 것만을 표현하고 말게 될 가능성이 많은 것이다.

나는 바로 이것을 많은 예술가들과 작가들이 '진실에 대해 이야기하고 싶다'고, '진실한 것을 표현하고 싶다'고 말하는 이유라고 생각한다. 이 개념에서는 진실은 무언가 다른 것 뒤에 놓여 있는 것으로 간주되며, 우리가 진실을 보기 위해서는, 즉 세상을 **있는 그대로** 보기 위해서는 벗겨내야만 하는 관념의 베일이 언제나 존재하는 것이다. 그리고 그러기 위해서는 자기 시대의 언어가 아닌 다른 언어를 소유해야 한다. 왜냐하면 자기 시대의 언어는 덮어 버리거나 아니면 가려 버리기 때문이다. 이것이 바로 독창성이 예술계에서 가장 높이 평가되는 자질로 꼽히는 이유이다. 독창성은 '독특함'이요, '고유함'이며, '새로움'이다. 반면, '진실'은 언제나 한결같다.

뭉크가 아직 어렸을 때, 처음으로 감탄했다고 알려진 그림은 노르웨이 화가들인 아돌프 티데만Adolph Tidemand과 한스 규데Hans Gude의 〈하당에르피오르의 신부 행렬〉이라는 작품이었다. 하지만 뭉크는 십 대 후반 무렵에는 이같이 극사실적으로 세밀하게 표현되고, 표면에 광택이 나는 그림들에 대해 강한 혐오감을 품게 되는데, 이같은 그림들이 만들어낸 현실의 이미지, 즉 관계, 균형, 아름다움, 의미 등이 그의 경험과는 전혀 부합하지 않았기 때문이었고, 따라서 그 까닭을 개인사적 경험 탓이라고 보는 것은 결코 억측이 아니라 하겠다. 뭉크는 어머니가 세상을 떠났을 때 누나인 소피에게 애착하게 되고, 둘이 하나가 되어 둘만의 세계를 함께 했다. 아파도 그가 아팠고 겨우내 피를 토하는 기침을 하며 침대에 누워 있던 것도 그였지만, 돌연 죽어버린 사람은 누나였으며, 이는 누나 친구와 사랑에 빠져 여름을 보내고 나서 그 사랑이 몇 주 만에 끝나 버린 뒤였는데, 누나는 점점 쇠약해지다가 창문 앞 의자에 앉아 세상을 떠났고, 아버지와 카렌 이모가 그녀의 시신을 침대로 옮기고 난 뒤에 결국 계속 살아가야 했던 사람은 뭉크 자신이었다. 그는 누나를 잃었다는 사실을 결코 극복하지 못하고 평생 동안 누나를 그리워했다. 우리들 대다수가 갖고 있는 타인과 세상에 대한 기본적인 신뢰가 그에게는 산산조각이 나고 말았음에 틀림없다. 뭉크에 관한 평전을 저술했던 수 프리도Sue Prideaux에 따르면, 뭉크는 자기만의 세계로 물러섬으로써 트라우마에 대처했으며, 그래서 내면과 외부 세계 사이의 연결을 끊었고, 이러한 파열은 결국 영구적으로 남게 되었다고 한다. 그는 책을 읽고 그림을 그리면서 내면의 삶을 살았고, 일찍부터 그림으로 엄청나게 인정을 받았기 때문에 스스로의 정체성을 그림에 두었다. 나중에 스스로 예술가라고 여길 무렵의 청년 뭉크는 당시 크리스티아니아(주: 오슬로의 옛 이름)에서 거의 유일한 작품들이었던 노르웨이 낭만주의 작품들을 보았을 때 자신이 처한 현실과 경험을 재현하는 작품은 전혀 보지 못했다. 그는 진실한 무언가, 의미로운 무언가를 성취하려면 현실이라는 이미지와 자신이 현실이라고 체험한 것 사이에 놓여있는 겉치장과 단절해야만 한다는 것을 일찌감치 깨달았다. 그는 입센Ipsen을 읽으며 '진실'을 찾기 위해 치장된 파사드를 파괴하려고 시도했던 작품들을 접했고, 도스토옙스키Dostoevskii를 읽으며 가난과 결핍, 그리고 견딜 수 없는 내적 고통 속에서도 빛나고 반짝거리면서 타오르는 무엇인가를 글로 끌어낸 것을 접했다. 또한 화가 크리스티안 크로그Christian Krohg도 만났다. 그는 강력하고 전복적인 영향력을 가진 인물로서 파리에서 돌아와서 미미했던 노르웨이 예술계에 파리로부터의 자극을 거의 혼자다시피 이식하는 한편, 17세기 바로크풍의 목가적 회화가 19세기 노르웨이의 현실과 무슨 관련이 있냐고 의문을 제기했던 인물이다. 그리고 뭉크는 작가 한스 예게르Hans Jæger도 만났다. 그는 상류층의 위선과 억압은 물론 인간의 삶을 가능한 한 솔직하고도 정직하게, 또한 적나라하고도 진실하게 묘사하는 것을 이야기했던 인물이다. 예게르 자신이 위선자였음이 드러났다고 해서 뭉크가 그로부터 배운 것의 가치가 줄어들지는 않았으며, 훗날 뭉크는 스트린드베리Strindberg가 아닌 예게르가 자신에게 가장 큰 영향을 끼쳤고, 스트린드베리를 만났을 때는 이미 가장 중요한 관념들이 형성된 이후였다고 밝혔다.

이와 같은 '개인'과 '문화'(이들 개념 모두 시간을 벗어날 수 없다) 사이의 굴절 작용은 모든 예술 작품에서 일어난다. 예술가는 시간과 장소, 이를 지배하는 언어로부터 자신을 해방시킴으로써 진실을 추구하려고 노력하지만, 또한 동시에 시대와 장소의 비자발적인 일부가 될 수밖에 없는데, 왜냐하면 탈장소성은 결코 존재하지 않으며, 가장 독창적인 예술 작품과 가장 독창적인 생각조차도 시간과 장소에 얽매여 있기 때문이다. 이러한 의미에서 예술의 역사는 역설적이다. 시대와 절연한 작품만이 그 시대를 대표하는 작품으로 받아들여지지만, 이들 작품들은 당대에 모든 사람이 사용할 수 있었고 또한 모든 사람이 소유했던 언어와 방법들을 이용해 특정 예술가가 개인적 비전을 관철시킨 작품들인 것이다. 바로 이 점이 알브레히트 뒤러Albrecht Dürer와 단테 알리기에리Dante Alighieri의 작품들은 우리에게 여전히 연관성을 유지하지만, 대다수의 중세 작품들은 그렇지 못한 까닭이다. 그들은 그들 고유의 자아를 표현함으로써 우리가 그들과 공통으로 갖고 있는 바, 이른바 우리의 자아를 향해 이야기한다. 이 '고유의 자아'는 한때는 매우 특별한 경험들로써 형성된 매우 특별한 인물과 연결되어 있었으나, 시간은 사용 가능한 언어 및 형식에 대한 특정 태도, 특정 어조만이 남을 때까지 그것을 퇴색시켰고, 결국 우리에게는 그것이 형성된 '시대'와 거의 구별되지 않는 것이다.

에드바르 뭉크의 시대는 우리 시대와 여전히 너무 가까워서 그의 일대기가 그의 작품들 속으로 미처 사라지지 않고 있고, 그래서 우리는 동시대 예술과 단절할 수 있었던 뭉크만의 독창성의 근본 원인을 아직도 그의 성격과 경험에서 찾고 있다. 즉, 뭉크는 어렸을 때 어머니와 누나를 잃었고, 유난히 예민했으며, 바로 그래서 〈절규〉를 그렸다는 것이다.

그렇다면 뒤러는 자화상에서 왜 자신을 그리스도로 그렸던 것일까? 대부분의 비평가들이 보다 넓은 문화사적 맥락 속에서 이를 해석한다. 독일 철학자 페터 슬로터다이크Peter Sloterdijk도 그중에 속하며, 그는 이 그림을 '초상화로 만들 만한 가치가 있는 주제로 격상된 범속한 얼굴'이라는 이상하리만큼 구체적인 표현이라고 평가한다. 당시는 경전 속의 진리를 믿다가 자연 속에서 발견된 진리를 믿게 된, 중세와 르네상스 사이의 전환기였으며, 여기서는 비록 뒤러의 자화상이 뭉크의 자화상만큼이나 개인적이고도 감동적으로 느껴지더라도 뒤러의 어린 시절에 어머니나 형제자매 중 누가 죽었는지에 대한 질문은 아무런 상관이 없다.

한 시대에서 무엇을 표현할 수 있는가와 그것이 어떻게 표현될 수 있는가는 예술의 다양한 표현 방식들을 규정짓는 그 무엇보다 중요한 요소이며, 이는 물론 뭉크에게도 적용된다. 1890년대에 뭉크가 자신의 삶에서 가져온 장면들을 그리기 시작했고, 내면의 감정에 외적인 회화 형식을 부여하고자 했던 것은 단지 강렬한 내적 압박감 때문만은 아니었고(역사상 대부분의 주요 화가들이 강렬한 내적 압박감을 경험했다고 나는 추정한다), 문화 속의 무언가가 변하면서 그에게 그런 가능성을 열어주었기 때문이기도 했다.

뭉크가 자신이 발견했던 방식에서 불과 십 년 만에 벗어나기 시작했고, 사십 년에 가까운 여생 동안 자전적이지도 않고 강한 감정도 거의 없는 매우 다른 그림을 그렸다는 사실은, 그의 관심과 동기가 자전적이거나 내면적인 삶 그 자체만이 아닌, 그것이 예술적으로 거둘 수 있었던 성과에도 있었음을 의미한다고 나는 생각한다. 아마도 후자에 보다 더 가까웠을 수도 있다.

이후 십 년이 지나면서 그 방식은 바닥이 났으며, 다시 말해 그저 하나의 방식으로서만 인식되었고, 더 이상 새로운 성과를 창출하지 못하고 반복과 재반복만을 수반했던 것인데, 이는 그가 처음 그림을 그리기 시작했을 때 따르라고 훈련받았고 그의 주변에 넘쳐났던 회화적인 규칙에 대해 그가 느꼈던 것과 다름 없었다. 그것은 우리가 붓을 들기도 전에 이미 놓여 있는 그것이다.

• • •

'이미 있었던 것'과 '전에 없이 새로 생겨나는 것' 사이의 갈등은 뭉크에게는 핵심이었고, 그가 결행한 투쟁이었으며, 위대한 승리이자 위대한 패배라는 결과를 가져왔다. 뭉크 하면 떠오르는 작품들은 '기억'만을, 즉 과거의 사건만을 취급하는 것이 아니라, 그림 속 요소들을 통해 이끌어내는 심리 상태와 감정적인 갈등 역시 다루기 때문에, 그중 몇몇 작품들은 역설적이게도 그것이 상징하는 바에 비해 작품 자체에 담고 있는 것이 오히려 적다. 예컨대 뒤에는 정형화된 아담과 사과를 들고 있는 정형화된 이브가 있고, 앞에는 창백하고 고통에 찬 얼굴이 있는 〈질투〉에서의 인물들은, 그것 말고는 보여줄 게 없는 그림 속에서 마치 감정에 대한 하나의 일러스트로서 도식을 따라 배치된 것처럼 보인다. 반면에 그가 자신이 그리고 있는 그림들에, 느릅나무는 느릅나무, 건초 더미는 건초 더미, 말은 말이라는 식으로 거의 전적으로 편견 없이 접근하지만, 예술적 규칙을 전혀 따르지 않고 도리어 급하고도 가끔은 부주의하게 그 '그려짐painteedness'만을 강조해서, 노골적으로 그려진 느릅나무, 노골적으로 그려진 건초 더미, 노골적으로 그려진 말이라는 식으로 접근해 그가 성공한 그림들은 그의 작품 세계에서 대체로 중요하지 않은 작품군으로 간주되는 것이다.

"화가가 순백의 표면 앞에 있다고 믿는 것은 잘못이다."라고 질 들뢰즈Gilles Deleuze는 아일랜드계 영국 화가인 프랜시스 베이컨Francis Bacon에 관한 자신의 책에서 주장한다. 이를 통해 그가 의미한 바는, 캔버스는 결코 비어 있지 않으며 화가가 이미 내면에 가지고 있는 이미지와 관념으로 가득 차 있기 때문에, 그저 모티프 하나를 빈 캔버스에 옮겨놓을 수는 결코 없으며, 따라서 그림을 그리는 행위는 빈 표면을 채우는 것이 아니라 사실은 비우고, 정화하고, 제거하는 것에 더 가깝다는 것이다. 화가는 "그 기능이 모델과 복사라는 관계를 뒤집을 어떤 화폭을 생산한다. 한마디로, 정의해야 할 것은 바로 화가의 작업이 시작하기 이전에 화폭 위에 있는 이러한 주어진 '여건들'이다. 그리고 이 여건들 가운데 어떤 것들이 장애물이고, 어떤 것들이 도움을 주는 것이며, 혹은 준비 작업의 결과들인가를 규정해야 한다."[1]

이것은 모든 회화적 활동의 출발점이자 기초이며, 똑같은 방식은 아니더라도 글쓰기 역시 포함된 다른 모든 형태의 예술적 창작에도 해당된다. 들뢰즈는 이 장을 '그리기 이전의 회화'라고 불렀는데, 이는 언제나 그곳에 미리 있는 것, 즉 화가가 그림을 시작도 하기 전에 화가와 모티프 사이에 위치해 있는 것으로, 한편으로는 '클리셰' 즉 '판에 박힌 것'과 이에 동반된 모든 것이고, 다른 한편으로는 '가능성'과 이에 동반된 모든 것이다. 그림을 그린다는 것은 클리셰와 가능성 안으로 들어가는 것이며, 들뢰즈는 화가가 화폭 안으로 들어가는 것은 자신이 무엇을 하고 싶은지는 알고 있으나 어떻게 해야 할지는 모르기 때문이며, 그 확실함에 이르는 유일한 길은 화폭을 통과해 그 밖으로 나가는 것이라고 주장한다.

크리스티아니아의 청년 뭉크에게 '클리셰'(그가 시의적절히 사용할 수 있었던 단어)는 자신이 이미 떠나온 낭만주의적이고 지나치게 규칙에 얽매인 그림들이 아니라 동시대의 보다 사실적인 자연주의 회화였다. '가능성'(즉, 그가 원했고, 어떤 식으로든 상상하거나 감지했던 것)은 자신의 경험은 물론, 도스토옙스키를 통해서 체험한, 내면을 통해서 보여지거나 내면에 의해 강화된 외부 세계에 대한 잔인할 정도로 직접적인 묘사와 관련이 있었음에 틀림없다. 뭉크의 내면적 삶과 그가 처한 외부 현실 사이의 괴리는 아주 광범위했던 것으로 보이기 때문에 그 갈등은 극심했을 것이 분명하다.

한 예술가의 작품 세계를 되돌아 볼 때는, 하나의 시기가 그 다음 시기로 아주 자연스럽게 이어지는데, 이는 우리가 무엇이 다가오는지를 이미 알고 있기 때문이며, 이와 같은 확실성은 결코 완전히 배제될 수 없다. 그러나 당사자에게는 분명한 것이라고는 아무것도 없이, 이미 그린 그림과 이제 막 그리고 있는 그림만이 있었을 뿐이었다. 어느 아름다운 여름날에 정원을 그리고 있던 열 여덟 살의 뭉크는 〈절규〉도, 〈멜랑콜리〉도, 〈태양〉이나 〈느릅나무 숲의 봄 Vår i almeskogen〉도 결코 모른다. 만일 그의 안에 내면과 외면 사이의 갈등이 있다더라도 그것은 뚜렷하지 않으며, 이 갈등이 반드시 더 앞일을 가리키는 것은 아니다. 그림은 내면의 갈등을 표현하는 장소일 뿐만 아니라 이러한 갈등을 견딜 수 있는 장소, 즉 평화와 기쁨의 장소이기도 하다. 그림을 그린다는 것은 바라보는 것이고, 보이는 것을 색과 모양으로 표현하는 것이다. 이것이 뭉크가 그 정원 앞에 서서 행했던 일이다. 그는 정원을 바라보았고, 자신이 본 것을 그렸다. 그 그림에는 그가 내면에 지녔던 트라우마가 아니라, 그의 보는 능력과 보이는 것을 그림으로 옮기는 능력이 표현되어 있다.

'보기의 예술'이라는 뜻의 '콘스텐 앗 세Konsten att se'는 미술 평론가이자 소설가인 존 버거John Berger의 《다른 방식으로 보기Ways of Seeing》(1972)의 스웨덴어판 제목이다. 이 제목이 이상하게 들릴 수도 있겠다. 우리 모두는 보는 방법을 알고 있지 않나, 그것이 무슨 예술이 되나 싶기 때문이다. 우리들 각자가 한 그루의 나무 앞에 서서 나무를 보며, 가지와 잎사귀며 껍질과 뿌리, 바닷바람에 나무가 앞뒤로 흔들리면서 그 나무가 자리한 잔디밭 위로 내려앉는 듯한 빛과 그림자의 유희를 바라본다고 치자. 우리가 보는 것의 상당수는 그것이 있다는 것을 알기 때문에 보는 것이며, 이는 대개 인식의 문제이자, 우리 안에 이미 존재하는 것을 인지하는 문제이다. 여기서는 이름이 중요한 역할을 한다. 저건 사과나무고, 저건 느릅나무고, 저건 벚나무고, 저건 가문비 나무구나 하는 식으로 우리가 보는 것들 중 대다수가 그 이름에 달려 있다. 나무를 좀 더 오래 들여다본다면, 어쩌면 이름 아래로 들어가서 단지 그 나무가 속한 범주의 대표로서가 아니라 고유한 한 그루의 나무로서 볼 수 있을 것이다. 그리고 아마도 결국에는 그 나무가 세상에서 무엇'인지', 즉 그 존재감을 볼 수 있을 것이다. 그러나 그때쯤이면 우리는 나무를 너무 잘 알게 되어 친숙해져 있을 것이고 그 결과 다시 거리를 만들어 버린다. 왜냐하면 친숙해진다는 것은 바로 그런 것이기 때문이다. 이는 마치 오랫동안 알고 지내온 친구들과도 같지 않은가 한다. 즉, 친구들을 있는 그대로 본다기 보다는 그들을 위해 우리가 만들어 놓은 범주를 차지하게 함으로써 그들의 존재를 단지 인식만 하는 것이다.

우리가 그 나무를 그린다면, 우리와 나무 사이에는 나무를 보는 각양각색의 방식이 있을 뿐만 아니라 나무를 묘사하는 각양각색의 방식도 있을 것이다. 바로크의 나무, 인상주의의 나무, 자연주의의 나무, 상징주의의 나무, 모더니즘과 포스트모더니즘의 나무, 반 고흐의 나무, 데이비드 호크니의 나무, 안나 비에르게르의 나무, 피터 도이그의 나무, 바네사 베어드의 나무가 있다. 그뿐만 아니라 자연과학 서적의 나무, 은행 광고 소책자의 나무, 컴퓨터 게임 속의 나무, 신문이나 잡지용 사진의 나무, 텔레비전 자연 프로그램의 나무, 어린이들의 그림 속 나무도 있다.

"이미 숱한 사람들이 참나무를 그렸었다."라고 울라브 헤우게 Olav H. Hauge는 어느 시에서 썼다. "그러거나 말거나 뭉크는 참나무 한 그루를 그렸다." 이 시구는 에드바르 뭉크의 작품의 본질을 포착한다. 그가 왜 그림을 그렸는지, 무엇을 하고자 시도했는지에 대해 아주 많은 이야기를 하고 있기 때문이다. 그리고 뭉크가 나무를 그리는 방식은 누구에게나 그의 작품에 입문하는 가장 좋은 출발점이 될 수 있는데, 왜냐하면 그는 1880년의 첫 그림부터 1944년의 마지막 그림까지 줄곧 나무들을 그렸기 때문이고, 그는 나무를 그릴 때마다 들뢰즈가 기술했던 상황, 즉 클리셰와 가능성 사이의 투쟁에 처했고, 그림은 그 결과물이었다.

뭉크의 초기 수작으로는 1882년에 그린 〈붉은 집이 있는 정원Hage med rødt hus〉이 있다. 그해 여름 그는 열여덟 살이었다. 크기는 불과 30.5×23cm에 지나지 않았고, 모티프는 무성한 나뭇잎들과 햇빛을 가득 받은 잔디에, 다양한 색조의 녹색에, 푸른 하늘 아래 빨간 오두막을 배경으로 한 여름 정원이었고, 이 모티프는 그림 안에 동경과 기쁨을 불러일으키는데, 이는 비록 여기에서 그림에 대한 그의 야망이 아마도 소박했고, 그저 색상과 빛에 대한 기쁨과 모티프를 제대로 표현하겠다는 것 이상이 아니었다고 하더라도, 어쨌든 성공적이었기 때문이며, 이 그림을 보고 기분이 좋아지지 않기가 오히려 어렵다.

가장 가까운 전경의, 왼쪽 아래 가장자리에는 잎이 없는 나무둥치가 서 있는데, 이 나무는 오래된 과일나무로 보이며, 여기저기 민트색 이끼로 덮여 있고, 이끼가 없는 나머지 부분의, 햇빛을 반사하는 곳은 밝은 회색, 그림자가 드리워져 있는 곳은 어두운 회색이다. 그 옆에는 회색 벤치 하나가, 그리고 그늘 아래에는 녹슨 붉은 색으로 보이는 탁자 하나가 놓여 있는데 둘 다 곧 부서질 것만 같고, 그 뒤로는 햇빛에 빛나는 잔디밭이 있으며, 그 가장자리는 무성한 관엽식물들과 화려한 화단에 둘러싸여 있고, 집의 외벽 쪽 화단은 노란색이고, 그림의 오른쪽 끝으로 가면 선홍색의 꽃 세 송이가 있다. 모티프와 분위기는 모두 인상주의적인 반면, 기법은 더 무겁고, 자연주의의 확실함을 갖추고 있으나 자연주의에 때때로 나타나는 거의 극사실적인 세부 재현은 없다. 여기서 중요한 것은 색과 깊이감이다.

여기서 '그리기 이전의 회화'는 무엇이었을까? 그림을 그리기 시작하기 전에 그의 머릿속에는 어떤 이미지가 있었고, 그는 어떤 가능성을 보았을까?

아마도 그가 진정으로 원했던 것은 자신이 접할 수 있었던 사실주의 또는 자연주의 형식의 그림들과 그림을 그리기 시작한 후 이 년 동안 배운 것에 입각해서 그림을 일관되게 만들겠다는 것뿐이었던 듯하다. 이 그림에는 초기작 중 일부에서 보이던, 자작나무와 작은 농민의 형상을 전면에 배치함으로써 접근하는 듯했던 민족낭만주의의 흔적은 없다. 뭉크는 높은 산을 그린 적도 없고, 깊은 계곡이나 깎아지른 듯한 피오르 등 그 어떤 극적인 풍경도 그린 적이 없다. 이 그림에서도 뭉크가 추구한 것은 웅장함이 아니라 그를 매료시킨 모티프의 사소함과 그것이 지닌 아름다움이나 매력이었을 것이다. 만일 뭉크가 단순히 정원을 표현하고, 오래된 과일나무에 그가 본 대로 형태를 부여할 수 있는 것에 만족하고, 지배적인 회화적 수단을 거부할 이유를 전혀 찾지 못한 채, 대신 이들 수단들, 즉 정원의 깊이감, 나무둥치의 양감, 빛과 색의 연관성 등을 획득하기 위해서만 열심히 노력했다 해도, 색 자체에서 얻는 기쁨이나 이에 대한 욕구가 어느 순간에선가 주도권을 잡았음이 분명하다. 왜냐하면 이 그림에서는 바로 그것이 지배적이며, 색이 무엇을 표현하는지보다 색 자체의 물성이 지배적이기 때문이다. 오두막은 햇빛으로 빨갛고, 탁자는 그늘진 붉은색이요, 초록의 바다 가운데 세 송이의 꽃 역시 새빨갛다.

마음이 밝고 삶의 기쁨이 가득하지 않고서는 이런 그림을 그릴 수가 없다고 나는 생각한다. 내가 순진한 탓일수도 있겠고, 그것도 물론 가능한 이야기이지만, 적어도 나는 이 그림의 평화로운 분위기와 전염성이 농후한 색채에 대한 갈증에 영향을 받지 않고는 도저히 이 그림을 볼 수가 없다.

그가 십일 년 후인 스물아홉 살에 나무를 중심 소재로 삼아서, 역시 여름의 야외 풍경을 모티프로 그린 〈여름밤의 꿈(목소리) Sommernattsdrøm(Stemmen)〉을 보자면, 같은 사람이 그렸다고 보기 힘들 정도로 모든 면에서 이질적이다. 이 그림에는 나무에 기대고 있는 것처럼 보이는 흰옷 차림의 여성 형상이 등장하고, 그녀의 뒤로 나무줄기들 사이에 바다가 있고, 그 위로 그림의 대략 가운데쯤 달이 떠 있고, 물에는 기둥 모양으로 달이 비치며, 오른쪽에는 얼핏 배가 보인다. 그것이 전부이다. 그림 속의 모든 요소들은 가시적인 현실에 속한다는 점에서 사실적이지만 햇볕이 쏟아지던 여름 정원과는 너무 다르게 그려져 있어서 회화와 주제를 놓고 볼 때 이 그림에서는 아주 다른 무엇인가가 중요해졌음에 틀림없다. 전경의 숲 바닥은 거의 평평한 진녹색 평면이고, 가운데의 해변은 거의 평평한 흰색 평면에 붉은색 테두리가 쳐져 있으며, 배경의 바다는 완벽히 평평한 파란색 평면이다. 나무도 입체감이라고는 거의 없이 평평하다. 따라서 그림에는 깊이감이 거의 없으며, 그림의 공간이 현실적인 공간이 아니라는 점은 확연하고, 이 그림에서의 공간은 해변과 바다의 수평선과, 달빛 기둥으로 강화되고 심화된 나무들의 수직성에 의한, 시선을 거스르는 격자 모양의 상호 작용 안에서 존재한다. 이것은 이 작품을 추상화와 장식화의 경계에 있는 그림으로 만들어서, 설득력 있고 알아 보기 쉬워서 생생하고 사실적인 정원 공간과는 아주 달리, 멀찍이서 가만히 바라볼 만한 것으로 만들었어야 했다. 그러나 그렇게 되지 않았다. 설령 여성의 존재감과 자세가 그림 속의 다른 요소들을 무용화시키지는 않는다 해도, 새로운 방식으로 작용하게 만든다. 여성은 몸을 약간 앞으로 굽히고 손을 등 뒤로 한 채 관객을 똑바로 바라보며 서 있다. 그림에서 그녀는 혼자이지만 바닷가에 혼자 있는 여자 한 명을 그린 여느 그림으로는 느껴지지 않으며, 그림은 오히려 어떤 장면의 하나인 듯 감정적으로 충전되어 있고, 그녀의 자세며 몸짓 모두가 그녀가 몸을 돌려서 향하는 다른 누군가가 있음을 알리고 있다. 이 그림을 보면서 그 인물이 되지 않는 것은 불가능하며, 따라서 그녀와 직접 대면하라고 강요받지 않기도 불가능하다. 그녀가 바라보고 있는 것은 '나'이며, 그녀가 몸을 기울이고 있는 것도 '나'이다. 그리고 그녀가 위협하는 것도 바로 '나'이다.

위협한다?

대체 그녀의 무엇이 위협적이라는 것일까?

나는 이 그림에서 뭉크에 대해 내가 알고 있는, 친밀감에 대한 공포와 여성들과의 관계에 대한 두려움을 읽고 있고, 그러한 친밀감에 대한 두려움이나 여성에 대한 공포가 내게도 익숙한 탓에 어렵지 않게 이 그림을 나 자신의 이야기처럼 받아들이는 것일까?

아마 그럴 수도 있다.

그러나 그림 속 공간은 깊이가 없기 때문에 닫혀 있고, 나무들은 창살처럼 선 채로 길을 막고 우리를 그 안에다 가두어 들인다. 뭉크의 그림 속 세계의 나무와 수직성은 남성적 요소들인 반면, 바다와 수평성은 여성적 요소들이다.

그녀는 자신을 바라보고 있는 누군가에게 호소하고 있으며, 그녀가 자세로 암시하는 '초대'인, 관객을 향한 무대 연기는 그녀를 세이렌과도 같은 존재로 만든다. 이렇게 이해한다면 이 그림은 욕망과 파멸이 병치된 공간을 펼친다.

이 그림에서 뭉크는 여성뿐만 아니라 이 여성을 바라보는 사람까지도 그린 듯하다. 따라서 이 그림은 관객의 경험에 따라 달라진다. 이는 물론 모든 그림에, 심지어 정원 그림에도 적용된다고 이의를 제기할 수도 있겠지만, 이 그림은 완전히 다른 방식으로 맞서고 있으며, 응답할 수밖에 없는 관객에게 무언가를 요구한다. 그것은 그림에 접근하면서 내가 유지하는 남성적 시선이 여성을 성애화하고 그녀를 지배한다는 것이 아니라, 이 여성이 자유롭기 때문에 그보다 훨씬 복잡하며, 여성은 '열려있음'과 '얽매이지 않음'에 연결되어 있고, 만일 이 그림에서 확연하게 드러난 에로틱한 분위기를 제쳐 둔다면, 관객에게는 자유로움마저도 직면하라고 강요된 선택이다. 이 그림에서는 아무런 선택도 이루어지지 않았기 때문에 그림은 간절함으로도 가득하다. 그렇다, 마치 간절함 그 자체가 그림의 실제 주제인 듯한 것이다.

그러나 여기에서 '그리기 이전의 회화'는 무엇이었을까? 그림을 시작하기 전에 그의 머릿속에는 어떤 이미지들이 있었고, 무엇이 그를 가로막았으며, 그는 어떤 가능성을 보았을까?

이 그림에서는 그가 그림에 대해서 배운, 거의 모든 것이 그를 가로막았다. 입체감을 만들어내고 빛으로 공간을 구축하는 것에 대해 그가 알고 있던 모든 것, 시간적으로 특정 순간과 연결시켜 그림에 동시대적이고 설득력 있는 존재감을 부여하는 것, 그는 이 모두를 무시해야만 했다. 그가 원했던 것, 그가 찾아낸 가능성은 기억을 그리는 것, 즉 본 대로의 세상이 아니라 기억나는 대로의 세상을 그리는 것이었다. 그러나 사소하고 일상적인 정원을 다루었던 '정원' 그림처럼 그저 사소하고 일상적인 에피소드와 같은 아무런 기억이 아니라, 기억 자체를 훌쩍 뛰어넘어 어떤 식으로든 본질적이며, '언제나 그러한 것'에 대해 그리는 것이었다. 언제나 그러한 것은 시간의 바깥에 존재하기 때문에 그는 모티프를 시간에 연결시킬 사물들도 필요하지 않았고, 그가 추구한 것은 기억의 공간이었기 때문에 모티프를 가시적인 공간에 연결시킬 것도 전혀 필요하지 않았다. 그 나무들은 나무들을, 그 배는 배를, 그 달은 달을, 그 여성은 여성을 가리키는 그저 하나의 표지판이 된다. 기억은 현실과 연계되기에 이들 사물들은 현실과 연계되지만 이 관계에 구속력은 없다. 뭉크는 분명히, '여성성'과 마주했을 때의, 혹은 아마도 삶과 마주했을 때의 갈망과 욕망과 두려움을 그리고 있으며, 오스고슈트란에서 어느 날 밤에 자신에게 일어났던 무언가에 대한 기억을 바탕으로 진정으로 살아있는 것이 무엇을 의미하는지를 그리고 있으나, 세부 묘사를 무모하다시피 줄임으로써 애초에 자신과 실제 장소에 기억을 연결시켰던 모든 것을 제거한다.

사실적인 자연주의로 나무줄기를 그럴싸하게 그려낼 수 있으면서도 갈색 물감을 두세 번 붓질해서 나무줄기를 그저 표시하기만 하기로 선택하는 데에는 자유로움만이 아니라, 새로운 강박의 위험 역시 도사리고 있다. 왜냐하면 그렇게 몇 번 나무를 그리다 보면, 어느새 그것은 우리가 그림을 그리기도 전에 캔버스에 옮겨놓은, 스스로가 맞서 싸워야 하는 또 하나의 이미지가 되어버리기 때문이다.

만일 우리가 지금, 뭉크가 마지막 시기에 그린 나무들, 예를 들어 1920년대 중반에 그린 〈느릅나무 숲의 봄〉에서의 나무들을 들여다보자면, 우리는 다시 한번 근본적으로 다른 회화 언어로 옮겨가게 된다. 이 그림은 숲속의 헐벗은 나무가 모티프이며, 정원 그림과 마찬가지로 사람이 없지만, 또한 정원 그림과는 달리 하늘도 없고, 인공적인 것도 전혀 없다. 붉은 오렌지색의 숲 바닥과 밝은 녹색이 가미된 잿빛 나무들이 있고, 그 나무들 대부분은 울퉁불퉁하고 구불구불하며, 배경에 자리한 보다 곧게 자란 나무들은 희미한 청회색의 줄무늬들로 섞여들어가 합쳐진다. 이 공간은 해변에서의 공간보다 훨씬 더 닫혀 있지만 폐소 공포가 느껴지지는 않는데, 아마도 이 그림에는 인간적인 것도, 상황도, 기억도, 로맨스도, 성적 욕구도, 친밀감에 대한 두려움도 담겨있지 않기 때문일 것이다. 정원 그림에도 이들 중 아무것도 안 담겨 있지만, 그럼에도 집과 정원, 남겨 놓은 사물 등을 통해 인간적인 것은 여전히 존재한다. 어쩌면 정원 그림의 평화로움은 바로 사람의 부재에서 비롯된 것은 아닐까 한다. 느릅나무 숲 그림에는 그러한 평화라고는 없다. 이 그림은 전혀 아무것도 담고 있지 않은 것만 같고, 사실 아무것으로도 채워져 있지 않다. 이 그림의 생명력은 그림의 대상인 나무들의 형태, 그 위에 비치는 봄빛, 그림 그 자체인 색채, 형태, 붓질 사이의 긴장감에 있다. 빛은 빛인 동시에 붓자국이 선명한 오렌지색 물감층이다. 두드러진 나무인 참나무의 그림자는 녹색의 약간 흘러내린 듯한 얇은 물감층으로 칠해져 있다. 우리는 '정원' 그림의 자연주의적 과일나무와도, '여름밤' 그림의 평평한 나무줄기 표지판과도 아주 멀리 떠나와 있다.

이 그림은 우리에게 무엇을 원할까?

이 그림은 아무것도 원하지 않는다. 이 그림은 화가와 그가 그리는 것 사이의 문제이다. 만일 이 그림이 소통한다면, 나무들이 소통하듯 소통한다. 한마디 말도 없이, 그 형태로 형상화된 존재를 통해서, 마치 무한히 느리게 틀어지듯이 소통하는 것이다. 나무는 아무것도 의미하지 않는, 그저 나무일 뿐이다. 그리고 나무는 나무로 존재하되 특정한 방식으로 존재한다. 이 그림에서 나무들은 남성적이지 않으며, 숲은 죽음이 아니며, 빛으로 예고된 봄 역시 생명이 아니다. 숲은 숲이고, 나무들은 나무들이며, 이 그림은 이들을 그린 그림일 뿐이다. 그림을 그리고 있는 화가는 거의 자아가 없는 듯이 그리고 있어서, 마치 숲의 뜻대로 그리고 있는 것만 같다. 결과적으로, 이 그림에서 추출할 수 있는 의미는 많지 않으며 글로 쓸 것도 많지 않다. 왜냐하면 이 나무들이 있는 그대로의 나무들인 것처럼, 이 그림은 있는 그대로의 그림이기 때문이다.

뭉크의 방식은 본 것을 그리는 것이 아니라 보면서 느낀 것을 시각화하려고 자기 자신을 이용하는 것이어서, 눈에 덮인 인적 없는 아무 숲을 그린 그림 하나에도 외로움과 간절함이 가득했지만, 결국 그는 이곳, 자신을 비우고 회화적 경험과 일상 이상으로 자신의 존재를 더 쏟아붓지 않은 장소로 왔고, 이는 논리적이고도 이해가 가는 행보이다. 이 숲은 아무나 시작하는 장소가 아니며, 한 인간의 내면에는 표현을 갈구하고 밖으로 표출하고자 하는 욕구가 너무도 많은 데다, 요란하게 흔들려대는 것도, 활활 불타오르는 것도, 의지도, 야망도, 명예에 대한 갈증도, 자존심과 갈망과 사랑도, 너무도 크고 너무도 많다. 이곳은 모든 것이 사그라지고 나서 찾아오는 장소이며, 그때에는, 모든 것을 할 수 있지만 그림을 그리는 것 말고는 아무것도 하고 싶지 않은 화가에게 세상은 이렇게 보이는 것이다.

• • •

뭉크의 작품에서 이와 같은 전개 과정을 이해하기 어렵게 만들고, 캔버스에 미리 존재하는 것과 그것과의 투쟁을 통해 생겨나는 것 사이의 갈등이라는 생각을 방해하는 것은, 뭉크가 기나긴 생애 동안 특정 모티프들을 반복해서 그렸다는 사실이다. 뭉크는 〈병든 아이〉로 되돌아왔다가, 〈다리 위의 소녀들Pikene på broen〉로 되돌아왔다가, 〈질투〉로 되돌아왔다가, 죽음의 방의 장면들로 되돌아왔고, 매번 점점 더 기술적으로 접근하면서 덜 감정적이 되어 갔다. 그는 아마도 돈이 필요했고 이 그림들이 가장 인기가 있었기 때문에 다시 그리기도 했지만, 가끔씩은 팔린 그림을 자신도 갖고 싶어서 다시 그리기도 했다. 처음에는 탐색이자 즉흥적이었던 것이 곧 습관처럼 반복되었다. 한때 그가 포착하고자 했던 느낌이나 인상은 그에 대한 반응이자 탐색으로서의 첫 그림을 완성시켰지만, 곧 한 걸음이 아닌 두 걸음 멀어졌다. 그러나 아주 가끔씩은 이 역시 무언가를 발산할 때도 있었고, 그의 축적된 통찰력과 회화적 경험이 오래된 모티프에서 새로운 무언가를 이끌어낼 때도 있었다.

뭉크는 열아홉 살이었던 1882년과 1883년, 동생 안드레아스가 책을 읽는 모습을 세 점의 각기 다른 그림으로 그렸다. 동생이 세상을 떠난 지 사십 년도 더 지난 1936년, 일흔두 살의 그는 그중 한 점을 다시 그렸다. 이 그림은 당시 중년이었던, 안드레아스의 딸에게 선물하기 위해 그려졌던 것 같다. 안드레아스를 그린 첫 그림은 사실적으로 그려졌고, 그는 양손으로 책을 들고 한쪽 다리를 다른 쪽 위에 포갠 채 창문 옆에 놓인 의자에 앉아서 책을 읽고 있는데, 해 없이 비치는 겨울 햇빛이 아주 희미하게 창문을 통해 들어와 그의 왼쪽에 부드럽게 내려앉고, 그의 오른쪽은 그림자 속에 묻혀 있다. 그는 파란색 정장 차림이며, 그림의 상당 부분은 옷감의 표현과, 빛이 옷감과 그가 앉아 있는 방에 어떻게 작용하는지와 관련된다. 부르주아풍의 무거운 커튼은 옅은 녹색이며, 왼쪽 커튼 뒤로 구석진 벽은 바닥을 제외하고는 완전히 그림자 속에 묻혀 있고, 벽쪽으로 침대이거나 날개가 접힌 접이식 탁자일 무언가가 어둠 속에서 희미하게 빛나고 있다. 창문 너머로 텅 빈 회색빛 광장이 보이고 그 너머로 아파트 건물이 있고, 황토색과 연푸른색인 건물 외벽 아래로는 눈처럼 보이는 흰색 줄이 있다. 아파트 건물은 방 안보다 더 단순하면서도 덜 정교하게 채색되어 있어서 약간 순진하면서도 서툰 듯한 인상을 준다. 이는 그림의 다른 곳에서도 발견된다. 무릎은 허벅지에 비해 마치 앞쪽과 측면을 단번에 압축해서 보는 듯이 이상한 모습이고, 창 쪽을 향한 귀는 다른 곳에서 드러난 빛과 피부의 효과에 비해 조금 심하게 빨갛고, 한 손은 손이라기보다는 장작에 가깝다.

우리가 보고 있는 것은 아직 경험이 부족하고, 자신의 주변에 있는 것을 소재로 삼아 그림을 그리는, 한 명의 어리고 재능있는 화가의 작품이다. 이 그림에는 우리가 '뭉크' 하면 떠올리는 것은 아무것도 없으며, 모티프나 실행에서도 그만의 독특함은 흔적도 없다.

오십삼 년이 지나서 그가 다시 그린 그림에는 모든 요소가 그대로 유지되어 있어서, 동생은 비슷한 얼굴과 같은 자세로 같은 의자에 앉아 있고, 창문이며 배경의 아파트 건물이나 커튼이며 구석에 놓인 가구도 다 그대로이지만, 그림이 주는 인상과 아우라는 근본적으로 다르다. 우선 모든 요소가 단순화되었고, 이들 요소들은 짐작건대 아마도 처음에 그가 초상을 그렸을 때 이 모티프가 보였던 것처럼 채도가 높고 세심하게 그라데이션된 색상으로 섬세하게 질감을 살려 부드럽게 그려진 것이 아니라, 색을 칠한 면들이 서로 완전히 동떨어진 것처럼 표현되었는데, 이는 빛과, 빛이 색상에 미치는 효과가 색면들을 서로 연결시키지 않기 때문이다. 예를 들어, 정장은 마치 빛의 작용이 이제는 옷에만 한정된 것처럼 다른 모든 요소와 단절되어 보이며(중세의 종교화에서 그림자와 주름을 빛이나 물리적 공간과 독립시켜 그리고, 그림자와 주름이라는 환상을 만들려는 것이 아니라 단순히 이들을 표시했던 것과 마찬가지로), 초기 작품에서 회색으로 음영 효과를 주었던 하얗게 칠해진 벽은 이제 거칠고 갑작스러운 붓질의 녹색으로만 표현되었고, 창턱과 그 위의 창틀은 칠했다기보다는 윤곽선으로만 그려져 있다. 커튼은 이제 녹색뿐만 아니라 노란색과 빨간색이기도 하며(이는 아마도 빛을 암시하기 위한 것으로 추정된다), 초기 작품에서 구석에 자리 잡았던 깊고 칠흑 같은 그림자는 이제 밝고 붉은빛을 띠고 있다. 광장 건너편에 있는 아파트 건물은 훨씬 더 양식화되어 있으며 각도가 조금 달라서, 초기 작품에서처럼 배경의 깊이를 확장시키지 않고 오히려 단축시킨다. 반면, 무릎의 이상한 원근감도, 귀의 붉은색도 그대로 유지되었지만 이 작품에서는 오류로 보이지 않는다. 이 그림은 현실에 대한 요구를 달리 하고 있다.

이 그림은 무엇을 이야기하는가?

단순화는 책을 읽고 있는 소년을 강조시켰고, '주제'는 그의 특별한 존재감이다. 이 그림에서의 순간은 단지 평범한(우리가 초기 작품에서 받는, 동생은 곧 일어나서 다른 일을 하고, 낮은 저녁으로 바뀌어 갈 듯한 인상을 주는) 순간이 결코 아니며, 여기서 중요한 것은 시간의 일부로서가 아니라 그것으로부터 찢겨져 나오다시피 한 바로 이 특별한 순간이다. 동생의 얼굴은 훨씬 더 단순하게 그려져 있고, 뺨은 베이지색이지만 이마와 턱은 오렌지색이고, 특이하게도 우리는 그를 더 명확히, 특히 그가 얼마나 어린지를 보다 확실히 본다. 그러나 가장 먼저 눈에 띄는 것은 그의 내리뜬 눈에 드리워진 그림자인데, 이는 그림자가 나머지 부분과 통합되지 않아서 너무 두드러지기 때문이다. 처음 그림에서는 그림자가 방의 일부였으나 이 그림에서는 그렇지 않고 띠처럼 동생의 눈 위에 자리잡고 있어서, 뭉크가 이 소년을 그린 그림에서 그를 죽음으로 표시했다고 생각하지 않는 게 더 어렵다.

당연하게도 열아홉 살 시절의 화가는 미래가 어떨지, 특히 회화적인 측면에서는 전혀 몰랐다. 그는 색과 색의 물성에 관한 크고 뚜렷한 욕망에 이끌려 동일한 회화적 언어를 유지하면서 많은 시도를 하고, 자신의 길을 더듬어 갔으며, 이어지는 세월 동안 점점 더 확고한 손길로 그와 같은 모색을 계속했다. 한편, 일흔두 살의 노화가는 인생의 대부분을 뒤로 했고, 더이상 더듬거리지 않았으며, 자신이 무엇을 추구하고 있는지 잘 알고 있었다.

그것은 무엇이었을까?

그것은 살아있는 인물을 그리는 것이 아니라 그려진 인물을 되살리는 것이었다. 그에게 이것은 그가 본 것에서 중요한 것을 포착하는 것을 의미했다. 그것이 동생의 초상화를 다시 그릴 때 그가 행한 것이었다. 빛과 방은 중요하지 않았기에 그는 이들을 가능한 한 신속하게 표시만 해 두었을 뿐이며, 동생의 모습과 얼굴의 디테일 역시 중요하지 않았기에 역시 그저 표시만 해 두었다. 동생이 한때 바로 그렇게 앉아 있었다는 사실이 중요했던 것이고, 뭉크가 후기에 그린 것은 동생이 그 방에 남긴 느낌이자, 초기 초상화에서는 찾아볼 수 없는 느낌이었던 동생의 아우라였다. 또한 그를 기다리고 있는 죽음이었다.

이상한 점은 동생을 그린 후기 초상화조차도 뭔가 순진한 부분이 있다는 점이다. 초기 초상화에서의 순진함은 그림 속의 결점들과 관련이 있으며, 이는 그 결점들이 자신의 모티프를 제대로 다루지 못하는 한 화가를 드러내고 말았기 때문이었다. 우리는 뭉크가 제대로 성공하지 못한 채 노력하는 것을 목격한다. 후기 그림은 자신의 예술적 수단을 완전히 통달한 숙련된 화가에 의해 완성되었다. 여기서의 순진함은 단순화와 관련이 있으며, 마치 단순화를 통해 그림이 어린이들의 그림에 다가가는 것만 같아서, 그림 속에는 무력한 무엇인가의 잔재, 즉 뭉크의 마음 속에 있는 어린 시절의 잔재가 남아 있다. 대개의 경우, 표현주의 예술가들의 과격한 단순화는 이에 관한 것은 아니다. 예를 들어 에밀 놀데Emil Nolde와 오스카르 코코슈카Oskar Kokoshuka의 그림에서의 단순화는 대개 잔인함, 힘, 원시성을 의미한다. 뭉크의 그림들은 잔인할 때가 거의 없다. 그의 그림들은 개방적이며, 폭력을 향해서도 열려 있지만 순수함을 향해서 열려 있을 때가 더 많다. 이는 그의 그림의 강점인 동시에 약점이며, 그의 그림들은 기교를 부리지 않았지만 세상을 향해 너무 열려 있어서 마치 뭉크 자신이 아니라 세상이 보호를 받지 못하는 것처럼, 세상이 무방비 상태로 드러나는 것처럼 보인다.

뭉크가 초기 작품을 그렸을 때인 1880년대의 크리스티아니아를, 또한 이모의 보살핌을 받으며 아버지와 형제자매들과 함께 살던 시절을 떠올리지 않은 채로 1936년에 동생의 초상화를 다시 그릴 수 있었다고 상상하기는 어렵다. 물론 우리는, 방마다 오로지 그림을 그리기 위해서만 모든 설비가 갖추어져 있던, 그림과 판화로 가득한 에켈뤼의 모든 방을 그가 혼자서 돌아다니며 그 시절을 생각했을지도, 열아홉 살의 그가 어땠을지도 결코 알 수 없고, 또 그것을 알고 싶어할 이유도 없다. 왜냐하면 우리가 극도로 고독했던 이 남자에게 아직도 마음을 쏟는 이유는 그의 그림들이기 때문이다. 그림은 그가 자신을 표현하는 수단이었고, 그것이 그가 열아홉 살에도, 일흔두 살에도 하고 있었던 일이며, 그의 작품들에서 드러나는 이러한 전기적 요소가 의미 있고 흥미로운 까닭은 그의 삶과의 연관성 때문이 아니라, 그 속에 담긴 '그려진 현실로서의 삶' 그 자체로서이기 때문이다.

• • •

현존하는 가장 오래된 에드바르 뭉크의 채색화는 그가 열여섯 살이던 1880년에 그려졌다. 이 그림은 어느 화창한 봄날 크리스티아니아의 목조 주택이 늘어선 언덕길, 텔트휴스바켄을 묘사하고 있으며, 그 위로 감레아케르 교회가 어렴풋이 보인다. 하늘은 옅은 하늘색이며, 흰 구름 몇 개가 떠 있고, 그 밖에는 줄지어 선 흰색과 노란색과 황토색 집들, 교회 옆 묘지의 짙푸른 나무와 잿빛 벽, 주택가 앞의 연녹색 잔디밭이 그림의 주를 이룬다. 이 그림은 빛으로 가득 찬 멋진 그림이지만 크기와 원근법에 심각한 문제가 있는데, 집들은 꼭 인형의 집 같고, 교회는 앞에 있는 집보다도 더 가까워 보인다. 뭉크의 이후 그림들은 모두 시골 풍경인데, 주로 차분한 색으로 전경에는 시골 아낙을, 한쪽에는 자작나무들을 그렸다. 뭉크는 이미 몇 년 동안 소묘를 해 왔기에, 이 작품들은 그로서는 새로운 재료를 사용한 습작이며, 그가 그때까지 봐왔던 그림들을 기반으로 모티프와 표현 방식을 선택했으리라고 추측해야만 하겠다.

정확히 이 무렵인 같은 해에 또 한 사람의 화가도 뭉크의 그림과 다르지 않은 초기작들을 그렸는데, 그중 일부 역시 작은 인물들이 전경에 있는 시골 풍경을 묘사하고 있으며, 또한 습작의 성격을 띠고 있다. 이는 네덜란드에서 일어났던 일이고, 그 화가는 다름아닌 빈센트 반 고흐였다. 당시 반 고흐는 이미 스물일곱으로 뭉크보다 열 살이 많았고, 불과 십 년 후 뭉크가 스물일곱의 나이로 화가로서의 이력을 막 시작했을 때 반 고흐는 자살로 생을 마감했다.

이들 두 예술가는 2015년 가을에 대규모 비교 기획전을 통해 한자리에 모였으며, 이 전시를 보고 있으면, 그들이 서로 비슷하며 양식과 미학은 물론 세계관과 인생관에서도 공통점이 많을 것이라고 생각하기 쉬웠다. 그러나 사실 이들 두 사람만큼 기질과 재능이 남달랐던 예술가들은 거의 없었으며, 이들은 단지 그림을 그리고자 하는 열망과 그림을 그렸던 시대만을 공유한 것이나 다름없었다. 뭉크는 뛰어난 화가였고 점진적으로 자신의 기법을 완성시켰다. 그는 크리스티안 크로그Christian Krohg를 사사했고, 출발부터 기법이 뛰어난 다른 화가들에게 둘러싸여 있었으며 그중에서도 출중한 화가였다. 그는 다양한 양식들을 충분히 익혔으며, 1890년 이전의 그림들에는 다소 절충적인 면이 있었다. 일부는 프리츠 타울로브Fritz Thaulow의 그림들 중에서도 특히 오슬로의 아케슈엘바 강을 그린 그림들과 비슷하고, 일부는 크로그의 그림에 가까우며, 초상화들 중 몇몇은 바로크풍이었고, 거리 풍경을 그린 몇몇 그림들은 인상주의적이다. 자신만의 스타일을 개발한 후에도 그의 그림에는 이런 요소들이 때때로 재등장한다. 따라서, 뭉크는 지금 우리가 전형적인 뭉크다운 것으로 생각하는 방식으로 그림을 그리기 위해서 자신이 알고 있던 것을 제거해야만 했는데, 이는 지식이 그와 그가 그리는 것 사이에 있었기 때문이고, 스티안 그뢰고르Stian Grøgaard는 뭉크에 관한 자신의 저서에서 이 과정을 '탈학습unlearning'이라고 이름 붙였다. 반 고흐의 경우는 상황이 매우 달라서 거의 정반대였고,

그가 내면에 품었던 것과 그가 그린 그림 사이의 일치성이 매우 컸다는 점에서, 그는 세계에서 가장 비절충적인 화가임에 틀림없다. 마치 고흐와 그의 그림들 사이에는 아무것도 존재하지 않는 것 같다. 탈학습은 없었으며, 그의 마지막 그림들을 특징짓는 빛과 색의 폭발에서 알 수 있듯이 놀랍도록 일관적이며, 돌이켜보면 결국 성취하게 될 무언가를 향해 나아가고 있는 것처럼 보이던 평생의 작업 속에는 오로지 끊임없는 배움의 과정만이 있었을 뿐이다.

반 고흐의 초기작들은 어둡고, 갈색에다 흙빛을 띠며, 둔탁하고, 무겁다. 그는 감자를 정물화로 그렸던 것이다! 점차 그의 그림들은 변화했고, 마치 색으로 살찌는 듯했고 마치 빛으로 살찌는 듯했으며, 마치 그때서야 빛이 존재한다는 것을 깨달은 듯했고, 아름다움과 삶의 강렬함에 만취하고 말 때까지 점점 더 많은 빛을, 더 많은 색상을 원하는 것만 같았다.

암스테르담의 반 고흐 미술관에서 원화를 보기 전까지는 그의 그림에서 빛이 가진 힘을 전혀 이해하지 못했는데, 왜냐하면, 그 빛은 모티프 안에서 차츰 사라지거나 변하는 것이 아니라 색상과 그 물성 자체에 속하는 까닭으로, 복제화들은 그 힘을 표현할 수가 없었기 때문이다.

놀랍게도 이 모든 작품들, 이 우주 전체가 단 십 년만에 제작되었다. 앞서 살펴본 바와 같이 반 고흐와 같은 해에 그림을 그리기 시작한 뭉크는 같은 기간 동안 훨씬 더 차분하고 통제되었지만, 당시 노르웨이에서 지배적인 미술 사조였던 자연주의적 특징이 여전히 남아 있었던 그림들 속에서 회화라는 매체를 탐구하는데 보냈다. 그리고 그는 처음으로 전시했던 그림 중 하나인 1884년작 〈아침Morgen〉에서처럼 기술적인 문제로 고민을 하고 있었다.

그는 친구 울라브 파울센Olav Pausen에게 이 그림에 대해 다음과 같이 편지를 쓴다.

나는 어떤 '소녀'를 작업 중이야. 그렇지, 너는 내가 아침 분위기 속에서 다시 한번 소녀와 함께 작업 중이라는 게 이상하다고 생각하겠지만, 모티프가 너무 아름다워서 활용하지 않을 수가 없었지. 그건 그저 깨끗하고 소박한 잠자리에서 일어나서 침대 가장자리에 앉아 스타킹을 당겨 신는 소녀일 뿐이야. 침대는 희고, 게다가 하얀 침구, 하얀 잠옷, 흰 천이 덮인 협탁, 흰 커튼에 파란 벽도 있지. 이것이 색상 효과야. 아주 어렵기 때문에 성공할 수 있을지 모르겠지만 효과를 거두기를 바라는 마음이야. [2]

그리고 그는 효과를 거두었다. 그의 바람대로 그 모든 흰색은 실제로 깨끗하고 소박한 인상을 주며, 동시에 그는 흰색에 생명을 불어넣고, 방에 깊이를 더하고, 여성의 몸에 양감과 무게를 줄 수 있었다. 이 그림은 아름다운 그림이고, 열여덟 살 때와 마찬가지로 현실의 물성보다는 색의 물성을 더 원했거나 적어도 그 두 가지 물성을 동등하게 취급했던 스무 살 청년이 그린 그림이다. 그 모든 흰색과 대비되는 파란 벽, 그 안의 아름다움이 이 그림에 생명을 불어넣는다.

같은 해에 그린 또 다른 그림인 〈헬겔란스모엔의 시골 병원Sykestuen på Helgelandsmoen〉에서도 같은 바람을 엿볼 수 있는데, 붉은빛이 도는 경사진 천장과 나무 벽에 대비되는 청록색 방화벽을 통해서, 색상이 방 안에 있는 세 사람의 존재를 거의 완전히 무력화시키거나 부차적인 것으로 만들어 버린다. 그림은 그 색상 안에서 생명력을 유지하며, 뭉크가 노력을 쏟아 부은 것은 인물들이 아니라 벽과 방화벽이다.

어떤 의미에서는 이 시기의 뭉크의 작품들은 모두 습작들이다. 이는 반드시 이들이 미완성이라서가 아니라 기술적 난제들에 대한 대응이거나 새로운 영역에 대한 탐구, 또는 자기애에 사로잡힌 작품이기 때문이고, 따라서 그 자체를 독립적으로 보기에는 충분하지 않기 때문이다. 독립적인 첫 그림이자 자체적으로 존재감을 드러낸 뭉크의 첫 작품은, 내가 보기에는 스무 살의 뭉크가 그린 또다른 그림인 〈검은 옷을 입은 잉에르 뭉크Inger Munch i svart〉이다.

이는 검은색 배경에 검은색 드레스를 입고 두 손을 옆으로 내린 채 시선을 살짝 왼쪽으로 향하고 있는 여동생 잉에르를 그린 단순한 반신 초상화이다. 그녀는 열여섯 살이며, 견진성사 드레스를 차려 입었고, 이는 그 자체만으로도 젊음과 엄숙함의 결합이라는 그림의 분위기를 규정한다.

이 그림도 미완성이어서, 손에는 무언가 미심쩍은 데가 있고, 오른쪽 아래 구석에는 무심했거나 제대로 완성시키지 못한 듯한 빨간 색면이 있으며, 왼팔도 불분명하게 채색되어 있지만, 불완전한 느낌이 결점으로 느껴지지는 않는다. 이는 그림 속 인물이 다른 모든 것을 상쇄시킬 만한 아주 강력한 존재감을 보여주고 있기 때문이다. 오직 그녀만이 중요하다. 그녀가 어떻게 그려졌는지도 아니요, 머리와 상체의 양감이 어떻게 표현되었는지도 아닌, 거기에서 있는 그녀가 누구인지만이 중요한 것이다. 이 그림에서는 마치 뭉크 자신이 그녀를 위한 공간을 만들기 위해서 조금 뒤로 물러나 자신을 내려놓은 듯하며, 그가 자신에게 가까운 모티프, 자신의 삶에서 비롯된 모티프를 그렸을 때 이런 일이 일어났다는 것은 분명히 어떤 의미가 있다고, 나로서는 생각하지 않을 수가 없다. 그제서야 그의 감수성이 표현 가능할 정도로 자유로워졌다. 이 모티프의 무언가가 그림의 기술적인 문제보다 더 중요했으며, 회화적인 요소들을 배경으로 밀어냈다. 동시에 바로 그때서야 그의 그림은 시작되었다. 이와 같이 모티프를 위해 비켜서서 공간을 만들고, 이를 보고 느끼며, 자신만의 비전을 끌어내는 능력에는 세상을 향한 크나큰 개방성이 요구되며, 이는 아마도 모든 예술가에게 결정적인 자질일 것이다. 반 고흐의 천재성은 바로 여기에 있었다. 그는 그림을 그릴 때 완전히 자신을 비워낸 무아경 속에서 전적으로 자신이 본 것에 충실했고, 이는 역설적으로 그림을 자신으로 가득 채웠다. '무아경self-effacement' 역시 대응의 하나가 아닐까? 누군가의 음정이 완벽하다는 것은 이 생각을 바로잡을 자아가 없기 때문인 것과도 같지 않을까? 뭉크는 자신의 눈과 손 사이의 커다란 간극을 이어야만 했으며, 그의 작품들 속에는 무아경은 좀처럼 없었고 거의 언제나 철저하게 계산된 것만이 들어 있었다. 나는 바로 그래서 그가 결과적으로 그렇게 급히 그림을 그리기 시작했고, 또한 그의 작품 속에 스케치 같은 요소들이 그렇게 많았다고 생각한다. 그는 생각이 다가오기 전에 그림에 다가서려고 노력했던 것이다. 이에 대해 그는 직접 글로 썼다. "나는 성급하게, 영감으로 급히 (생각없이 불만족스럽게 - 그리고 영감과 행복한 느낌으로) 행동하거나, 또는 오래 숙고하고 - 그리고 불안함 속에서 - 행동하는데, 결과는 대개 미약하고, 실패작으로 끝나며 - 그 결과는 그림을 깡그리 지우는 것이 될 수도 있다."[3]

나는 이 또한 청년 시절의 뭉크가 자신의 경험과 삶에 가까운 그림을 그리기 시작한 이유라고 생각한다. 이로써 감정이 계산에 균형을 부여했고, 심지어 계산을 지워 버릴 수도 있었으며, 자신의 내면에 품고 있던 것과 그가 그린 그림 사이의 관계가 보다 즉각적이 되었던 것이다.

〈검은 옷을 입은 잉에르 뭉크〉는 처음 본 순간부터 내가 가장 좋아하는 그림이 되었지만, 무엇이 이 그림을 그렇게 매력적으로 만드는지를 정확히 짚어낼 수는 없었다. 이 그림이 전달하는 것이 그 무엇이건 이는 조용하고 말없이 일어났고, 내가 그림을 이해하는 수단도 마찬가지로 조용하고 말이 없다. 그렇다면 우리는 과연 '이해understanding'에 대해 이야기할 수 있을까? 그렇다, 할 수 있다. 직관적 지식도 있고, 무언의 지혜도 있고, 본능적인 인식도 있기 때문에, 나는 세상에 대한 이같이 두루뭉술한 이해는 우리가 흔히 상상하는 것보다 훨씬 더 크게 우리 자아의 일부를 구성한다고 믿는다. 정확히, 직관과 감각에 기반하고, 결코 명시적으로 구체화되거나 논의된 적이 없다는 바로 이 점으로 인해서 '이해'는 우리가 평소에 세상을 해득하는 장치인 이성과 이성의 언어를 빠져나가고, 이를 통해 거의 눈에 띄지도, 인식되지도 않은 채로 남아있게 된다.

그림에 대해 글을 쓰는 일은 같은 문제를 보다 심화시킨다. 그림은 감정을 직접적으로 다룬다. 감정을 설명하고 말이 없는 것에 말을 부여할 때, 그 말이 없는 것은 다른 무언가가 되고 만다. 그림에서의 대각선 사용, 즉 모든 것이 검은 가운데 흰 손 두 개가 이룬 선이 이 그림에서 가장 중요한 '얼굴'로 우리의 시선을 어떻게 유도하는지를 지적하는 것은 아무 소용이 없다. 이러한 지적은 그림이 어떻게 작동하는지만을 설명할 뿐, 우리가 다루고 있는 효과가 무엇인지에 대해서는 아무런 설명도 못하기 때문이다.

뭉크는 인간 본성을 잘 파악했다고 알려지지도 않았고, 남을 이해하기에는 너무 오만한 사람 같지만, 이 초상화는 여동생을 분석하고 있는 것이 아니라 감각하고 있다. 이 그림은 그녀의 존재감이 불러일으키는 감정으로 가득하며, 그러니 굳이 이름을 붙이자면, 그는 인간 본성의 '감지자feeler'였다. 영혼을 감각하고, 사물과 풍경을 감각했던 이였던 것이다. 만일 누군가가 뭉크에게 여동생이 어떤 사람인지 말을 해 달라고 했다면, 혹은 그가 동생의 성격에 대한 생각을 글로 적었다면, 우리는 그의 말이나 글을 통해 동생에 대해서 어렴풋이 파악은 한다 해도, 그녀만의 독특함, 즉 잉에르를 잉에르로 만든 것은 놓쳤을 것이다. 이 그림에서는 그렇지 않다. 우리는 잉에르가 누구인지 단번에 알 수 있으며, 그림의 주제는 바로 이 존재감이다.

이 그림을 볼 때면 나는 행복과 비슷한 무언가로 가득 채워진다. 그것은 무조건적으로 좋기만 한 것이다.

어째서일까?

나는 그것이 존엄성과 관련이 있다고 생각한다. 그리고 그 때문에 희망과도 관련이 있다. 광대뼈와 만나는 왼쪽 눈 옆의 살갗은 밝은 빛으로 두드러지고, 그림을 보는 사람의 관심은 자기도 모르게 눈 아래의 어둡게 그림자 진 부분으로 이끌린다. 그녀의 시선은 멀게 느껴지지만 그 안에는 자부심이 살짝 묻어나고, 그 아래 피부는 어렴풋이 발그레하며, 이것이 그녀의 시선에 색을 더해서 그녀는 마치 막 울고 있었던 듯하다. 완전히 캄캄한 배경은 그녀가 무언가를 하다가 왔다는, 그녀가 무언가를 뚫고 나온다는 느낌을 주며,

검은색 견진성사 드레스는 그녀를 그것에 바짝 묶어 놓아서, 마치 그녀가 여전히 그 안에 있고 거기서 밖을 바라보고 있는 듯하다. 슬픔으로부터 나와서 바라보지만 여전히 슬픔에서 자유롭지 않은 그 시선에는 자부심이 담겨 있어서, 마치 '이 슬픔은 내가 아니야, 단지 나에게 닥친 무언가일 뿐이야'라고 말하는 듯하다. 이 그림에는 아무런 몸부림도 없고, 그녀의 눈에는 아무런 갈등도 없으며, 단지 수용만이 있을 뿐이다. 이것이 내가 처한 삶의 조건이야, 라는 것이다. 그렇기에 존엄성이 있고, 그렇기에 희망이 있다. 그것은 또한 '젊음'과도 관련이 있는데, 젊음은 살아있다는 느낌이 가장 강렬할 때이자, 인생에서 일어날 수 있는 다른 어떤 일들과도 전적으로 무관하게 자신만의 고유한 존재를 갖추는 때이다. 스무 살의 뭉크는 동생의 초상화에서 이를 정확하게 포착해서, 동생이 과연 누구인지, 그녀를 구속하고 또 자유롭게 만드는, 그녀가 처한 삶의 여건이 무엇인지를 보여주는 듯하다. 나는 그가 이것을 생각했고 성찰했다는 점에는 회의적인데, 그러기에는 그가 너무 어렸던 것이다. 그러나 감정은 나이를 초월하고, 우리를 세상과 직접 연결시키며, 그가 동생의 존재에 접근했고 그 존재를 '이해했던' 것은 바로 감정을 통해서였다.

뭉크가 잉에르의 초상화를 그렸을 때 자신이 중요한 것에, 보다 진실한 것에 다가섰다고 느꼈는지는 나로서는 알 수가 없다. 그러나

이듬해인 1885년에 누나의 병상과 죽음에 대한 기억을 출발점으로 삼아 〈병든 아이〉를 그리기 시작했을 때의 그는 분명히 이를 느꼈으며, 이 작품에서는 내면의 감정과 감각을 회화적으로 표현하는 방법을 처음으로 모색했고, 이로써 1880년대와 1890년대의 크리스티아니아의 젊은 화가들 가운데 유일하게 당시의 지배적인 표현 양식과 파격적으로 단절했다. 〈병든 아이〉는 '감지자'이자, 미지의 세계로 나가는 모험과도 같았고, 이 작품은 조롱과 비웃음과 비방을 당했으며, 이후 몇 년 동안 뭉크는 더 안전한 선택으로 한 걸음 물러선 듯했지만, 동시에 계속해서 배움을 이어갔고, 마침내 1890년대 초에는 그의 그림 세계가 폭발하면서 우리에게 뭉크를 떠올리는 작품들이 전례 없는 힘과 급진성이 터져 나오는 가운데 그려졌다.

만일 뭉크를 당시의 다른 인물과 비교하자면, 화가 중에는 아무도 없지만, 크누트 함순Knut Hamsun이라는 한 작가가 있다. 그들은 같은 세대였고, 함순은 뭉크보다 사 년 앞선 1859년에 태어났으며, 그의 첫 장편 소설인 《굶주림(1890)》은 뭉크의 1890년대 그림이 미술계에서 역할했던 것과 유사한 방식으로 노르웨이 문학의 1890년대를 정의했다. 《굶주림》 이전에는 알렉산데르 셸란Alexander Kielland의 《가르만과 보셰 무역상사》와 같은 소설들에서 보여지듯, 문학적 사실주의가 지배적이었다. 이들 소설에서는 무수히 많은 등장인물을 통해 사회 전체가 밀도 높은 드라마 속에서 묘사되었으며, 이러한 드라마에서 개별 인물들의 심리는 각자 자신이 속한 사회 계급과 얽혀서, 자신들의 계급에서 올라갈지, 내려갈지, 제자리에 머물지 등등 그 운명을 결정했다. 균형을 유지하는 것이 결정적인 문제였고, 이는 아무리 비이성적인 행위나 인물조차도 전체를 흐트러뜨리지 않고 인간적인 모든 것을 조절하는 듯한 보다 큰 맥락에 부합하게 만들었다. 이것은 귀스타브 플로베르Gustave Flaubert의 《보바리 부인》이 서술된 방식이기도 하다. 이야기가 펼쳐지는 공간이 이야기 자체만큼이나 중요하다. 이 공간은 엠마 보바리가 파멸에 이른다고 사라지지 않는다. 이 공간은 지리적이면서도 문화적, 실존적으로도 이해되는 장소로, 이야기가 펼쳐지는 곳이며, 매우 안정적이다.

《굶주림》은 집필된 지 백삼십 년이 지나서도 여전히 놀라운 급진성으로 이 공간을 뒤흔들고 있다. 단지 세상을 자신의 위치에서 바라보는 한 사람에게 소설의 시점이 맞추어져 있을 뿐만 아니라(물론 일인칭 소설은 그때도 지금처럼 존재했다), 또한 그 시점 자체가 소설의 관건으로, 즉 세상이 보여지는 장소에 관한 소설인 것이다. 플롯도, 인물 구성도 없으며, 모든 것이 보고 있는 사람 중심이며, 이로써 보여지는 대상보다는 그가 보는 방식 중심이다. 오늘날에도 그 효과는 대단한데, 마치 함순은 이를 통해 세상이 생겨나고 있는 그대로 묘사하는 것만 같고, 마치 주인공에게 다가오는 세상을 그가 은신처에서 깨어난 날의 날씨로부터 그가 보는 사물들이며 만나는 사람들에게 이르기까지 있는 그대로 묘사하는 것만 같기 때문이다. 세상은 현재시제 속에 있고, 당장 여기이며, 이로써 무슨 일이라도 일어날 수 있기 때문에 소설의 플롯은 무용지물이 된다. 우리는 이러한 긴장과 흥분 속에서 매일매일을 살아간다. 우리 삶에서도 무슨 일이든 일어날 수 있기 때문이다. 그러나 인식과 미리 알고 있는 지식에 기반한 채 우리가 갖는 기대는 고전 소설과 영화에서의 플롯 구조와 인물 구성이 역할하는 것과 거의 같은 방식으로 일상에서 긴장과 흥분을 제거한다. 우리는 위험에 노출되어 있지 않으며, 우리는 안전하며, 우리는 안전하고 예측 가능한 공간에서 살고 있다는 것이다. 소설이며 영화가 우리를 보살펴 준다는 것이다.

함순의 주인공은 굶주렸고 무일푼이며 하루 벌어 하루 먹고 살아간다. 그러나 엄청난 존재감이 생겨나고 소설 공간이 불안정하게 되는 것은 이 때문이 아니다. 그것은 소설이 서술되는 방식, 내적 관점, 밖으로 들어난 행동 등이 소설이 불러일으키는 감정과 생각 속으로 스며드는 방식 때문이거나, 발생하는 사건이 우리의 바로 눈 앞에서, 바로 그 감정과 생각 **안에서** 일어나기 때문이다. 《굶주림》에서의 세상은 굶주린 주인공의 세상이다. 그가 죽으면 세상도 함께 죽는다.

함순은 자신이 글을 쓰는 동안 생겨난 새로운 문학적 공간을 발견했는데, 이 공간의 아마도 가장 놀라운 점은 과거와 미래 모두가 사실상 존재하지 않는다는 점이다. 바로 이것이 이 공간을 마치 텔레비전 화면의 이미지가 안정되어서 뚜렷하고 선명해지기 직전에 깜빡깜빡하며 흔들리듯 예측할 수 없게 만드는데, 이는 주인공이 현재의 위치를 떠나 새로운 장소로 들어갈 때마다 일어난다.

에드바르 뭉크는 함순과 같은 문화에서 자랐기에, 그들은 같은 가치관에 젖어 있었고 비슷한 영향을 받았을 것이며, 뭉크가 주로 관여했던 회화에서의 사실주의와 자연주의는 문학에 팽배했던 사실주의와 다름없었다. 에릭 베렌숄Erik Werenskiold의 1883년작 〈농민 장례식〉, 에일리프 페테센Eilif Peterssen의 1888년작 〈어머니 유트네〉, 크리스티안 크로그의 1886년작 〈경찰 의사 대기실의 알베티네〉는 모두 뭉크의 청년기에 그려졌으며, 그림이 무엇을 다루어야 하는가와 그것을 어떻게 보아야 하는가에 대한 기존의 규범을 각기 다른 방식으로 보여주었다. 죽음, 빈곤, 노화, 성, 성매매 등은 시대적 주제였으며, 이러한 주제들 모두는 거기에 담겨 있는 것에 위협을 받지 않을 정도로 안정적인 공간을 두고 멀리 떨어진 채로 보여졌다. 크로그에게는 이것이 확실한 문제 의식이었던 듯하며, 셸란과 마찬가지로 그도 부유층 출신의 사회 참여적인 인물로서 빈곤과 불의에 분노했지만, 설령 매춘부인 알베티네가 처했던 상황을 파악할 수는 있었다고 해도, 그 공간과 예술적 규범이 요구하는 상당한 거리를 두지 않고서는 그림에서 이를 전달할 수가 없었다. 궁핍과 고통, 빈곤과 성 문화는, 보는 사람의 시선이 보여지는 대상의 일부가 아니라 그 밖에 있을 때만 볼 수 있는 문제들이었다. 우리는 오늘날도 이와 같은 원칙을 따르고 있다. 우리는 우리가 보는 것에 대해서 연민을 느낄 수도 있겠고, 최악의 비참함이나 성이나 죽음에 대해서 연민을 느낄 수도 있겠지만, 이는 우리를 그것에 너무 가까이 데려가거나 그 일부로 만들지 않는 체계 내에서만으로 국한된다.

도덕에서 자유로운 예술은 단연코 없다. 모든 예술은 현실에 대한 일련의 평가들을 의미한다는 단순한 이유 때문이다. 그리고 이러한 평가들은 언제나 사회적인데, 비사회적 예술이란 결코 존재한 적이 없는 까닭이다. 그리고 (이 점이 중요한데,) 보는 이와 보여지는 대상 사이의 관계를 설정하는 것이 '형식form'이기 때문에, 예술은 그 무엇보다도 형식을 통해서 도덕적이 된다. 이렇게 보면, 비록 셀란의 《가르만과 보세 무역상사》는 고결하며 인본주의적인 견해를 피력한 반면, 함순의 《굶주림》에는 고결하거나 인본주의적인 것을 지지하기 위해 인용할 만한 단 하나의 문장도 없지만, 《가르만과 보세 무역상사》보다는 《굶주림》이 훨씬 더 중요한 도덕적 작품인 것이다.

이는 그야말로 변하지 않으며 모든 예술의 핵심이라고 내가 믿는 진실에 관한 것이다. 나는 진실의 본질은 그것이 경험되어야 하는 것이라고 생각하며, 진실이 경험되기 위해서는 계승된 관념들에 얽매이지 않고 적나라하게 드러나야 한다고 생각한다. 모든 예술의 원동력은 진실한 표현 수단을 찾아내는 것이며, 만일 우리가 1888년 크리스티아니아에서 살고 있는 스물네 살의 화가라면, 우리는 우리가 사용할 수 있는 회화적 방법들이 불충분하다면 이를 인지할 것이고, 혹 막혔다는 느낌이 든다면 이를 인지할 것이며, 또한 이것이 의식적인 사고 과정의 일부가 아니더라도 (거의 드문 경우에만 그 일부에 해당하며, 진실은 직관적으로 감각되는 것이고 예술적 작업은 직관을 통해 일어난다) 이 젊은 예술가에게는 여전히 두가지 선택이 있다. 즉, 불충분하다는 감각이 생겨나는 순간 이를 차단한 채로 비록 그 그림들을 존재하게 만든 동기와는 거리가 멀더라도 만족스럽다고 여겨 버리든지, 아니면 그림이 '응답'하고 동기와 결과 사이에 일종의 통합이나 일치가 일어날 때까지 긁어내고, 칠하고, 긁어내고, 칠하고, 버리고, 다시 시작하고, 찾고, 구하고, 칠하고, 긁어내는 것이다. 어쩌면 이 응답은 결코 일어나지 않을 수도 있고, 어쩌면 십 년 후에 일어날 수도 있고, 어쩌면 열흘 후에 일어날 수도 있다.

뭉크의 〈절규〉와 크로그의 〈경찰 의사 대기실의 알베티네〉는 《굶주림》과 《가르만과 보세 무역상사》의 관계와 유사하다. 〈절규〉에서 세상은 그저 사건 하나가 펼쳐지는 안정된 공간이 아니다. 사건 자체에는 선정적인 요소도, 비난거리도 없으며, 경찰청 소속 의사에게 성병 검사를 받아야 하는 매춘부도 없고, 그저 어느 도시의 고지대 난간에 서서 귀를 막고 입을 벌린 채 서 있는 사람 하나가 있을 뿐이다. 이 그림이 충격적이고, 처음 전시되었을 때 논란거리가 된 것은 전체 공간이 얼굴과 그것이 표현하는 심리 상태에 함몰되어 있다는 점이다. 이 공간은 식별할 수 있는 공간으로, 오슬로 피요르를 끼고 있는 오슬로이며, 아마도 에케베르그오센의 능선에서 바라보았겠지만 크게 왜곡되어 있고, 도시 풍경은 물결 모양의 푸르스름한 붓질 몇 번으로, 피요르는 단 몇 개의 노란색 선으로, 하늘은 빨간색과 오렌지색의 강력한 물결 무늬만으로 축약되었다. 만일 우리가 1880년대의 사실주의 회화 작품들 중 하나를 먼저 본 다음 이 그림을 본다면, 두 그림이 같은 시대와 문화에 속한다고 믿기 어려우며, 〈절규〉는 완전히 다른 세상에서 온 것만 같다. 그러나 여기서 일어난 모든 일은 《굶주림》에서도 일어난 일이다. 시점이 한 사람에게로 옮겨졌고, 작품의 주된 관심사는 그 세상이 보여지는 장소이며, 이 한 사람이 경험하는 현실이 바로 세상**이다.** 보여진 모든 것은 감정과 분위기에 의해 채색되며, 이는 계속 바뀌고 있다. 그러나 뭉크의 그림을 그토록 강력하면서도 놀라울 정도로 효과적으로 만드는 것은 보는 이를 무방비 상태에 빠뜨린다는 점이다. 이 그림이 표현하는 감정들은 즉시 고스란히 전이된다. 이러한 무방비 상태는 바로 '절규'의 영향력을 줄일 공간이 없고, 그 이전과 이후도 없으며, '현재'가 우리가 보는 모든 것을 채우고 있다는 점을 통해 발생한다.

공간은 (지리적으로도, 시간적으로도) 회복을 도모하는데, 이는 다양한 전개 과정과 지속성을 보장하기 때문이다. 그러나 〈절규〉에서는 공간이 닫혀 있고, 우리는 그림에서 일어나는 일을 피할 수가 없으며, 거리를 둘 수도 없다. 이것이 이 무렵의 뭉크의 그림에서 가장 도발적인 특징임에 틀림없다. 당시의 지배적인 회화 양식pictorial idiom이라면 동반했던 '거리'이자, 작가 자신과 자신의 삶을 연루시키지 않은 채로 공공장소에서의 질병, 성매매, 죽음뿐만 아니라 숭고함, 아름다움, 고상함과도 관여될 수 있게 만들었던 '거리'가 이 그림에서는 더 이상 존재하지 않았다. 그려진 대상과의 거리 역시 없어졌다. 〈절규〉에서는 붓자국이 드러나 있고, 이 그림은 스케치 풍에다 여전히 미완성이라는 느낌을 주는데, 특히 넓은 자주색 선이 오른쪽 가장자리 전체를 차지하고 있다. 다른 그림에서라면 이 선이 환상을 깨뜨렸겠지만, 〈절규〉에서는 너무 거칠게 그려져서 오히려 환상을 강화시킨다. 예를 들어 세테스달렌 계곡을 그린, 베렌숄의 아름다운 그림들처럼 같은 시기에 정밀하게 그려진 사실적인 회화들에 이같이 넓고 닫힌 붓자국이 있었다면 어땠을지 생각해 보자. 회화적 공간에 대한 신뢰에 기반한 그 그림들의 마법 전체가 파괴되고 말았을 것이다.

《굶주림》과 〈절규〉라는 제목도 서로 유사하다. 둘 다 짧고 거의 원시적으로 단순하며, 둘 다 신체와 관련되어 있고, 말 없는 절규와 굶주림은 동물적이기도 하다는 점에서, 언어 이전의 그 자체를 표현하는 것이자 원초적이고도 인류가 생겨나기 전의 무언가임을 암시하고 있다. 또한 두 작품은 창작 당시 생경했던, 한 개인의 현실이라는 극단적인 주관성을 공유한다. 그리고 두 작품 모두, 안정적이고 집단적인 공간을 완전히 파괴하거나 깡그리 무시한다. 이 두 작품은 새로운 예술과 새로운 공간과 새로운 시대를 필요로 했다.

그러나 이것은 백삼십 년 전에 이루어진 일이고, 따라서 아마도 가장 중요한 질문은 왜 이 두 작품은 우리와 여전히 관계가 있는가, 왜 아직도 여전히 우리 문화의 아주 생생한 일부인가일 것이다. 내가 뭉크의 작품에 이렇게도 밀접히 다가서서 뭉크에 관한 이 책을 쓰는 것은, 마치 뭉크 시대의 작가 한 사람이 1760년대 노르웨이의 화가에 대해 그의 그림과 그 그림의 탄생사를 여전히 관련성이 있는 것처럼 써야 했던 것과 같다. 이것은 뭉크의 작품들이 예고한 시대이자 그 일부를 차지했던 새 시대가 우리가 살아가고 있는 현시대와 여전히 동시대임을 의미하는 것이라고 나는 생각한다.

• • •

이 글을 쓰고 있는 방은 얼음장처럼 차갑다. 외부 온도가 급격히 떨어진 것과 동시에 난방 장치는 작동을 멈추었고, 소형 장작 난로는 아무리 불을 세게 지펴도 겨우 일 미터 둘레의 공기를 데울 뿐이다. 그래서 나는 두꺼운 겨울 재킷과 털모자며 목도리에 부츠 차림으로 여기에 앉아 있다. 그러나 밖은 겨울답지 않아 보이며, 기온은 영상을 조금 웃돌고, 잔디밭은 노란 줄무늬가 희끗희끗하지만 여전히 푸른 채로, 가을과 겨울 첫달 동안 그 대부분이 짙은 갈색과 적갈색으로 바뀐, 아직 썩지는 않았지만 젖어서 무거워진 낙엽으로 곳곳이 덮여 있다. 잔디밭 너머로 널빤지 벽이 회반죽을 바른 옹벽에 대비되어 붉게 빛난다.

형형색색의 다양한 색들이 서로 경쟁이라도 하듯 매일 새로운 방식으로 나타나고, 때로는 헤아릴 수 없을 정도로 아름다우면서도 평생을 두고 생각에 사로잡힐 만한 수수께끼로 가득한 세상에서, 어쩌면 누군가는 우리에게 왜 예술이 필요하냐고 질문을 던질지도 모르겠다. 물론 예술도 우리가 만드는 다른 모든 것처럼 세상의 일부이지만, 항상 사물 그 이상임으로써 다른 사물들과는 구별되며, 현실 속의 사물인 동시에 우리가 일상적으로 보거나 그 속에 깃들어 살아가는 사물의 옆이나 너머로 고유의 현실을 창조한다.

이것은 과연 어떤 현상일까? 그리고 우리에게 어떤 소용이 있다는 말일까?

십일월이 끝나가던 무렵, 나는 런던에서 열린 독일 예술가 안젤름 키퍼Anselm Kiefer의 전시를 찾아갔다. 전시 제목은 《발할라Walhalla》였고, 다양한 오브제와 설치 미술 및 회화로 구성되어 있었다. 전시는 병동이나 병영처럼 침대로 꽉 찬, 긴 복도로 시작되었다. 침대는 이불, 베개와 함께 납으로 제작되었으나, 이로 인한 엄청난 무게에도 불구하고 주조 과정에서 생긴 주름, 접힌 자국, 눌린 자국 등으로 이제 막 내다버려진 침대처럼 가볍고 우연하다는 인상을 주었고, 또한 동시에 소재의 무게와 부동성은 바로 이러한 순간의 가벼움을 시간이 부재하는 공간 속의 무엇인가에, 즉 불변하는 무엇인가에 고정시켰다. 그렇다면 우리는 어디에 있다는 것일까? 시간은 우리의 삶이 펼쳐지는 '공간'이며, 삶은 하나의 긴 연속적인 움직임이며, 결코 쉬지도 않고 멈추지도 않는다. 우리가 잠을 잘 때조차도 눈은 눈꺼풀 아래에서 움직이고, 흉곽은 오르락내리락하고, 심장은 쿵쿵 뛰고, 피는 콸콸 흐르고, 우리가 하루의 일과에 지쳐 소파에 가만히 앉아 있을 때마저도 생각은 의식을 가르며 미끄러져간다. 우리의 하루하루가 단 한번도 똑같지 않고, 단 한번도 되풀이되지 않듯, 우리의 생각 역시 결코 똑같지도, 되풀이되지도 않는다. 우리는 시간을 벗어날 수 없으며, 시간은 우리 존재의 근본적인 조건이고, 따라서 우리는 비시간성non-time으로부터, (우리에게는 존재하지 않는) 영원성timelessness으로부터 배제된다. 아마도 우리가 이를 보거나 상상할 수는 있다고 해도, 이는 심연 저편에 있는 무언가로서만 가능한 일이다. 런던 전시에서의 납으로 만든 침대들은, 소재의 주름과 요철을 통해 표현된 순간이 결코 다른 순간으로 이어지지 않았고, 따라서 영원히 변하지 않는다는 의미에서 시간의 밖에 존재했다. 더더구나 누구라도 침대에 누워 있는 인간은 연약한 인간이다. 나는 이 글을 쓰면서 막내딸을 떠올리는데, 딸아이는 세 살이며, 나는 매일 아침 아이를 유아용 침대에서 안아 올려서 하루를 맞게 한다. 그 하루 속에서 아이는 절대로, 절대로 끊겨서는 안 되는 연속성 안에서 전날로부터의 모든 것을 재개한다. (그러나 만일에 그것이 끊긴다면, 나는 아이의 움직임이 침대보와 이불에 남긴 저런 자국들을 마주하게 되는 것이다.) 키퍼의 납이 강조했던 것은 바로 이와 같이 부재하는 신체들의 흔적이었고, 그것은 '시간 감각'에 영향력을 행사했다. 이 침대들은 지금 막, 바로 이 순간에 버려진 것이 아니라 아주 오래전에 갓 버려졌고, 그 옆을 따라 걷는 동안 아마도 이들이 신들이나 영웅들의 소유물이었으리라는 생각이 문득 들었다.

그 왼쪽에 위치한 전시실의 한가운데에는 셔츠와 드레스들이 걸려 있는 거대한 나선형 계단이 있었다. 이들은 북유럽 신화에서 전쟁터에서 죽을 전사들을 선택하는 존재들인, 발키리아Valkyries였다. 조금 더 가면 주 전시장이 있고, 그 안에는 사막같이 누런 표면 위로 솟아오른 탑들이 그려진 거대한 그림들이 여러 점 걸려 있었으며, 그중 하나에서는 연기 기둥 비슷한 것이 솟아오르고 있었다.

불과 며칠 전에 사진작가 파올로 펠레그린Paolo Pellegrin에게서 사진 몇 장을 받았다. 그는 알레포를 향해 시리아를 관통했던 쿠르드군을 종군했다. 이들 사진에서도 평평한 모래 사막에서 거대한 연기 기둥들이 솟아나고 있었기에, 나는 키퍼의 그림들을 그 사진들과 연결시키지 않을 수가 없었지만, 또한 동시에 그의 그림들은 '바벨탑'과 '소돔과 고모라의 멸망'이라는 신화적 세계까지도 열어젖혔다.

키퍼 자신을 찍은 사진 한 장 말고는 전시장을 통틀어 사람의 이미지나 형상은 전혀 없었으며, 전시는 오로지 침대와 침구, 나선형 계단, 셔츠와 드레스, 말라빠진 나무와 바위, 사람이 없는 사막 풍경을 그린 그림들로만 구성되어 있었다. 침대와 나선형 계단은 일상용품이며, 셔츠와 드레스 역시 그렇다. 이들은 일상에 속하고 거의 아무것도 담겨있지 않으며, 사막의 풍경이나 나무와 바위도 이와 마찬가지이다. 그러나 여기서, 이 전시에서 이렇게 병치됨으로써, 이들은 의미심장함의 무게에 짓눌려 무너질 지경이다.

그 의미심장함은 과연 어디에 있었을까? 오브제와 그림이 그것을 가리켰거나 혹은 그것이 나타날 수 있는 공간을 열었다. 그러나 그렇게 불러 오기 전에는 그것은 대체 어디에 있었던 것일까?

신화는 그야말로 시간을 초월하고, 어느 특정 순간에 얽매이지 않으나, 우리에 대한 또는 우리 안에 있는 절대 불변의 것을 다룬다. 신화는 특정 시간에 시작되지만, 전시가 끝나거나 책을 덮자마자 다시 시간의 밖으로 사라진다. 모든 예술 작품은 그런 공간들을 열고, 우리가 서 있는 벽을 허물고 또 다른 현실이 나타나게 만든다. 물론 예술 작품이 열어주는 것이 반드시 오래된 신화나 원형적인 관념은 아니다. 그러나 (그리고 이것은 예술의 본질적인 특징인데) 시간이 지남에 따라 예술 작품 자체가 신화화되는데, 왜냐하면 예술 작품 자체가 불변하며, 시간의 밖에서 존재하기 때문이다. 어느 화가가 어떤 사람의 초상화를 그리고, 이십 년이 지나서 그 화가가 세상을 떠나고, 삼십 년이 지나서 초상화 속 인물도 세상을 떠나지만, 삼백 년이 지난 뒤에 우리는 마드리드의 한 미술관에서 그 그림을 본다. 우리가 보는 것은 시간 속의 한 순간이요, 한 특정한 예술가가 특정한 공간에서 특정한 붓질을 했던 바로 그 순간이다. 다른 모든 것은 시간이 지남에 따라 변하고 사라졌지만, 그림은 그렇지 않았다. 그림 앞에 서서, 우리는 그 의미를 깨닫고, 그림에 생명을 불어넣고, 우리 각자의 시간과 현실 속으로 그 그림을 끌어 들인다. 예술은 살아있는 자와 함께 하며, 바로 지금 이 순간에 있는 그대로 시간 속의 삶을 포착하려고 시도하고, 그것이 성공할 때 시간 속의 삶은 시간을 초월하게 된다.

키퍼는 반대 방향에서 이에 접근했고, 그는 '시간을 초월한 것'을 붙잡아서 여기, 우리 사이에 설치하고자 시도했다. 그리고 전시를 보았을 때 적어도 나에게 일어났던 것은, 세상에서 현재 일어나는 사건들, 특히 현재 진행 중인 시리아 전쟁과 이라크에서의 끊임없는 테러와 같은 폭력적이고 파괴적인 사건들이, 더 이상 여기서 팔십 명 사망, 저기서 오백 명 사망이라는 식으로 사람들이 숫자에 불과한 채 멀고도 무관하게 명멸하는 것이 아니라, 바로 현재라는 갑작스러운 깨달음이었다. 이는 죽음을 너무도 방대하게 만들고, 역사를 너무도 심오하게 만들기 때문에, 비단 나나 여러분만이 아니라 우리 모두의 삶을 너무나 연약하고 대체할 수 없는 것으로 만든다는 이유로 키퍼가 종종 비판받는 기념비성monumentality을 통해서 달성되었다.

이것이 신화가 작동하는 방식이다. 신화는 극소수의 상황에 놓인 극소수의 인물(《일리아스》의 헥토르와 아킬레우스, 성경의 카인과 아벨을 생각해 보자)을 다루며, 이들에게 비길 데 없는 비중이 주어져서 이들의 이야기가 처음 전해진 지 수천 년이 지난 지금도 문화 속에서 건재하다. 가령 지금 이웃 도시 말뫼에서 형제 살해 사건이 일어난다면, 비록 지역 신문에서 몇 줄을 할애한다고 해도 주목을 끌지 못하고 지나갈 것이며, 그 형제와 직접 관련이 없는 다른 모두에게는 아무 의미도 없고, 아무 인상도 남기지 않으며, 거의 마치 아무 일도 없었던 것이나 마찬가지가 된다. 또는 칼로 살해된 어느 병사, 지프 뒤에 끌려가는 한 구의 시체 등 전쟁에서 일어나는 그 어떤 사건이라도, 사건의 당사자들을 제외한 다른 모든 이들에게는 마찬가지로 세상에서 사라지고 마는 것이다. 그러나 만일 우리가 카인과 아벨을 생각하면서 형제 살해 사건에 대해 듣거나, 《일리아스》를 염두에 두고 전쟁 행위에 대해 듣는다면, 우리는 모든 사건이 동일한 무게를 지니고 있으며, 사람들 사이에서 일어나는 모든 일이 한결같이 의미가 있다는 것을 깨닫게 된다. 또한 모든 일이 이전에도 일어났다는 것도, 인간으로 사는 것은 오천 년 전이나 지금이나 똑같다는 것도 깨닫게 되는 것이다. 신화는 공동체적인 경험이며, 신화의 역할은 우리의 삶에 그것이 펼쳐질, 시간적인 공간이 아닌 다른 종류의 공간을 제공하는 것이다. 신화는 그 자체로는 존재하지 않으며, 그 자체의 장소도 없으나, 런던의 키퍼 전시에서처럼 활성화될 때마다 세상으로 들어온다.

예술은 각각의 인물과 개별 사건에 동등하게 특별한 비중을 부여하며, 이와 비슷한 방식으로 시간을 초월한 공간에 이들을 배치한다는 의미에서 신화와 유사하다. 예를 들어 영화 〈대부 2〉에서의, 주인공 마이클 코를레오네가 형의 암살을 획책하는 장면에서 얼마나 많은 감정이 그 특정 시점에 집중되는지를, 또한 형제간의 극도로 복잡한 관계가 그 복잡성과 감정적 깊이를 유지하면서도 얼마나 간결하게 묘사되는지를 생각해 보자. 또는 에드바르 뭉크의 〈병든 아이〉를, 곁에 앉아 슬퍼하는 사람에 대한 걱정으로 가득한, 죽음을 앞둔 소녀의 온화한 시선을 생각해 보자. 또는 출산의 막바지로 향하면서 마치 그것이 세계 최초로 일어나듯 묘사되는, 매기 넬슨Maggie Nelson의 소설 《아르고 원정대》를 생각해 보자. 그것은 출산을 하는 그 여성에게도 그렇겠지만, 넬슨의 묘사를 통해 출산에 대해 읽는 우리에게도 역시 마찬가지로 다가온다. 나는 나의 형을 죽이라고 시킨 적도 없고, 누이를 잃었던 적도 없으며, 아이를 낳아본 적도 없다. 그러나 그 영화, 그 그림, 그리고 그 책 덕분에 나는 그런 공간들 속에 존재해 보았고, 그 공간들은 인간으로서 내 경험의 일부가 되었다. 그것 자체만으로는 중요하지 않을 수도 있겠지만, 그럼에도 그것은 중요하다. 왜냐하면 모든 순간이 정말 그렇다고, 모든 관계가 정말 그렇다고, 그 자체만으로도, 그 자체의 의미만으로도 인정받아야 하고, 우리 안에 깃들 공간이 주어져야 한다고 말해주기 때문이다.

무겁고 변하지 않는 납, 우리가 남기는 가볍고 임의적인 흔적, 삶의 불가침성, 죽음의 피할 수 없는 공허함. 이들은 우리 모두가 알고 있고 때때로 멈춰서 생각해보는 요소들이지만, 우리로 하여금 이들 요소를 직면하고, 이들로 우리를 채우고, 감정을 통해 이들을 이해하게 만드는 것은 오로지 예술만이 할 수 있는 일이다. 뭉크는 공간을 더 긴박하게 만들기 위해서 닫아버렸고, 〈절규〉에서는 그 순간의 느낌만이 중요하지만, 키퍼는 긴박감과 위급함을 역사에 연결했고, 이로써 공간을 열어서 심화시켰는데, 그 이유는 무엇보다도 특히 미디어의 지배를 받는 우리 시대에 끊임없이 전달되는 압도적인 양의 고통이 긴박감을 영구적인 상태로 바꾸어서 경험으로서의 소통을 거의 소멸시켰기 때문이었다. 사건이 일어나는 것과 우리가 그것을 인식하는 사이의 시차가 너무 짧아져서, 우리는 마치 〈절규〉 속의 순간적인 세상에서 살고 있는 것만 같고, 따라서 예술이 요구하는 것은 뭉크가 스스로 설정했던 것과는 정반대가 되었다. 이제 시간은 공간 속에서 새로운 자리를 부여받아야만 한다.

• • •

전시를 보고 나서 일주일 뒤, 나는 안젤름 키퍼를 직접 만났다. 파리 외곽에 있는 키퍼의 작업실에서였다. 그를 인터뷰하고 그가 작업하는 모습을 지켜보기 위해서 그곳으로 향했다. 그의 작업실은 한때 백화점 창고였으며, 어마어마하게 컸고, 키퍼와 그의 어시스턴트들 모두가 자전거를 이용해서 내부를 돌아다니고 있었다. 그는 그곳에서 살았고, 한쪽 끝에는 그가 그림을 그리는 큰 방 세 개에 서재 및 주방과 몇 개의 거실이 딸린 주거 공간이 마련되어 있었다. 그는 일 년 내내 매일같이 일했고, 그것이 그의 생활 방식이었다. 비록 그는 일흔둘이었고 나는 바로 전날 갓 마흔여덟이 되었음에도, 여덟 시간 동안 그가 일하는 광경을 보고 난 후 나는 녹초가 되었고, 그는 내가 떠날 때도 여전히 왕성하게 일을 하고 있었다. 축구장보다 훨씬 더 큰 작업 공간은 그가 제작한 그림과 설치 작품들로 가득 차 있었다. 키퍼의 기묘하면서도 바깥 세상의 현실과 괴리된 거의 수중 같은 세상에서 내가 본 작품들의 유일한 다른 작가는 에드바르 뭉크였다. 서재에 놓여 있던 책장들의 측면에는 뭉크의 목판화 〈숲을 향하여Mot skogen〉를 비롯해서 우주 공간에서 서로를 맴도는 듯한 남녀의 그림 등 내가 즉각 알아봤던 작품 몇 점이 함께 걸려 있었다.

그것은 조금 의아했는데, 왜냐하면 겉보기만으로는 키퍼와 뭉크의 작품이 현저히 다르기 때문이었다. 키퍼의 주제는 신화, 역사, 시간과 파괴, 죽음과 소멸이지만, 또한 새로운 시작으로서의 파괴이며, 그의 예술에서 주목할 만한 특징은 적어도 언뜻 보기에는 그 자신이 그 안에 존재하지 않는다는 점이다. 키퍼의 예술을 개인적이라고 부를 사람은 거의 없다. 반면 뭉크는 자신의 개인적인 트라우마를 상징주의적 표현주의로 그렸는데, 여기에서 외면은 내면에 형태를 부여하거나 내면을 묘사하기 위해 존재할 뿐이었으며, 역사적이거나 사회적인 요소는 거의 전무했다.

나는 키퍼에게 뭉크와의 관계에 대해서 물었고, 그는 급한 고갯짓으로 질문을 일축하다시피 하면서도 뭉크가 훌륭한 그래픽 아티스트였다고 말했다. 나는 여러 예술가들로부터 같은 말을 들었고, 다들 뭉크가 그래픽 아티스트로서 가장 큰 위업을 달성했다고, 그의 진정한 재능은 선線에 있었다고들 말했었다. 키퍼가 뭉크의 예술에서 그 부분에 연대감을 느꼈다는 것도 아주 생소하지는 않았고, 그의 서재에 다름 아닌 〈숲을 향하여〉가 걸려 있는 것도 수긍할 만했다. 키퍼의 작품들은 나무와 숲으로 가득 차 있으며, 그는 예술가로서의 경력 전반에 걸쳐 바로 그 모티프로 되돌아갔던 것이다. 키퍼의 걸작 중 하나인 〈바루스Varus〉는 눈으로 뒤덮인 숲을 묘사한 작품으로, 캔버스 전체에 핏자국과 독일 낭만주의 작가들의 이름이 적혀 있다. 이는 토이토부르크 숲에서 벌어진 게르만인과 로마인의 전투이며, 나치가 이 역사적 사건과 숲을 기원 신화 및 정통성 신화로 이용했던 일이자, 유대인 절멸 수용소를 둘러싼 숲인 동시에, 슈바르츠발트검은 숲에서 보낸 키퍼 자신의 유년기와 청소년기이고, 종교에서 나무가 갖는 중요성 즉, 생명의 나무이며, 지식의 나무요, 또한 세계수 '위그드라실Yggdrasil'이기도 하다. 내가 그곳에서 본, 이제껏 전시된 적이 없는 또 하나의 작품은 마치 무대에서처럼, 잘라낸 나무들과 그 나무들에 걸린 그의 사생활이 담긴 사진이 들어있는 상자로 이루어져 있었는데, 그중에는 키퍼가 처음으로 갔던 파티며, 친한 친구들과, 젊어서 세상을 떠난 친척의 사진도 있었다.

언젠가 키퍼가 우리의 이야기는 숲에서 시작된다고 말한 적이 있는데, 그 숲은 뭉크가 묘사한, 남녀가 서로 부둥켜 안고 걸어가고 있는 어둡고 울퉁불퉁한 들판이다. 우리는 숲을 향해 걸어가는 그들을 뒤에서 보고 있는데, 그들에게는 어딘가 무한히 연약하면서도 취약한 데가 있으며, 마치 둘은 서로 지탱하며, 서로 붙잡아 주고 있는 듯하다. 부둥켜안고 있는 남녀는 물론 친숙한 뭉크의 모티프이며, 이 모티프에서 여자는 남자의 피와 생명을 빨아먹는 흡혈귀이다. 여기에서 둘의 관계는 평등하지만, 또한 복잡하지 않은 것만은 또 아니어서, 이 모티프를 그린 다른 작품에서는 여자는 벌거벗고 있는가 하면, 반면 남자는 마치 절대로 그녀에게 가까이 다가갈 수는 없다는 듯이 옷을 차려 입고 있다.

'숲'이라, 그것은 무엇일까? 자유일까? 그렇다. 그러나 그것은 사라짐으로서의 자유, 죽음으로서의 자유이다. 그림 속 인물들은 마치 어린아이가 그린 것처럼 이상할 정도로 서툴게 그려져 있지만, 그림에는 거친 데가 있고, 정제되지 않고 야성적인 면이 있으며, 이는 서툼과 대조를 이루며, 이를 부드러우면서도 연약한 무언가로 바꿔 놓는다. 너무나도 많은 간절함이 너무나도 작은 표면에 담겼다.

그리고 너무나도 많은 힘이, 숲의 너무나도 많은 부분이 여기에 표현되어 있다. 이미지를 목판에 새겨서 종이에 압착시킨 질감이 그렇게나 확연하다. 이것은 뭉크가 작품 속에서 가까이 다가가고자 했던 것으로, 그가 그린 그림의 물질적 측면인 것이며, 이와 유사한 점은 키퍼에게서도 발견되는데, 그는 한 걸음 더 나아가서 재와 짚, 모래와 나뭇조각 등과 같은 재료를 그림에 직접 적용하고, 녹여 부은 납의 임의적인 패턴과 형태가 그림의 일부를 형성하게 한다. 뭉크에게는 그림 역시 무엇을 재현하는가와는 무관하게 그 자체로 하나의 사물이었다는 점, 즉 그림의 물질적이자 물리적 측면은 그의 말년에 특히 분명해졌다. 그 무렵 뭉크는 작품들을 햇빛과 비바람에 노출시켰고, 이러한 방법을 통해 그림에 자연이 새겨지게 만들었는데, 이는 그와 작품들과의 관계를 특징짓는 부주의함 때문이기도 했으며, 그는 그림을 재빨리 그렸고 스케치와 미완성인 상태로 둔 채로 그림을 완성하지 못할 때도 많았다.

나중에 키퍼는 자신이 뭉크의 전작 도록을 가지고 있으며, 처음으로 모든 작품을 보았을 때, 대략 칠십 퍼센트 정도의 아주 많은 그림이 빈약했기 때문에 놀랐다고 말했다. 그는 곧 입장을 선회하고, 그 그림들은 완성된 그림, 좋은 그림, 걸작과는 달리 어딘가로 향하고 있는 과정에 가깝다고 말했다.

또한 키퍼는 자신이 갑자기 사망할 경우에는 미완성이거나 수준 이하인 작품들을 파기하라는 지시를 어시스턴트에게 해 두었다고도 말했다.

나는 이 말에 깊은 인상을 받았는데, 이는 아마도 모든 작품이 대단히 키퍼스러우면서도 서로 밀접하게 연결되어 있어서 나로서는 그의 그림들을 평가할 수 없었기 때문이었던 것 같다. 뭉크는 분명히 이와는 달리 생각했고, 모든 그림을 하나도 빠짐없이 오슬로시 당국에 기증한다는 유언을 남겼다. 그가 자신의 그림들을 어떻게 평가했는지, 그의 눈에는 무엇이 실패작이었고 미완성이었는지, 무엇이 수준 이하였는지, 그리고 그를 만족시킨 것은 무엇인지 알 길은 없다. 그에 대해 내가 아는 바에 근거하면, 그는 괘념치 않았다고, 적어도 그가 오로지 그림만을 그렸던 말년에는 이를 괘념치 않았다고 생각한다.

십이월의 그날, 나는 키퍼의 작업을 유심히 지켜보다가, 눈 덮인 숲의 풍경을 그린 뛰어나게 아름다운 그림 위로 그가 납물을 붓는 광경을 보았을 때, 그림들을 망칠까 봐 두렵지는 않았는지, 그 과정을 좀 더 일찍 멈춰야 했다고 느낀 적이 혹시 있는지 물었다. 그는 웃음을 터뜨리고 나서 모든 예술가는 우상 파괴자들이라고 말했다.

• • •

내가 앉아서 이 글을 쓰고 있는 자리에서 이 킬로미터 떨어진 곳에 한 영국 사진작가의 작업실이 있다. 방금 그에게 다녀온 길인데, 그의 이름은 스티븐 길Stephen Gill이며, 그는 지난 삼 년 동안 작업한 것을 나에게 보여주고 싶어했다. 이곳 글렘밍에브루는 주민이 삼백 명 정도 되는 작은 시골 마을임에도 불구하고, 그와는 아이들이 다녔던 어린이집과 새해 축하 파티에서 두어 번밖에 만난 적이 없었다. 이곳으로 이사를 오기 전에는 그가 런던에서 살면서 일을 했다고는 알고 있었다. 그에게 연락을 해 보려는 생각은 꽤 오랫동안 하고 있었다. 이 지역에서 예술과 그림에 관해 이야기할 수 있는 사람을 잘 모르는 데다가, 더욱이 그와 같은 수준에서는 드물지만 방법이 떠오르지 않았다. 나는 아주 사교적인 편도 아니고, 그냥 아무에게나 전화를 거는 성격도 못된다. 그래서 그의 전화가 반가웠다. 그는, 마을 바로 외곽의 낮은 평지를 달리다가 그 끝의 자갈길로 들어서면 일 킬로미터 지나 오른쪽에 집이 나올 것이라고, 찾아가는 방법을 문자 메시지로 보내 주었다. 나는 그의 설명에 맞는 집을 못 찾은 채 몇 킬로미터를 운전했고, 엉뚱한 진입로에서 차를 돌려서 왔던 길을 다시 달렸다. 들판은 시야 가득, 옅은 노랑, 겨울빛 흐린 녹색, 젖은 갈색을 띠며 사방으로 뻗어 있었다. 하늘은 지난 며칠 동안 늘 그랬듯이 흰 빛이었다. 나는 이 길을 달려본 적이 한 번도 없었는데, 평소에 다니던 곳을 벗어나 있다는 바로 그 사실만으로도 풍경이 바뀌었다고, 풍경에 대한 느낌이 다르다고 느껴졌다. 내가 새로운 위치로 이동하면서 마치 풍경은 그 도로에 속해 있는 듯, 특정한 들판과 각도로 배치된 듯, 돌연 전체적인 파악이 중단되었는데, 천천히 길을 따라 운전을 하는 동안 운전석에 앉아서 어디를 봐도 수 킬로미터에 달하는 평평한 들판이라는, 평원의 느낌이 내 안에서 되살아났다.

대개 이곳은 바람이 많이 불고, 바다 위로 형성된 거대한 바람의 돛이 아무런 장애물을 만나지 않고 뭍으로 달려들곤 하지만, 오늘은 완벽하게 잠잠했고, 빛은 공중에서 미동도 없었으며, 온갖 은은한 색상이 그 안에서 잔잔하게 펼쳐졌다.

보통은 지금처럼 빛이 모호할 때는 나는 빛을 잘 느끼지 못하는데, 낮의 이 시간대에는 거의 항상 무슨 일인가로 바쁘다보니, 일상을 벗어나서의 그 광경은 다른 곳에서의 다른 아침들을, 특히 야간 경비 근무를 마치고 집으로 돌아와 잠자리에 들기 전에 잠시 앉아 있었던 베르겐에서의 아침들을 떠올렸는데, 뒤죽박죽 엉킨 자동차들과 인파와 건물들이 나를 삼키지 않고 가만히 내버려 두었던 그때도 단마르크스플라스 광장 위로 비치던 빛은 지금 여기서만큼이나 평온하고도 모호했을지 모른다.

짙은 색 옷차림의 사람 하나가 한 손에 컵을 들고 여러 집 가운데 한 채 앞에 서 있었다. 가까이 다가가자, 그가 스티븐이라는 것을 알 수 있었다. 나는 자동차 창문을 내리고 어디에 주차할 수 있는지를 물었다.

— 어디든 원하는 곳에다 하세요, 그가 말했다.

부지에는 건물이 여러 채 있었는데 모두 조금씩 노후되어 있었다.

— 와 주셔서 정말 기쁩니다, 내가 주차를 마치고 차에서 내리자 그가 말했다.

— 만나 뵈서 반갑습니다, 내가 말했다.

우리는 작업장처럼 보이는 곳으로 들어가서 계단을 통해 이층에 있는 그의 작업실로 올라갔다. 작업실은 넓고 트여 있었으며 천장은 수 미터에 달했다. 사진집으로 가득 찬 책장들이 벽 아래쪽을 따라 이어져 있었고, 작업실 한가운데에는 책과 사진으로 덮인 커다란 책상이 놓여 있었으며, 책상의 오른편 바닥에는 수많은 사진이 깔려 있었다.

— 앉으세요, 그는 창가 작업대에서 의자 하나를 꺼내며 말했다.

— 커피 좀 드릴까요?

— 네, 부탁드립니다, 나는 앉으며 말했다.

— 원하시면 담배를 피우시죠, 저도 한 대 피우지요, 그가 말했다.

그의 눈은 갈색이며 따뜻했고, 그는 활달한 몸짓으로 말했다.

그는 눈에 띄게 친절해서 마치 내가 배려로 감싸인 듯했는데, 동시에 끊임없이 말을 했다. 그는 런던에 살 때 프로젝트에 완전히 몰입해서 연일 일을 했고, 결국에는 탈이 나고 말았다고 말했다. 그때 아내인 레나와 함께 두 아이를 데리고 이곳으로 이사를 왔다. 그는 또한 자신은 정보를 걸러낼 수가 없다면서, 이는 비교적 최근에 진단받았는데, 그때까지는 모든 사람이 다 그러려니 생각했다고 말했다. 예를 들어, 만일 현금 인출기에서 돈을 찾는다고 치자면, 그는 인출기 화면에 표시되는 문자만이 아니라 그 주변에서 일어나고 들려오는 모든 일에 주의를 기울인다고 했다. 모든 것에 동일한 무게가 부여되면서 관련성이 있건 없건 모든 정보가 그에게로 쏟아져 들어왔던 것인데, 지금에 와서 생각해보면 자신은 사진을 이들 정보의 폭격에 대한 제어 수단으로 삼아 왔다는 것이었다.

— 제 책 중 하나에서는 모든 정보를 억누르고, 느리고 음을 소거한 사진들을 찍어 보려고 했는데요, 일본에서였어요, 잠깐만요, 보여드리죠…

그가 책을 한 권 가져와 내게 건넸다. 책의 제목은《숨 쉬러 올라가는》이었다. 사진들은 그야말로 소리가 거세되었으며, 색상이 부드러웠고 색상들 사이의 경계가 불분명했다. 이들 사진에는 수중 같은 느낌이 있었고 사실상 일부는 수족관의 생물들을 찍은 것이었는데, 그들을 둘러싸고 유영하던 안개 구름이 도쿄의 거리로도 옮겨졌으며, 옅은 분홍색 우산, 하늘색 재킷, 유유히 흐르는 인파, 물속에 떠 있는 불그스름한 해마 등이 담겨 있었다.

사진들은 아름다웠지만 불안하게도 보였는데, 이는 그 아름다움이 정확하게 묘사되었지만 현실적이지 않았으며, 내 눈에 보이는 모습과는 다른 세계에서 온 것이기 때문이었다. 그것은 마치 다른 사람이 꾸고 있는 꿈 속의 일본을 이미지로 보는 것만 같았다. 혹은 아마도 청각 장애인이 경험할 법한 일본의 이미지 같았다. 먹먹하고 소리 없는 색깔들이 거리를 떠다니고 있었다.

— 하지만 제가 가장 보여드리고 싶었던 것은 그게 아니었습니다. 우리가 여기로 이사 온 이후로 줄곧 한 프로젝트를 진행 중이었는데 이제 완성된 것 같아요. 보실래요? 하고 그가 물었다.

— 보여 주세요, 나는 이렇게 말했고, 원본 사진들이 담긴 커다란 책 한 권을 받아들었다. 모두가 이 지역의 사진들이었고, 아마도 반경 십 킬로미터 이내에서 촬영되었을, 전부 자연을 찍은 사진들이었다. 사진들은 전체 경관은 없이, 지평선도 하늘도 없이 오직 울창한 숲 공간과 모티프들만이 극히 가까운 거리에서 촬영되어서 대개 패턴과 표면으로 해체되어 있었고, 달팽이, 돌, 나무껍질, 멧돼지 생가죽 등의 사이, 뿔과 나뭇가지의 사이 또는 수사슴의 다리와 나무줄기 사이, 잎과 물의 흐름 사이, 물의 흐름과 달팽이, 돌, 나무껍질, 멧돼지 생가죽의 사이에서 놀라운 대응 관계를 형성하고 있었다. 동물들과 새들을 찍은 야간 사진도 있었는데 이들은 사람이 아무도 없이 촬영되어서, 이들만 홀로 있었을 때의 모습이 있는

그대로 포착되었다는 느낌이 일어났고, 이 느낌은 어떤 면에서는 다른 사진들로도 전이되어서, 비밀스럽고 숨겨진 세계(나는 여기서 살고 있고 육 년 넘게 매일 이 풍경을 봐 왔지만 이 세계의 존재를 몰랐기 때문에)를 드러냈을 뿐만 아니라, 또한 그 세계의 과거와 미래까지도 빗장을 풀었다. 말하자면, 우리가 오기 전에도 그랬고, 그리고 우리가 떠나가고 난 이후에도 그러리라는 것이다.

우리와 무관하게 그 자체로 완전한, 그대로의 세상, 그것이야말로 그가 묘사했던 것이다. 그러나 물론 우리의 영향이 미치지 않았던 것은 아니다. 별안간 등산객이 나타나고, 벌목꾼이 전기톱을 부리고, 자동차가 휙휙 도로를 지나다니고, 헬리콥터와 비행기가 나무 위를 웅웅거리며 날아가는 것도 상상 가능하다. 인간들은 존재했지만 관여하지 않았으며, 그들은 마치 그림자 세계의 그림자나 소음이나 소동과도 같았다.

물론 우리로부터의 이와 같은 독립성은 모든 것에, 심지어 우리와 가장 가까운 존재들에게도 적용되지만, 이를 인지하고 따라서 인정하는 것은 거의 불가능한데, 이는 우리가 무언가를 보자마자 우리의 경험과 이해를 통해 그것을 걸러내며, 이를 통해 우리 자신의 일부로 만들어 버리기 때문이다. 스티븐의 사진들은 사물에 그토록 가까이 다가감으로써, 우리의 시각적 위계 질서를 전복시킴으로써, 또한 우리가 무언가를 볼 때 자동으로 설정하게 되는 중심을 우회함으로써, 사물들과의 거리를 재설정했다.

인간이 없는 세계, 사물들 고유의 현실은 노르웨이 작가 투르 울벤Tor Ulven이 아주 빈번히 글로 썼던 것이다. 내가 이 사진들에서 울벤을 보았다는 것은, 스티븐과 울벤이 같은 것을 추구했거나, 아니면 울벤이 예술과 자연을 바라보는 나의 관점에 영향을 아주 깊이 미쳤기 때문에, 내가 스티븐의 사진들을 바라보고 서서 내가 울벤의 시선으로 보고, 을벤의 생각으로 생각했다는 것을 뜻할 수도 있다. 이는 모든 중요한 예술의 특징이며, 예술은 우리에게 무언가를 보여줄 뿐만 아니라 이와 동시에 다른 곳과 다른 사물 및 현상에서도 예술이 우리에게 보여준 것을 볼 수 있게 가르쳐 주기 때문이다.

비록 사진은 회화와는 다르고 문학과는 더 큰 차이가 있음에도 불구하고, 사진이 제기하는 문제만큼은 본질적으로 동일하다. 무엇을 보여주거나 말할 수 있을지를 '형식form'이 어떻게 결정하는가인 것이다. 스티븐은 고전적 사진에서 무엇이 중요한지가 어떻게 선택되는지, 사진이 중심을 어떻게 구축시키는지, 그리고 여기에 수반되는 강압을 이야기했다. 그리고 구도는 사진의 불가피한 일부분이라는 점과, 그 구도를 통해 사진작가 자신이 어떻게 그렇게도 쉽게 사진 속에서 자리 하나를 차지하는지에 대해서도 이야기했다. 나는 그가 했던 거의 모든 일이 이로부터 벗어나는 것과 관련이 있다는 것을 깨달았다. 그는 '중심'에서 벗어나고자 했고, 자신에게

서 벗어나보려 했으며, 자신이 통제할 수 없는 과정들인 '우연'을 모색했다. 그는 런던 동부의 한 지역을 촬영한 사진들을 땅에 묻어 놓은 채로 며칠 동안 두었다. 여기서 일어난 일들은 실제 사진의 일부가 되어 빛의 역할과는 아주 다르면서도 보다 구체적인 방식으로 사진과 그 장소를 연결시켰다. 또 다른 사진 연작에서는 카메라 본체를 개미를 비롯해서 작업 현장으로부터의 먼지나 찌꺼기로 채웠으며, 이들은 사진에서 그림자로 모습을 드러냈다. 세 번째 연작은 호숫가에서 촬영했으며, 숲 사진들과 마찬가지 방식으로 전체를 보여주는 사진은 없이 부분들과 파편들만이 담겨 있었다. 그 부분들 가운데 일부는 물방울 속의 생명체 등 미시적인 부분들이었고, 나머지는 호숫가에 사는 사람들이었는데, 스티븐이 같은 호수의 물로 렌즈를 덮은 채로 사진을 찍었기 때문에 흐리고 불분명했다. 《거꾸로 보는 고고학》이라는 제목의 책으로는 아직 생성되지 않은 사물들의 사진들을 보여주었는데, 자연과 공단 지역과 도로가 나란히 병존하는 런던의 변두리 지역에서 그 자체로는 미완성이거나 불확정적으로 보이는 모티프들을 취했고, 스티븐은 그것만으로는 아직 사물이나 사건이 아니지만 그것이 되는 과정에 있었던 구체적인 사물이나 사건에 초점을 맞춤으로써 보다 더 시야를 넓혔다. 그가 내게 보여준 또 다른 책은 러시아 예술가가 만든, 실현되었던 한 전시의 도록이었는데, 원래 의도된 것과 다른 용도로 사용되는 사물들의 사진이 담겨 있었다. 안테나가 된 포크들, 모자가 된 모피

코트, 장난감 권총이 된 금속 파이프.

그것은 마치 내가 최근 몇 년간 예술과 문학에 대해서 생각하고 있었던 것들이, 마치 그것이 스티븐이 나에게 보여주고 있는 바로 그것인 듯 갑자기 시각화된 것만 같았다. 왜냐하면 아직은 존재하지 않는 무언가가 생겨나고 있는 곳, 그곳은 모든 창작의 본질적인 장소이며 우리가 도달해야만 하는 곳이고, 이 일은 그곳에 도달해서 실제 작업을 완수하는 것만큼이나 그곳에 도달하는 것으로 이루어져 있기 때문이다. 그리고 어떤 것이 무언가 다른 것이 되는 '변형transformation'이야말로 예술의 방식method이다. 푸른 안료에 기름을 섞어 하늘이 되고, 문장이 미동도 없이 가만히 떠있는 구름이 되고, 배우가 맥베스가 되는 바로 그것인 것이다. 또한 이는 물리적 현실의 방식이기도 하며, 매끈하고 둥글둥글한 세포가 분열하고 또 분열하여 말의 갈기가 되는 것이고, 말이 죽고 썩어서 흙이 되는 것이다. 그리고 그것은 우리가 분류하고 체계화하는 시선의 방식이기도 하며, 널빤지에 다리 네 개를 붙여 스툴이 되고, 스툴에 등받이를 붙여 의자가 된다. 의자는 칠을 더해 그림 속 온갖 평범함 속에서도 신을 상징하는 보좌寶座가 되고, 이는 키퍼의 작품에서 환자복이 천사로, 욕조가 바다로, 커피잔과 먹다 남은 음식이 놓인 식탁이 그리스 신화의 '아르고Argonauts'라는 배가 되는 것과 동일한 논리이다.

이윽고 우리는 두 건물을 잇는 삼 미터 길이의 다리를 따라 다른 건물로 건너가서, 레나가 있는 부엌으로 내려가, 닭고기 수프를 점심으로 먹었다. 부부는 그들과 바로 이웃한 허름한 집에서 살던 노인이 전날 세상을 떠났다는 이야기를 들려 주었다. 덩치가 아주 큰 검은 개 한 마리가 제 머리를 내 무릎에 들이밀며 허벅지에 고개를 괴려 들었다. 부부가 개를 밖으로 내보내자 녀석은 길을 따라 달려갔다가 곧 반대편 문 앞으로 오더니 다시 집으로 들어왔다. 나는 우리 개에 관해서, 결국 다른 집으로 보냈어야만 했는데 얼마나 안도감이 들었던지를 이야기했다. 그 다음에는 내가 준비 중인 뭉크 전시에 대한 이야기를 나누었고, 그들을 개막식에 초대했다. 그들은 런던에서 환상적인 뭉크 전시를 본 적이 있다면서, 특히 자화상들이 인상적이었다고 말했다. 나는 이번 전시는 환상적이진 않을 것이라고, 뭉크의 작품처럼 보이지 않는, 유명하지 않은 작품으로만 이루어져 있다고 말했다.

떠날 무렵 나는 벽에 걸린 그림 앞에서 멈춰 섰다. 한 점의 판화였다.

— 피터 도이그Peter Doig의 작품이에요. 그를 좋아하세요? 스티븐이 물었다.

나는 고개를 끄덕였다.

— 그는 뭉크에 관심을 가져 왔어요. '칠인회Group of Seven'에 대해 들어보셨나요? 스티븐이 물었다.

— 아니요.

— 칠인회는 1920년대에 자연주의와 결별했고, 특히 무엇보다도 뭉크의 영향을 받았던 캐나다의 풍경화가들이었어요. 도이그는 캐나다에서 성장했고, 그의 그림 중 상당수가 칠인회에서 영감을 받았습니다. 그러니까 뭉크는 그에게 일종의 간접적인 영향을 미쳤을지도 모르지요.

집으로 돌아와서 가장 먼저 한 일은 피터 도이그의 그림이 담긴 책들을 훑어본 것이었다. 나는 그의 그림들이 뭉크와 관련이 있다고 생각해 본 적이 전혀 없었다. 아무래도 도이그의 그림들은 우리 시대에 속하기 때문일 거라고, 나는 책을 훑어보면서 생각했다. 그 그림들은 우리의 현실, 즉 바로 내가 보았고 느꼈던 나와의 공통점이 있는 세계와 관련이 있었으며, 나는 어느 흐린 날의 집 한 채가 그려진 그림을 보았을 때는 어느 일요일의 공허하면서도 공사장 같은 분위기가 떠올랐다. 그 그림이 표현한 것과 그에 대한 나 자신의 경험은 거의 구분할 수가 없었다. 그러나 그 특성, 즉 그 동시대성은 무엇으로 이루어져 있을까?

나는 도이그가 1993년에 그린 〈압지〉라는 제목의 그림을 보았다. 이 그림은 패딩점퍼와 장갑 차림의 소년을 묘사했는데, 소년은 얼음으로 덮인 연못 위에 서 있고, 주변 풍경은 눈으로 덮여 있으며, 연못을 지나 좁은 길이 이어지고, 그 뒤로는 겨울철의 낙엽수림처럼 성긴 숲이 있다. 얼음 위로는 물이 있고, 소년은 고개를 숙인 채 수면을 응시하고 서 있다.

그것은, 나도 소년 시절에 그렇게 서 있었을 수도 있고, 딱히 누군가를 떠올릴 수는 없지만 저렇게 서 있는 소년들을 많이 봤을 수도 있었을, 아주 낯익은 장면이었는데, 그 이유는 이 그림의 핵심이 우리가 기억하지 못하는 세계로부터의 무언가를, 즉 우리 기억에 남아 있지는 않지만 그것을 보면 알아보게 되는 순간을 보여주는 것이기 때문이다. 1990년대 도이그의 그림 중 많은 그림의 특징은 정보가 비워져 있다는 점이다. 그림들은 언뜻 보기에는 주목할 만한 것이 없어 보이는 빈집이나 텅 빈 풍경을 묘사하고 있어서, 마치 어떤 느낌이 떠오르는 것에 얼마나 적은 양의 정보만이 필요한지를 추구했던 것만 같다. 정보가 부족하기 때문에 그림들은 수수께끼 같으면서도 때때로 조금은 위협적이며, 대다수가 무의미함과 과거의 상실이나 죽음과 연결된 듯하다. 그러나 또한 권태나 사소함과도 연결된 듯하다. 하지만 만일 오랫동안 이 그림들을 바라본다면 무언가가 일어나기 시작할 수도 있는데, 이는 예컨대 도이그의 작품 대다수에서 흔히 등장하는 형태인 나무줄기의 수직성이나 색칠된 눈의 물성이나 혹은 이 그림에서처럼 색칠된 물의 물성 등, 모티프를 둘러싼 평면들 속에서 일어날 때가 많다. 패턴과 왜곡과 불규칙성이 일어나는 것이다. 〈압지〉는 평범함과 낯섦 사이를 오가는데, 낯섦이 이상해지지는 않으며, 오히려 그와는 반대로 낯섦은 공허함과 결합하거나 공허함을 표현하는 바로 그것일 수도 있다.

뭉크의 경우 거의 모든 그림에서, 심지어는 의미가 제거된 풍경화에서조차도 선택 행위에서 생겨난 듯한 확고한 엄숙함이 있으며, 마치 '나는 **이것**을 보았다'라고 그림이 선언이라도 하는 듯하다. 그리고 이 풍경은 예술이 됨으로써 격상된다는 것이다. 도이그의 그림들은 엄숙함을 제거하려고 분투하고 있는 것만 같고, 만일 그렇다면, 그 이유는 엄숙함이 없이도 현실을 더 진실하게 보여줄 수 있기 때문이다. 뭉크의 작품에서는 세계가 우리를 만나러 나오지만, 도이그의 경우에는 세계는 그라운드 제로에 가까운 중립적인 의미이다. 물론 여기서 '의미'가 세계 속에 그 자체로 있다고 이해해서는 안 된다. 세계는 형태와 패턴, 빛과 그림자로 가득할 뿐이기 때문이다. 오히려, '의미'는 우리가 세계를 응시할 때 우리 안에 있는 그 무엇이라고 이해되어야 한다. 예술이 의미를 가득 채웠다고, 도이그의 1990년대 그림들은 그 채움을 중화시키는데 예술을 이용했다고, 바로 이것을 그 속에 담긴 정보가 세계 자체가 사라지지 않는 한에서 극소화된 이유라고 생각할 수도 있겠다. 그 그림들의 동시대성은, 엄숙함이 더이상 우리 삶의 일부가 아니라는 점에 있다. 우리는 모든 것이 같은 높이로 연결된 수평적 관계 속에 있으며, 이제 인간과 신, 인간과 숭고한 존재, 인간과 운명을 가로지르는 수직 축은 과거사가 되었다. 그러나 도이그가 세계를 중화시키면서도 유지하는 것은 세계가 발산하는 분위기이다. 비 오는 날의 여운, 눈이 가득 내리는 하늘의 여운, 빈집 밖의 황량한 도로의 여운인 것이다.

도이그의 다른 그림들은 상징성을 추구한다. 그러나 뭉크가 추구했듯이 보편적인 인간성을 포착하려는 것은 아니었다. 오히려 그는 시각적으로 인상적인 순간들을 포착하려고 시도한다. 녹색 섬을 배경으로 푸른 바다에서 빨간 카누를 타고 있는 남성. 한 손에 파라솔을 들고 벽을 따라 걷는 남성. 긴 가지들이 달린 나무 위에 있는 소녀. 또는 황혼이 깃들 때 울창한 숲을 배경으로 붉은색 트레일러가 들판을 가로지르는 모습을 담은, 놀랍도록 감동적인 그림. 1989년에 그려진 〈히치하이커〉라는 바로 이 그림은 뭉크의 〈양배추밭〉과 같은 느낌을 불러일으킨다.

그러나 만일 뭉크와 도이그의 그림을 나란히 놓고 본다면 유사점보다 차이점이 더 큰 경우가 많다. 연관성이 있다면, 두 작가가 인물과 풍경을 구상적으로 그렸다는 것일 뿐이고, 그들 사이의 공통점은 가장 일반적인 의미에서의 구상회화에 속한다는 그것만이 아닐까?

이것은 도이그의 1999년작 〈메아리 호수〉를 보기 전까지의 내 생각이었다. 이 그림은 뭉크의 1895년작 〈잿더미Aske〉와 너무 비슷해서 결코 우연일 수가 없으며, 도이그의 그림은 뭉크의 그림을 직접적으로 참조했음이 분명했다.

〈잿더미〉는 거칠고 절망적인 몸짓으로 양손을 머리 위로 들어

올리고 머리채를 풀어헤친 채로 정면을 향하는 한 여성을 보여준다. 여성의 옆에는 온통 검은색 옷차림의 남성이 고개를 숙인 채 앉아 있다. 남성의 모습은 상체만을 보여주고 있으며, 칠흑같은 어두움, 떨군 머리, 이목구비의 생략 등 그의 모든 것이 일종의 회피를 암시한다. 그들의 주변에는 밝게 채색된 바위들이 있고, 그들의 뒤로는 숲이 어두운 벽처럼 서 있다. 수평선은 없으며, 다만 수직으로 뻗은 나무들과 이들을 안으로 가두고 있는 어둠만이 있을 뿐이다.

〈메아리 호수〉는 검은 숲을 뒤로 하고 호수 앞 물가에 서 있는 한 남성을 보여주고 있다. 남성은 〈잿더미〉의 여성과 같은 방식으로 양팔을 들어 올리고 있으나 더 멀리서 보여지기 때문에, 그의 몸짓은 전혀 다른 것을 표현하고 있을 수도 있는데, 예컨대 (제목에서 떠올린 하나의 가능성이지만) 손을 확성기 모양으로 만들었을 수도 있다. 남성의 왼쪽으로 몇 미터 뒤에는 경찰차가 주차되어 있고, 오른쪽으로 몇 미터 뒤에는 남성의 형상을 (또는 〈잿더미〉의 여성의 형상을) 크게 확대시켜 따라서 하고 있는 나무 한 그루가 서 있다.

비록 도이그의 그림에는 호수, 경찰차, 가로등 등 다른 사물들도 포함되어 있지만, 숲과 바위와 상징적인 몸짓은 동일하며, 우리는 분명히 동일한 회화적 세계 속에 있다. 도이그의 세계는 다른 것으로도 채워져 있는데, 왜냐하면 뭉크의 그림이 한 남자와 한 여자를, 욕망과 절망을, 열려있음과 닫혀있음을, 사람들 사이에서 발생할 수 있는 외로움을 이야기하고 있다면, 도이그의 그림은 호수로 차를 몰고 가서 차에서 내려 그 앞에 서 있는 한 경찰관을 이야기하고 있기 때문이다. 이 이야기는 보편적이면서도 매우 특정적이며, 그 보편성은 〈메아리 호수〉가 〈잿더미〉에서 가져 온 인간을 위한 일종의 무대나 범죄 현장에 있고, 그 안에서 인간은 뭉크의 그림에서처럼 고정된 것이 아니라(인간적인 것은 그 상황을 벗어날 수 없고, 그 상황은 보편적 인간성에 속하며, 바로 그것이 뭉크의 그림이 표현하는 것이기 때문), 끊임없이 형태를 바꿔가며 나타날 수 있는 무언가인 것이다. 그 장소, 그 나무, 그 숲, 그 물가, 그리고 우리를 관통하는 그 감정은 실제로 우리 존재에 대해 어떠한 힘을 발휘하는가? 도이그의 그림은 이렇게 묻는 듯하다. 다만 이것은 우리가 그 그림을 백 년이나 더 오래된 뭉크의 그림 옆에 놓아 둘 때에만 일어난다.

• • •

예술은 창조하는 것인 만큼이나 탐색하는 것이다. 그러나 그렇다면 무엇을 탐색한다는 것일까. 그것은 바로 현실로의 입구와 세상으로의 틈이다. 뭉크가 1885년의 언젠가에 병상에서 죽어가는 한 소녀의 그림을 그리기 시작했을 때 스스로 제기했던 문제는 피터 도이그나 스티븐 길의 문제와 본질적으로 똑같았다. '형식'이 무엇을 보여주고 말할 수 있을지를 결정한다는 것이다.

그러나 그렇게 결정적인 형식 때문에 하고 싶은 말을 할 수 없고, 보여주고 싶은 것을 보여줄 수 없을 때에는 어떻게 할 것인가? 그렇다면 그 형식은 무너져야만 하며, 파괴되어야만 한다. 따라서 예술가는 어떤 의미에서는 우상 파괴자가 될 수밖에 없다. 왜냐하면 그 형식이 무너졌을 때에야 비로소 새로운 형식이 부상해서, 이제까지는 존재하지 않았거나 존재할 자리가 없던 것이 생길 자리를 허용하기 때문이다. 그런 뒤에야 현실을 향한 새로운 입구가 만들어진다.

내가 이제껏 읽었던 가장 뛰어난 뭉크 관련 저서는 바로 이 점을 다루고 있다. 나는 이 책을 몇 달 전 뭉크 미술관의 책방에서 우연히 발견했는데, 서가에 살짝 숨겨져 있었고 이전에 들어본 적이 없는 책이어서 꺼내 들었다. 이 책에는 미술책이라면 으레 있을 법한 화려하고 시각적으로 매력적인 책 표지가 없었다. 〈병든 아이〉의 엑스레이 이미지처럼 보이는 무엇인가가 검은 색의 표지 전면을 차지한, 《에드바르 뭉크: 취약한 삶》이라는 제목으로 스티안 그뢰고르Stian Grøgaard가 쓴 책이었다. 그의 이름을 본 적은 있지만 그에 대해 아는 것은 전혀 없었고, 그저 미술 비평이나 《모르겐블라데》라는 주간지와 관련이 있다는 정도로만 어렴풋이 알고 있었다. 책을 조금 넘겨보다가 사서 해가 될 건 없다고 판단해서 샀고, 그날 오후 가데르모엔 공항으로 가는 직행 열차 안에서 그 책을 읽기 시작했다. 나는 비행기를 기다리는 동안에도 읽었고, 기내에서도 읽었고, 위스타드로 가는 열차에서도 읽었으며, 만일 역에서 집으로 돌아오는 택시 안이 그렇게 어둡지만 않았다면 계속해서 읽었을 터였다.

뭉크에 대한 이 평전을 읽으면서 내가 느꼈던 몰입감은, 이십여 년 전 내가 문학이 아니라 미술사를 공부할 때 나를 엄습하곤 했던 몰입감을 상기시켰다. 문학은 글을 쓰는 것이고, 따라서 항상 언어로 전달되며, 문학 이론 연구자들은 이 언어를 다양한 방법으로 소통하고 탐구할 수는 있다 해도, 변혁시키는 경우는 극히 드물다. 어쨌든 《보바리 부인》을 읽는 방법은 그 수가 제한되어 있는 것이다. 시각 예술은 비언어적이며, 이에 대한 이론들은 원작과는 전혀 다른 매체로 제시된다. 물론 이론상의 언어는 다소 관련성이 있을 수도 있고, 더 가깝거나 더 멀 수도 있겠지만, 그것이 제시하는 생각들은 그림을 볼 때 일어나는 체험과는 언제나 완전히 다르다. 이것은 자명하다. 내가 욕심을 내고, 무엇인가를 감지했다고 느끼게 된 책들과 텍스트들은 대개 예술 작품의 기초와 기원, 즉 그것이 무에서 유가 되는 순간을 다루고 있었다. 마르틴 하이데거Martin Heidegger의 에세이 《예술 작품의 근원》도 그런 텍스트였는데, 왜냐하면 이 책이 아주 쉽기 때문인데, 이는 이해하기가 쉬웠다는 것이 아니라 이 책의 개념들과 사유 전체가 단순하며 모두가 아는 현상들과 관련되었다는 점에서 쉬웠다는 것이다. 아마도 이제껏 내가 읽은 모든 책들 가운데 내가 가장 자주 인용한 책이었을, 미셸 세르Michel

Serres의 《상》도 그런 책이었다. 그리고 1990년대의 언젠가, 덴마크 문화 전문지 《크리티크》에 실렸던 〈문학과 삶〉이라는 제목의, '되기devenir'에 대한 들뢰즈의 짧은 에세이는 내가 지금까지 근 이십 년 동안 거듭해서 읽었던 글이며, 특히 다음 부분으로, "'되기'는 어떤 형식(동일시, 모방, 미메시스)에 도달하는 것이 아니라, …… 이웃 영역, 식별 불가능하거나 미분화된 영역을 찾아내는 것이다."라고 표현한 부분이다.

이러한 텍스트들은 내가 알고 있었다는 사실을 미처 모르고 있었던 무언가에 대한 단어들을 찾아주었다고 나는 생각한다. 내가 그뢰고르의 뭉크 평전을 같은 몰입감으로 읽은 이유는 이 책이 나에게는 부족한 전문성을 바탕으로 그림들의 탄생 자체에 초점을 맞추고 있고, 또한 그렇게도 냉철하게 (즉, 그려지고 있는 그림은 결코 위대하지 않으며, 성자의 반열에 오르거나 신화화되지 않았기 때문에, 그것은 달리 훨씬 초라한 것이요, 구체적인 것이고, 미완성이며 바뀔 수도 있을, 방 구석에 놓인 하나의 캔버스로) 접근하고 있기 때문이다.

'뭉크'는 하나의 고착화된 개념이고, 너무도 위대하고 전제적이어서 그 자체를 제외하고는 거의 모든 것으로부터 고립되었다. 그뢰고르는 '뭉크'를 다시 세상과 연결시키는데, 이를 두 가지 방식으로 실행한다. 첫째는 뭉크가 각각의 그림을 그릴 당시의 상황에 밀착해서 명백히 실용적인 방식으로 다가가는 것이다. 그뢰고르는 화가가 되기 위한 제도 교육을 받았고, 뭉크의 그림에 대한 글을 쓸 때 뭉크가 직면했던 기술적 도전들과 그가 쓸 수 있었던 기술적 수단들에 근거하며, 이들이 그림에서 어떻게 해결되거나 해결되지 않는지에 근거해서 접근한다. 그는 무엇을 하고자 했는가, 그는 무엇을 하는 데 성공했는가, 왜 그랬는가, 왜 그러지 못했는가? 이러한 실용적인 관점은 그림을 미완성된 것으로, 아직 생성되지 않은 것으로 보고, 그리하여 완성된 모든 것 즉, 뭉크의 예술에 짐 지워진 고귀하게 평가되고 상징화된 모든 것을 덜어 낸다. 이러한 실용적인 관점은 또한 그의 그림을 같은 시기에 그려진 다른 그림들과도 연결시키며, 따라서 그림이 그려진 시대와도 연결시킨다.

그뢰고르가 뭉크의 그림을 세상과 연결시키는 또다른 방법은 이론과 철학적 미학을 통해서 모든 예술에 해당되는 일반적이고도 보편적인 장으로 그림을 끌어들이는 것이다.

나는 이 책을 읽었을 때만큼 뭉크를 이해하게 된 적이 없는데, 그것은 이 책이 완성된 그림에 초점을 맞추고 있지 않다는 바로 그 이유 때문이었으며, 다시 말해서 우리에게 보이는 그림이 아니라 그림을 그리는 과정에서 제기된 문제, 즉 뭉크에게 보이는 그림에 초점을 맞추고 있기 때문이었다. 그뢰고르의 추론은 뭉크에 대한 일반적인 평가를 칼로 베듯 잘라낸다. 뭉크를 이런 방식으로 읽는 것은 다른 사람들이 모두 취한 파티에서 맨정신으로 있는 것과 같다. 예를 들어 뭉크가 스무 살 때 그린 여동생의 초상화에 대해 그뢰고르는 이렇게 평한다.

〈검은 옷을 입은 잉에르〉(1884)는 검은 배경에 검은 드레스 차림의 반신 초상화이다. 얼굴과 손만이 다른 색으로 표출된 유일한 부분들이다. 토르소는 그 자체로 난이도가 높았다는 것이 드러났다. 가장 낮은 척도에서도 드레스에 밝게 비친 빛은 이질감이 느껴지고, 드레스는 목에 대비해서 너무 날카롭게 끊어졌고, 이같은 무심함은 빨간 목걸이에서도 반복된다. 그림을 온통 다 차지하는 얼굴은 머리의 나머지 부분으로부터 느슨히 풀려난 것만 같다. 분홍색과 노랑색이 지배적이며(너무 노랗다), 몇 군데 차갑게 음영이 진 부분에는 살짝 검은 기운이 가미되어 있다. 약간 과할 정도로 따뜻하게 표현된 피부는 그림의 일부에 적용된 투명한 안료 때문일 수 있으며, 아마도 시에나 안료를 날것 그대로 쓴 듯하지만, 몇몇 산성 혼합 색조들에 의해 균형을 유지한다. 이와는 별도로, 잉에르는 반짝이는 빛을 담은, 언제나 매력적이고도 의지하기 쉬운 커다란 눈을 가졌다. 얼굴이 인물의 나머지 부분에서 분리되어 그림 전체가 된다는 점은 실제로 〈검은 옷을 입은 잉에르〉에서 우리가 잊지 못할 유일한 특징이다. 적어도 그림 자체가 설정하는 기준에 근거한다면, 이것은 비난거리는 아니다.

초보자임을 노출시키는 이러한 특징들에도 불구하고 빛의 상투적인 대비는 잘 작용한다. 초상화는 꿰뚫고 들어가는 것이라고

들 하는데, 〈검은 옷을 입은 잉에르〉의 경우에서 이는 결코 진부한 표현이 아니다. 이 그림은 이전 세대의 자연주의 화가들로서는 아무도 가져볼 수 없었던 진지함으로 그려져 있다.

그러나 이 그림이 전달하고자 했던 것은 진지함이 아니다. 무엇보다도 이 그림은 뭉크가 원할 때면 언제나 그릴 수 있었던 모델에 대한 관찰자로서의 테크닉을 보다 대중적인 형태로 보여주기 위한 것이었다. 거침없이 사용한 검은색은, 이데올로기를 의식하고 크로그 세대의 미학에 반대한다는 의미에서 볼 때, 아마도 아직은 신낭만주의적이지 않은 분위기를 만들어낸다. 검은색은 과장된 표현이며, 보다 큰 크기의 작품에서 너무 많은 변수를 피하기 위한 합리적 조치이다.

아마도 이 그림의 모델은 이젤 앞에서 몇 시간씩 견디며, 이미 전국미술대전Høstutstillingen에서 등단한, 집안의 장남과 묵묵히 함께 하고 있었을 것이다. 대다수의 뭉크의 초상화에서와 마찬가지로 얼굴은 다른(무심하면서도 집요한) 비중으로 그려졌고, 반면 인물의 나머지 부분은 보다 형식적이며, 여기서는 조금 서툴게 그려졌다. 이는 빛과 그림자의 뉘앙스를 통해 볼륨을 묘사하는 데서 오는 문제점과 타당성이 없는 물성 때문만은 아니고, 뭉크가 검은색을 색으로 취급할지 혹은 톤(분위기)으로, 즉 꿰뚫고 들어가는 듯한 초상화의 여백으로서만 기능하는 비가시성으로 취급할지 결정할 수 없었기 때문이기도 하다. 드레스의 밝은 부분에 있는, 몸 앞에 떠 있는 듯한 회색 면은 그가 인물을 완성하는 데 어려움을 겪었다는 것을 드러낸다. 검은색은 톤의 표현에는 쓰임새를 주며 그 결정을 보류하지만, 검은색이 양감을 나타내야 하자 뭉크의 부족함이 드러나고 만다.[4]

내가 볼 때마다 늘 깊은 감동을 받는 걸작이고, 그녀가 발산하는 존엄성이 단순히 그녀의 것(일대기적인 잉에르 뭉크의 것)만이 아니라 인간의 내면에 항상 가능성으로 존재하는 것이기 때문에 나에게는 희망을 주는 이 그림에서, 그뢰고르는 한 젊은 화가의 노력과 실패를 본다. 그러나 어느 한 관점이 다른 관점을 배제하는 것은 아니며, 그뢰고르의 분석을 흥미롭게 만드는 것은 그림의 실패한 요소들 자체에 대한 지적이 아니라, 그러한 요소들이 그림에 있다는 사실이 우리에게 들려줄 수 있는 바에 있다. 그뢰고르의 논지는, 크로그와 프리츠 타울로브Frits Thaulow의 세대에는 자명했고, 뭉크와 같은 인재라면 쉽게 터득했을 회화적 전략이 더 이상 자명하지 않았다는 것이다. 그는 "부족한 점은 모델을 접근하는 시각적 공식이다."라고 표현한다.

모든 구상화는 관찰 및 단순화에 관한 것이며, 예컨대 사람의 얼굴과 같이 현실의 극히 작은 부분에서도 디테일의 양은 거의 무한하기 때문에, 무엇을 포함하고 무엇을 생략할지 또 이를 어떻게 수행할지와 같은 정보의 단순화나 축약은 그뢰고르가 '시각적 공식'이라고 부르는 특정 체계에 따라서 일어난다. 그가 뭉크의 젊은 시절 작품에서 발견한 것은, 전통적인 시각적 공식이 더 이상 당연하지 않다는 점과, 뭉크가 보는 것과 그리는 것 사이에 차이가 생겨났으며 그림에서 많은 기술적 문제가 일어나고 있다는 점이다. 동시에 뭉크가 고려한 것은 단지 모티프만이 아닌, 그림에서 무엇이 발생하고 있는가였고, 무엇을 단순화시키고 무엇을 세밀하게 그릴지, 즉 그림에서 무엇을 원하는지, 무엇을 얻고자 하는지, 무엇이 그림을 '좋게' 만드는지 등과 지속적으로 연결시켜야만 하는 무언가이기도 했다. 이와 같이 그림에서 발생하고 있는 일에 대한 대응성, 그 과정에서 생겨나는 가능성에 대한 안목이야말로 그와 그의 동시대 예술가들을 구분 짓는 특성이었다. 그들 중 일부는 뭉크보다 숙련되어 있었는데, 그뢰고르는 이것을 뭉크만이 유독 급진적이 되었던 이유를 이해하는데 중요한 요소라고 판단한다. 모델의 얼굴을 그리는 것이 뭉크에게는 직관적이지도, 간단치도 않았고, 그 결과 다른 화가들에 비해 작업 중에 더 많은 문제들에 봉착했으며, 이들은 매번 각각 따로 해결해야만 하는 문제들이었다.

또 하나의 중요한 요소는 그의 민감성sensitivity이었으며, 그가 주변 환경에 예민했다는 것(소위 감수성이 예민하다고 부르는 것으로 그가 주변의 분위기를 받아들이는 것)만이 아니라, 아주 미미한 외적 자극도 그의 내부에서 감정의 격랑을 일으킬 수 있었다는 것이다. 그림을 그리는 것은 이를 다스리는 수단이었음이 분명하며, 이는 그림을 그리다보면 자아가 사라지다보니 감정을 멈춤으로써 그의 민감성을 다스렸기 때문이지만, 또한 그가 가진 민감성의 장점을 강조하기 위해서이기도 했으며, 이는 초기 그림에서의 색상 및 물성에 대한 열정, 창작에 대한 순수한 즐거움에서 드러난다. 〈붉은 집이 있는 정원〉이나 〈아침〉과 같은 그림에서 드러나는 기쁨이 그 예가 되겠다. 그러나 〈검은 옷을 입은 잉에르 뭉크〉를 본다면, 뭉크는 기술적인 어려움을 완전히 무색하게 만들 정도로 보다 본질적인 것에 다가가 있다. 뭉크가 자신과 자신의 삶에 다가섰다는 점이 이 그림을 〈아침〉보다 더 진실한 그림은 아니더라도 더 중요한 그림으로 만들었고, 뭉크 스스로 이를 깨달았거나 적어도 느꼈음에 틀림없다. 처음에는 단순히 〈습작〉이라 불렸으나 나중에 〈병든 아이〉로 알려진 그림을 그리기 시작한 지 얼마 지나지 않았을 때, 그는 잉에르의 초상화에서 일종의 배경이었던 슬픔으로부터 달아나지 않고 직면하면서 개인적인 차원으로 더 깊이 들어갔다. 하지만 누나의 죽음에 대한 개인적인 기억과 자연주의적 장르회화인 '병실'이라는, 이들 두 층위는 서로 화해가 불가능했고, 그리고르는 작품 속에서 이러한 갈등을 사실상 한 획 한 획 파헤친다.

뭉크는 모델을 써서 〈병든 아이〉를 그렸으나, 자기 앞에 있던 것 외의 다른 무언가를 찾고 있었고, 자신이 보았거나 혹은 더 정확히 말하자면 느꼈던 것과 자신이 보고 있던 것, 즉 방 안의 모델을 합칠 수 있는 방법을 찾고 있었다. 다시 말해, 그에게는 크로그풍의 자연주의라는 회화적 표현 양식이 있었지만, 이는 자신이 하고 싶었던 작업에는 불충분했기 때문에, 그는 그림을 그리는 동안 새로운 표현 양식을 찾아야 했다.

그 결과물인 〈병든 아이〉는 생성됨과 동시에 파괴되는 한 점의 그림으로, 그 파괴이자 왜곡은 생명을 앗아가는 질병인 폐결핵, 즉 생명의 파괴라는 작품의 주관적 문제에 개입하며, 게다가 이는 화해의 가능성이라고는 전혀 없이 비타협적으로 일어나는데, 왜냐하면 화해는 공간 속에서 존재하는 것이지만, 여기서는 아이와 여성의 클로즈업을 통해, 그리고 그림의 표면적 성격에 의해 공간이 거의 상쇄되었기 때문이다.

뭉크는 이 그림에 대해 직접 글을 썼다.

내가 '병든 아이'를 처음으로 봤을 때 - 하얀 쿠션에 기대고 있는 선홍색 머리카락의 창백한 얼굴을 - 그 아이는 내가 그림을 그리면서 사라졌다는 인상을 남겼다. 나는 캔버스에 그럴싸하지만 다른 그림을 완성시켰던 것이다. 일 년 내내 수없이 그 그림을 다시 그렸고 - 물감칠을 긁어냈고 - 희석제로 그림을 지웠고 - 첫인상을 포착하려 몇 번이고 되풀이했다. 떨리는 입술 - 투명하리만치 창백한 피부 - 캔버스를 향해서 - 떨리는 입술 - 떨리는 손. 나는 마침내 멈추었고 - 지쳤다. 나는 첫인상을 꽤 표현해냈다. 떨리는 입술 - 투명한 피부 - 지친 눈동자. 그러나 '그림'의 '색'은 완성되지 않았고 - 창백한 잿빛이었다. 그림은 납처럼 무거워졌다.

이 년 후에 다시 시도했고 - 그때 내가 그림에 주고 싶었던 강렬한 색감을 좀 더 성취했다. 나는 서로 다른 그림 석 점을 그렸다. 이 그림들은 각기 다르지만, 각각 첫인상에서 내가 느꼈던 것을 끌어내는 데 기여하고 있다.

나는 유리잔이 놓여있는 의자를 과하게 표현했다 - 이는 머리에서 시선을 분산시킨다. 처음 그림을 봤을 때는 유리잔과 주변 환경만 보였다. 그것을 완전히 제거해야 했을까? 아니다, 그것은 머리에 깊이감을 주고, 머리를 강조하는데 기여했다. 머리와 유리잔 위로 보이게, 주변 환경을 반쯤 긁어내어 모호하게 뭉뚱그렸다.

또한 내 속눈썹이 시각적 느낌에 기여했음을 깨달았다. 그래서 그림의 표면에 그림자를 더해서 속눈썹의 느낌을 가미했다. 머리를 중심으로 - 주변부에 - 물결 모양의 선이 생겨나서 - 머리가 그림이 되다시피 했다. 나중에 이 물결 모양의 선을 자주 사용했다.[5]

그리고르가 지적하듯이, 뭉크는 오랜 세월이 지나 이 글을 썼고, 따라서 이 글은 **사후 합리화**ex post facto로 특징지어지며, 그는 자신이 나중에 그린 그림과 비교해서 이 그림을 보며 일종의 자기 평가였던 《생의 프리즈Frieze of Life》 연작에 〈병든 아이〉를 포함시킨다. 아무튼 이 그림은 뭉크의 작품 활동에서 중요한 그림이고, 패러다

임과의 단절이 명백하다는 점이 작품의 성격상 주된 요소를 차지한다는 점에서 상당히 독특하며, 마치 내면의 주관적 공간과 외면의 객관적 공간이라는 두 공간 사이의 싸움이 시각화된 것만 같다. 이 작품은 그림을 그린다는 것이 무엇인지, 그림이 무엇인지와 같은 과정 자체로 우리가 다가서게 만드는데, 이는 그 갈등이 해결되지 않은 채로 노출되어 있기 때문이다. 예술의 그야말로 근간은 표현하고자 하는 의지와 표현 수단 사이에서 가시화된다. 단일한 패러다임이 지배하는 시대에는 그 근간이 드러나지 않으며, 표현 대상과 구체화된 표현 사이의 연결도 당연해 보이며, '형식'도 손이나 발 모양만큼이나 아무런 문제가 없이 자연스러워 보인다. 이 그림에서와 같이 그 차이가 너무 크면 형식은 문제가 되며, 우리는 언제나 형식이 문제요, 형식은 결코 자연스럽지 않으며, **언제나** 자의적이라는 점을 깨닫게 된다.

그러나 적어도 내가 볼 때 이 그림의 위대함은 이 점에서는 발견되지 않는다. 오히려 이 그림의 위대함은 두 인물과 그들 사이의 관계 속에, 소녀의 부드러운 시선 속에, 어떻게 죽어가는 바로 그 소녀가 뒤에 남게 될 터이고 딸의 팔에 손을 얹은 채 고개를 숙이고 앉아 있는 어머니를 위로하면서 혹은 격려하면서 바라보는지에 있다. 하나로 통일된 공간의 부재는 현실에 관련된 현실적인 공간과 상징적인 공간 사이에 인물들을 남겨둠으로써 인물들이 그 사이를 오갈 수 있게 만드는데, 마치 한 순간에는 이들이 구체적이고도 개인적인 공간에 속한 듯 바로 이 순간의 **이** 아이이고 **이** 어머니인가 하면, 다음 순간에는 슬픔, 상실, 용기, 죽음과의 화해, 죽음에 대한 부정 등에 도상화된 형식iconic form이 부여된 일반적인 공간에 속한 듯한 것이다.

인물들에 내재된 서로 다른 가능성들은 서로 다른 유형의 존재감이나 관련성을 허용하며, 이같은 '열려있음' 또는 이러한 '아직 닫히지 않았음'이 이 그림을 그렇게도 생생하게 만든다. 즉, 이 그림을 볼 때마다, 모티프와 형식에 있어서의 갈등이 재활성화되는 것이다. 같은 시대의 비슷한 모티프의 다른 그림들을 보고도 좋고 나쁨을 판단할 수 있겠지만, 이는 어느 정도의 거리를 두고 이루어지며, 우리가 그 그림들에 담긴 감정에 몰입한다면, 이것은 우리의 선택인 것이지 당위의 문제는 아닌 것이다. 〈병든 아이〉 앞에 서면, 우리에게 선택권은 없다. 이 그림을 본다는 것은 곧 그림을 활성화시키는 것이다.

〈병든 아이〉가 존재하는 공간은 이 그림의 온갖 양면성들로 인해 화가가 아주 오래 머물 수 있는 장소가 아니며, 실현되지 않은 것이 너무 많아서 형식을 찾고 있지만 형식이 부재하는 장소임에 다름없다. 그것은 하나의 틈이다. 동시에, 모든 예술적 작업은 어느 단계에서는 거기, 무언가가 다른 무언가가 되기 직전이자, 그것이 하나의 형식으로 자리를 잡고 그 형식에 고정되기 직전인 그곳에 있다고 나는 생각한다.

만일 십 년 후인 1890년대 중반으로 시간을 이동한다면, 우리는 뭉크가 스무 살 때 씨름했던 문제에 대한 해결책을 찾았다는 것을 목격한다. 이 그림들은 급진적으로 단순화되었으며, 그뢰고르가 지적하듯이 더 이상 모델이나 풍경에 대한 세심한 관찰에 기반하지 않는다. 얼굴 표현에 디테일이 없고 비개성적인 경향이 있으며, 상당수의 얼굴은 어두운 그림자로 눈을 표현한 옅은 색면에 불과하고, 밤에 수면에 비치는 달빛은 노란색 기둥으로, 바위들은 옅은 갈색과 갈색의 원으로, 모두가 보이고 그려졌다기보다는 표시되고 참조되었을 뿐이다.

뭉크가 자신은 보이는 것을 그리는 것이 아니라 보았던 것을 그린다고 말할 수 있었던 것은 바로 이러한 미학에서 비롯했다. 덴마크 루이지애나 현대미술관의 관장 포울 토이너Poul Erik Tøjner가 에드바르 뭉크와 앤디 워홀을 비교하면서 모든 것이 표면에 있다고 말한 것도 역시 이러한 미학에서 비롯했다. 1890년대의 뭉크의 작품들은 채울 수 있을 때까지 가득 채워져 있지만 현실으로 채워져 있지는 않으며, 이 작품들이 우리를 데려가는 곳은 시각적 현실이 아니라 상징들을 통해서 전달되는 감정적 현실이다. 감정이 아닌 무언가와의 동일시를 가능하게 했던 〈병든 아이〉 속의 자연주의와 전통의 자취는 전혀 없다. 이는 작품의 본질이 어떤 구체적인 현실과의 관계에서 발생하는 것이거나, 회화적인 측면에서의 작품 자체

(너무 도식적이기 때문에 몰입할 데가 없다)에서 발생하는 것이 아니라, 오로지 작품이 불러일으키는 감정 속에서 일어난다는 것을 뜻한다.

• • •

나는 처음으로 뭉크의 그림을 직접 보았을 때를 기억하고 있다. 오슬로의 국립 미술관에서였는데, 나는 십 대 후반이었던 그때까지 어떤 미술관에도 가 본 적이 없었고, 미술에는 별로 관심이 없었다. 나는 음악과 문학에 빠져서 살았는데, 지식이나 통찰력에 대한 굶주림 때문은 아니었고, 말하자면 음악은 어느 정도는 내 정체성을 정의하는 수단이었고, 따라서 내가 어떤 사람이 되고 싶었나를 말해주었던가 하면 또한 어느 정도는 감정에 고삐를 풀어놓아서 내 안에 있던 모든 감정들이 성찰도 없이 분출될 수 있는 장소였으며, 나와 무의식적인 관계를 맺고 있었던 반면, 문학은 주로 현실로부터의 탈출이요, 미지의 세계로 들어설 수 있다는 즐거움이었다.

오슬로에는 왜 갔는지도 기억나지 않고 아무런 정황도 기억에 남아 있지 않지만 아마도 고등학교 수학여행이었던 것 같다. 내가 기억하는 것은 그 모든 낭만주의적 민족주의 그림들과, 내가 그 그림들에 열광했다는 것과, 그 그림들이 실물을 그대로 옮겨놓은 듯해서 깊은 인상을 받았다는 것이다. 그런 뒤에 뭉크 전시실이 앞의 그 그림들을 얼마나 압도해 버렸는지도 기억한다. 뭉크의 그림들에는 다른 모든 그림들을 가릴 정도로 강력한 아우라가 있었다는 것도 기억한다. 그 그림들은 마치 어딘가 다른, 더 높은 차원에 존재하는 것만 같았다. 비록 예술이 무엇인지, 예술의 질적 수준이 무엇인지 곰곰히 생각해 본 적이 없었음에도 뭉크의 그림들이 예술 작품으로서 더 낫다는 것은 의심할 여지가 없었다. 나는 그냥 그렇게 깨달았다. 내가 도스토옙스키를 처음 읽었을 때를 떠올리게 만들었던 체험으로서의 그 생생한 공감대가 똑같았던 것이다.

앞 전시실에서 본 그림들이 나를 향해 열려 있었고 내 시선을 받고 있었다면, 뭉크의 그림은 그 반대여서 마치 그림이 나를 향해 다가오는 듯했고, 내 시선은 수동적인 반면 그림은 능동적인 듯했다. 그림 한 점이 방 하나를 장악하고 지배할 수 있다는 그 강렬함은 미처 겪어 보지 못한 것이었다. 뭉크의 그림들은 전율하고 있었다!

그 첫 체험은 뭉크의 그 그림들을 다시 볼 때마다 여전히 내 안에 있었지만, 매번 희미해지고 강도가 약해 갔다. 나는 이것이 그림들의 지위 때문이라고, 그림들이 너무 잘 알려져서 거기에 담긴 내용이 명성(이는 그 그림들을 보러 갈 때 내가 가지고 가는 것) 뒤로 사라진다고, 그래서 그 그림들은 이미 내 안에서는 효력을 다했고, 따라서 최초의 효과가 사라지고 나면 거의 아무 일도 일어나지 않는다고 짐작했다.

그뢰고르의 책을 읽고 나서야 나는 이것이 그림들 자체에 있을 수 있음을, 그림들은 미리 완성되어서 닫혀 있었음을 깨달았다. 그림들은 볼 때마다 그 효력이 감소하는 효과 속에서 살았던 것이다. 그리고 이것이 상징주의가 막다른 골목이 되고, 주류가 남기고 떠난 뒤 다시는 돌아오지 않는 일종의 예술의 벽지가 된 이유였던 것이다. 모더니즘을 이끈 것은 뭉크의 1880년대 그림들이 아니라 폴 세잔의 그림들이었다.

이 생각은 작가인 나 자신의 경험과 일치한다. 다시 말해 '실제의 글쓰기' 속에서 일어나야만 하고, '예측 불가능성'과 '우연성(이 우연성이 패턴을 설정하고 '텍스트'는 이를 따른다)'에 항상 열려 있어야만 하며, 이 과정은 직관적이고 언제나 즉흥적이어야 한다는 점과 일치하는 것이다. 글을 쓴다는 것은 하나의 순간을 재구성할 수 있다는 것만이 아니라, 그 자체가 하나의 순간이어야만 하며, 그래야만 서술depiction이 아니라 행위action로서 세계와 맞닿게 된다. 다시 말해, 생각과 언어 사이의 거리는 가능한 한 짧아야 한다. 나는 그림을 그리는 것도 마찬가지라고 생각한다. 그림을 그린다는 것은 일단 보는 것이며, 그런 다음 보여진 것과 그려진 것 사이의 거리를 가능한 한 최소한으로 만드는 것이다. 악기와 하나이며, 음악과 하나인 음악가를 생각해 보자. 마일스 데이비스Miles Davis, 글렌 굴드Glenn Gould, 어리사 프랭클린Aretha Franklin을 생각해 보자. 생각할 시간도, 계산할 시간도 없이 모든 것이 지금, 바로 그 순간에, 하나의 움직임으로, 하나의 흐름으로 일어난다. 모든 창작의 기본은 자신이 소유하고 있으며 표현하고자 하는 것을 옮기는 것이 아니라, 표현된 것이 그 자체로 나타나는 것이다. 그래야만 창작물이 생기를 띨 수 있다. 그것은 미리 존재해서는 안 되며 표현되는 그 순간에 생겨나야 한다. 만일 그렇게만 된다면, 그것은 또한 우리가 그것을 보거나 읽는 순간에도 생겨날 것이고, 바로 이러한 '생겨남coming into being'이 그 자체로는 죽은 캔버스 위의 죽은 색, 죽은 책 속의 죽은 글자에 불과한 예술과 문학에 대해 사용되는 '살아 있는'과 같은 단어를 합리화시키는 것이다. 따라서 지식은 예술가에게 아무런 도움이 되지 못하는데, 이는 지식이 '미리 존재하고 있는' 탓이다. 반면 경험, 즉 직관적이고 신체적인 경험은 결정적이다. 예전에 예술가들이 숱하게 나체화를 그렸던 것은 단지 신체가 어떻게 구성되었는지를 배우기 위해서만은 아니었으며, 그들이 생각하지 않고 그림을 그리는 법, '시선'과 '손' 사이의 거리를 최소화하는 법을 배우기 위해서이기도 했던 것이다.

• • •

예술로 표현된 것은 옮김이 아닌 생겨남과 관련되어 있다는 이 개념이 구체화되어 있는 것은, 앞서 언급한 들뢰즈의 에세이 중 내가 밑줄을 그었던 다음 구절에서 처음으로 확인했다. "글을 쓰는 것은 결코 체험된 경험에 (표현의) 형식을 부과하는 것이 아니다. 비톨트 곰브로비치Witold Gombrowicz가 말하고 행한 것처럼 문학은 오히려 비형식 혹은 미완성 쪽에 있다. 글을 쓰는 것은 체험 가능하거나 체험된 모든 경험을 벗어나는, 언제나 진행 중인, 언제나 미완인 '되기 devenir'의 문제이다. 그것은 과정, 다시 말해 체험 가능한 것과 체험된 것을 가로지르는 삶/생명의 이행이다."[6]

1995년에 들뢰즈의 이 짧은 에세이를 처음 읽었을 때만 해도, 나는 글을 쓸 수가 없었다. 나는 이야기들을 지어냈고, 오로지 그 이야기들을 진전시키는 것말고는 '언어' 속에서 아무 일도 일어나지 않았다. 나는 무슨 일이 일어날지 생각해냈고, 문장들을 고쳐 써서 이야기에 더 잘 어울리게 만들었다. 고쳐 쓴 문장들은 기술적으로는 의미가 있었고, '언어'도 아주 나쁘지는 않았지만, 마치 이야기들은 나 자신을 넘어서 만들어져서 그곳에 존재하는 듯했다. 이러한 글쓰기 방식을 시사하는 하나의 이미지는 연구 대상들이 유리상자에 들어있고, 과학자들이 부착되어 있는 장갑 한 켤레(과학자들과 연구 대상 사이의 유일한 물리적 연결)로 이들을 조작하는 실험실일 것이다. 내 글이 바로 그랬다. 뻣뻣한 장갑 한 켤레를 통해 만져지는, 유리벽 반대편에 있는 무언가 같았던 것이다.

내가 들뢰즈의 그 구절에 밑줄을 그었던 것은, 그 구절이 때때로 사람들이 사물을 파악하는 모호하고도 정의할 수 없으며 잠재적인 방법으로 내가 알고 있었던 무언가와 일치했기 때문이었다. 그리고 일 년이 지나서 무언가가 일어났다. 나는 급진적인 부크몰 bokmål(문어체 노르웨이어의 두 가지 공식 형태 중 하나이며 노르웨이어 언중 절대 다수가 사용)에서 더욱 보수적인 부크몰로 내가 쓰는 말을 바꾸었고, 그래서 내가 쓴 글이 조금은 낯설어졌으며, 나의 실제 자아와 텍스트의 '나' 사이의 그 공간이 나를 더 자유롭게 만들었고, 불현듯 텍스트에서 내가 예상하지 못했던, 전에는 전혀 생각하지 못했던 일이 일어났고, **이것**이 글쓰기였다는 것을 즉각 깨달았다. 나는 그것을 보았고, 그것은 나나 내 세계를 표현했던 것이 아니라 텍스트를, 그 특정 순간에 텍스트에서 일어났던 것을 표현했다. 그 순간은 재구성할 수가 없었고, 오로지 그 순간이 생겨난 상황에만 속해 있었다. 글쓰기라는 예술은 또 다른 그와 같은 순간을 찾고 또 찾고, 거듭거듭 찾아내는 것이었다.

그 결과가 내 첫 소설이 되었다. 그 소설은 한 초보자의 작품이고, 때때로 눈에 거슬리는 자기애와 글을 쓸 수 있다는 기쁨으로 얼룩져 있다. 게다가 그 소설은 단순함naivety이 있으나, 그것은 그 이후로 내가 쓴 모든 것에도 있는데, 전에 썼던 글을 다시 읽을 때 나는 여간해서는 그것을 바로 알아보지 못한다. 이 '단순함'은 성찰을 피하려고 노력하되, 즉 무엇이 어떻게 여겨지거나 보일지를 결코 생각하지 않되, 가능한 한 그 순간에 자유롭게 글을 쓰는 방식의 결과물이다. 성찰은 단순함과 정반대이고, 또한 삶과 정반대이기도 하며, 삶의 상부 구조이다.

내가 이 경험을 이렇게 자세히 기술하는 것은 이것이 보편적이며 일반적이라고 생각해서가 아니라 내가 뭉크의 그림을 어떻게 이해하고 있는가에 대한 배경을 형성하기 때문이다. 이 책의 서두에서 미리 존재하는 것과 전례 없이 생겨나는 것 사이의 갈등과, 이것이 뭉크에게 얼마나 절대적으로 중요했는지에 관해 썼던 것은, 바로 여기에서 비롯되었다. 그리고 내가 뭉크의 1890년대 그림 중 일부를 '닫혀 있다'고 부르는 것도 같은 이유에서이다.

뭉크 시대의 한계는 물론 달랐겠지만, 여전히 강력했으리라고 추측한다. 그리고 뭉크의 **작품 세계**에서 인상적인 것은 그가 한계를 벗어나기 위해 싸웠고, 자신만의(물론 그 시대의 다른 작가들과의 교감이 없었다는 것은 아니고, 명백한 모델들이 없이) 무언가를 발견했으며, 삶의 후반기 사십 년 동안 이를 다시 버리고 매우 다른 그림들을 그렸다는 점이다. 이 시기는 별로 위태롭지 않아 보이며, 그 가운데 뭉크 자신은 보다 작은 공간을 취했으며, 그 공간에서는 더 이상 아무것도 중심을 차지하지 않았다.

뭉크는 이런 방식으로 '열려있음'을 향한 자신만의 길을 모색하는 동시에, 오래된 모티프를 계속 반복해서 그렸다. 그는 자신이 할 수 있다고 생각했기 때문에, 또한 그렇게 하는 것이 적절했기 때문에 그렇게 했음에 틀림없다. 따라서 그는 〈병든 아이〉에서 잘 드러나는 '과정'인, '실제로 생겨남' 자체를 가장 중요한 것으로서 볼 수가 없었다. 추측하기로는, 그가 〈병든 아이〉에서 가져온 것은 정반대의 것으로, 말하자면 상징적인 것이었고, 바로 **그것**이 그 작품에서 그가 발견하고 배운 것이었다. 소녀의 시선과 어머니의 구부린

목, 바로 **그것**이 본질이었던 것이다. 그는 '상징성'에 도달했고, 그것은 찾아내자마자 반복될 수 있었다. 왜냐하면 그곳으로 가는 길이라는 '가변성'이 아니라, 그 반대인 그것의 불변성이 본질이었기 때문이다.

토이너는 저서 《뭉크: 그 자신의 육성으로》에서 이에 관해 다음과 같이 쓴다.

그리고 여기에 뭉크 미스터리(그의 작품이 거쳐가는 괴로운 인간을 위한 탈출구 탐색)의 마지막 열쇠가 있다. 예술 작품들이 특정 아이디어들에 일부 소유권을 가지고 있고, 따라서 이들 아이디어들이 어떤 의미에서는 독립적인 생명을 갖고 있다고 상상해 볼 수도 있겠지만, 이 아이디어들은 실제로 실행시킬 때만 보여질 수 있지 않은가. 뭉크는 능히 해 낸다. 그리고 그것은 말하자면 성공적인 그림을 위한 그의 마지막 공식이 된다. 즉, 성공적인 그림은 먼저 선재하고 있으며, 그 후에야 그것이 만들어져야 한다는 것이다.

뭉크는 이미 판매한 그림을 한동안 회수해 와서 자신을 위한 복제작을 만드는 일이 드물지 않았다. 같은 그림을 여러 버전으로 제작하는 것도 드문 일이 아니었으며, 판화 제작의 연속성 자체가 이 같은 맥락을 설명한다. 그의 전체적인 작업 방식은 이상할 정도로 형이상학적인 접근법을 보여준다. 즉, 그림은 존재하고 있고, 후에 만들어지며, 이 순서대로라는 것이다. 그는 캔버스를 가져다가 거기에 스케치를 하다가도, 어떤 그림이 발견되었다는 느낌이 들 때면 새로운 캔버스를 가져다 그리는 일이 자주 있었다. 그 시점에서는 단순히 그것을 실현해 내느냐의 문제일 뿐이었다.[7]

나는 뭉크가 그의 예술 인생 전반에 걸쳐 자신의 그림을 그렇게 자주 복제했다는 사실이 언제나 의아했는데, 나는 그것을 일종의 흠이자 비겁함이라고 생각했고, 그가 한때 혁신적이었고 중심을 차지했을 때 만들었던 작품에 집착했다고 생각했다. 나는 토이너가 제안하듯, 뭉크가 실제로 복제작들을 원작과 동일한 가치가 있다고 간주했을 가능성, 가치가 있는 것은 상징적 측면인 모티프 자체와 그 형태였을 가능성, 이들을 찾는 것이 예술적 업적이었을 가능성은 전혀 생각하지 못했다.

모네와 세잔 역시 반복과 연속성을 통해 (모네는 건초 더미와 성당의 파사드를, 세잔은 생트 빅투아르산을) 작업했지만, 이 그림들에서 모티프의 반복은 그들 사이의 차이를 확립하는 방식이며, 종일 일어나는 다양한 빛의 효과, 보는 장소의 변화, 계절의 변화 등과 관련하여 그들을 상대화하는 방식으로, 즉 공간을 시간과 통합하는 방식이다. 여기에는 작가 자신도 포함되며, 작가는 모든 그림에서 존재함으로써 단순한 반복을 불가능하게 만들며, 모티프를 대면한 순간부터 그림은 매번 새롭게 탄생한다.

뭉크의 경우는 '모티프'를 다시 그린다기보다는 '그림'을 다시 그렸는데, 마치 자신이나 지나간 시간에 영향을 받지 않은 것처럼, 단번에 포착된 '그림'을 다시 그렸다. 따라서 그에게 '그림'은 상대적일 수가 없었고, 그와는 정반대로, 절대적이었음에 틀림없다. 그리고 그가 〈병든 아이〉의 창작에 관해 썼던 글을 고려한다면, 이는 그의 말과 일치한다. 일단 그는 어떤 이미지를 보았고, 그것으로 작업하다가 그 이미지는 사라졌고, 나머지 수년간의 과정은 자신의 내면에 있었으며 또한 자기 앞에 놓여 있었던 것에 거의 영향을 받지 않은 그 이미지를 되찾는 것이었다. '그림'은 그가 처음 본 이미지와 맞닿을 때 완성된다. 그때 비로소 그 이미지는 존재를 유지하며, 수적 증식에 의해 약화되지 않은 채로 가능한 모든 매체에서 반복될 수 있는 것이다.

뭉크가 1890년대에 그렸던 그림 중 상당수에는 이와 같은 뚜렷한 상징성이 있으며, 그 예로는 여성적인 것과 남성적인 것이 시각적으로 융합된 〈흡혈귀〉, 벌린 입과 양쪽 귀를 막고 있는 손으로 불안을 인상적으로 상징한 〈절규〉, 혹은 배경에 있는 커플의 앞에 고통에 찬 얼굴이 표현된 〈질투〉, 발가벗은 연약한 소녀가 방어적으로 양팔을 교차한 채 무릎을 모으고 앉아 있고 그 오른쪽에 커다란 그림자가 있는 〈사춘기〉, 관 위에서 다섯 개의 머리가 맴도는 〈종의 자리에서Vid dødssengen〉 등이 있다.

이 그림들 중에는 선입견 없이 무언가를 마주하고 나서 자신이 본 것을 그리는 그림은 없다. '그림'을 창작하는 과정이나 그 회화적인 측면을 다룬 그림도 없으며, 중심에 있는 인물들이 다른 모든 것을 지배하고 나머지는 단지 중심 인물들이 표현하는 것을 강조하기 위해서만 존재할 뿐이다. 이 그림들은 하나의 상태나 현상을 가장 정확하게 표현하기 위해 노력하고, 모든 것이 하나로 모여질 수 있는 지점을 찾으며, 이로 인해 이 그림들은 내면적으로 극도로 독백적이며, 이들이 표현하는 단 한 가지를 제외한 세상의 다른 모든 것과는 단절되어 있다. 그리고 이 그림들의 배경인 풍경들 속에는 연속성이 있다. 예컨대 〈절규〉의 배경은 〈절망Fortvilelse〉, 〈불안〉, 〈해 질 녘의 아픈 기분Syk stemning ved solnedgang〉의 배경이기도 하며, 한편으로 물가에서의 선은 〈멜랑콜리〉, 〈여인〉, 〈여름밤의 꿈(목소리)〉, 〈이별〉 등의 배경이며, 이들 풍경들은 반복을 통해서 상호 교환이 가능한 사건들이 일어나는 무대 장치처럼 보이기도 한다. 인물들이 보편성을 나타내야 한다는 점, 그들이 차지한 공간이 연속적이라는 점 등 이들 모두는 그들의 고유성을 감소시키며, 또한 화가 자신에게만큼이나 그 시대와 그 문화에 귀속되는 물결 모양 곡선의 **유겐트스틸**Jugendstil(주: 아르누보Art Nouveau의 독일어권 명칭) 양식의 특징과 부합한다.

내 미적 취향, 이른바 문학에서 시학poetics으로 일컫는 것에 따르자면, 이 모두는 이 그림들의 약점이다. 들뢰즈가 묘사한, "글을 쓰는 것은 결코 체험된 경험에 (표현의) 형식을 부과하는 것이 아니다."는 뭉크가 자신의 1890년대 그림들에서 행한 바로 그것이었다. 게다가 문학의 세계에서 내가 언제나 동의해 왔던 지배적인 생각은 다른 매체로 옮겨지지 못하는 것만이 문학적으로 가치가 있다는 것이다. '질'은 매체의 특수성에 달려 있다. 욘 포세의 소설을 성공적으로 영화화할 수 없는 이유는 그의 소설에서 본질적인 것은 글 속에 있고, 바로 글이야말로 본질적인 것이 표현되는 곳이기 때문이다. 뭉크의 1890년대 그림들은 정반대이다. 뭉크는 다른 매체로 옮겨질 수 있는 바로 그 표현 형식을 찾아서, 그뢰고르와 토이너가 함께 지적한 것처럼, 표현의 공통 분모인 '상징적 이미지'로 그의 그림을 축약시킨다. 또한 뭉크는 문학의 전형적인 요소들을 그림으로 옮기고, 연극에서 볼 수 있는 공간과 유사한 공간을 만드는 등 다른 방향으로도 옮겨갔다.

그러나 이는 모두 논쟁에 불과하다. 게다가 감정을 논박할 수는 없다. 왜냐하면 뭉크의 1890년대 그림들은 나름의 약점이나 뻔한 진부함에도 불구하고, 비길 데 없이 독특한 감정적 힘이 있기 때문이다. 그리고 이 작품들의 독백적인 특성은 우리를 이러한 감정적인 힘에 영향을 받지 않은 채로 남아 있는 것을 불가능하게 만든다. 그 힘에 영향을 받지 않자면, 그림에서 등을 돌려야만 한다. 그림들 속의, 소위 미학적인 오류 모두가 정확히 이 그림들을 효과적으로 만든다. 즉, 그 그림들은 그 속에 갇혀 있고, 사실상 회화적 공간이 전혀 없으며, 거의 과장될 정도로 도식화되어 있는 것이다.

나는 〈멜랑콜리〉를 볼 때면, 하늘의 잔잔하면서도 애잔한 물결 무늬에 감동을 받는데, 그 물결은 '성찰이 닿을 거리'를 훌쩍 넘어서는 내 안의 어딘가에서도 일어난다. 그런 다음 성찰이 개입하면, 앞에 있는 슬픈 얼굴이 실제로는 꽤 바보스러워 보이고 그림을 조금 우스꽝스럽게 만든다는 '생각'이 든다. 마치 생각은 느낌을 바로잡고 싶어하고, 망신을 주려는 듯하다. 물가의 남녀를 볼 때마다 나는 그들의 외로움에 충격을 받고, 나 자신의 외로움을 그들의 외로움에 결부시키지만, 고통스러운 방식이라기 보다는, 그것을 잠시 흘깃 보는 것에 가깝고, 그것이 모든 사람이 공유하는 근본적인 조건이며, 삶은 실로 이를 극복하는 것임을 깨닫게 된다는 식이다. 이 그림들은 모두 실존적으로 가득 차 있고, 그 가득함은 감정적인 힘에 있으며, 이는 이 힘이 없었다면 그저 진부했을 그림에 그림자를 드리운다. 나는 이것이 바로 뭉크의 그림들이 그 당시와 양식적인 시대로부터 살아남은 유일한 이유라고 생각한다. 상징주의 자체는 등장하기도 전에 죽어버린 것과 마찬가지였다.

도스토옙스키와의 비교는 여전히 유의미하다고 느껴지며, 뭉크의 회화적 공간과 그 속의 인물들과 같이, 도스토옙스키는 실내와 풍경 묘사, 장면 구성, 작중 인물 전개에 거의 비중을 두지 않았으며, 이는 같은 이유 때문이었다. 두 사람 모두 긴박하고 중요한 것, 그들 안에서 불타오르고 있는 것으로 곧장 들어가고 싶었던 것이다. 동시대 작가인 톨스토이의 소설들과 비교하자면 도스토옙스키의 소설들은 스케치 같고 엉성하며, 해결책은 성급하고, 분위기는 히스테리에 가까울 정도로 과열되어 있다. 톨스토이는 모든 공간과 모든 인물을 정교하고 완벽하게 기술하며, 아무리 사건들이 극적이더라도 언제나 일일이 세심하게 묘사하고, 배경을 통해 깊이와 복잡성 그리고 특히 미적 완벽함을 더한다. 도스토옙스키는 느낌과 감정적인 삶을 그 무엇보다 우선시했기 때문에 언제나 불완전했다. 톨스토이는 내가 그의 작품을 읽을 때마다 더욱 분명해지듯 더 뛰어난 작가였다. 그러나 도스토옙스키도 일부 영역에서는 더 많은 것을 해냈으며, 오직 격렬함만이 문을 열어줄 수 있었던 은총, 자기멸각self-annihilation, 신성의 신비로움 등으로 더 깊이 파고들었다. 그의 소설들에서 일어나는 사건들은 멜로드라마로서는 설득력이 떨어지지만, 이는 그 강력함에 묻혀 버린다.

뭉크도 역시 같은 격렬함을 소유했고, 절대적인 것으로 곧장 들어가기를 원했으며, 비록 그가 기질적으로는 덜 뜨겁고, 삶에 대한 통찰력도 모자랐으며, 더욱이 그의 그림들에는 신성도 은총도 전무했다 해도, 그의 그림들이 갖고 있는 힘은 미적 판단을 무효화시킬 정도로 막강했다. 뭉크의 관심사는 환희와 종교도, 선과 악도 아닌, 삶과 죽음, 여성과 성적 관념sexuality, 그리고 그 무엇보다도 외로움이었다. 뭉크는 절대적인 것이자 불변의 진리를 독자적으로 추구했다고 나는 확신한다. 그러나 마치 공포와 욕망에 기반을 둔 듯한 그의 여성관과, 성적 관념에서 결코 자유롭지 않은 채로 어디에나 존재하는 실체로서의 죽음에 대한 그의 관점 등은 19세기 마지막 십 년 동안 예술과 문학에 퍼져 있던 세기말의 분위기로서 그 시대의 전형이었음은 이제 우리에게도 분명해졌다. 그러한 분위기는 뭉크 자신과 상실이라는 그의 개인사적 경험과 그가 살았던 시대에는 속하지만 우리에게는 해당하지 않는다. 그리고 바로 여기에도 매혹적인 힘이 있는데, 왜냐하면 개인적이고도 시대적이었던 것이 보편적이면서 모두에게 해당하는 것으로 제시되어, 그것을 기념비적으로 낯설고 마치 어딘가 다른 세상에서 우리에게 보내온 것만 같이 만들기 때문이다. 그 세상은 외로움으로 가득한 세상이요, 성적 불안이 가득한 세상이며, '죽음이자 여자라는 유혹자'로 가득한 세상이다.

• • •

그뢰고르는 때때로 그림에 과도한 요구를 가하며 특유의 날카롭고 냉철한 시선으로 그림마다 뭉크를 철저히 벗겨내기도 하지만, 존경심과 통찰력을 갖추고 언제나 차별화해서 접근한다. 따라서, 예컨대 〈절규〉는 《생의 프리즈》 중의 다른 그림들보다 우위를 차지하며, 거의 이해할 수 없을 만큼 획기적이며, 그 야생성에 있어 진일보한 작품으로 평가하는 것이다. 그뢰고르는 뭉크가 자신의 수준을 유지하기가 어려웠으며, 실현해 낼 때마다 놀라는 듯했다고 표현했고, 뭉크에 대한 이러한 시각은 틀림없이 뭉크 자신의 시각과도 가깝다고 나는 생각하는데, 뭉크도 물론 자신의 한계를 자각하고 있었고, 자신이 그 한계를 넘어섰을 때를 잘 알고 있었기 때문이다. 그러나 그림 자체의 전제에 비교할 때, 그에게 열려 있던 가능성들 중에서 무엇이 실현되고 무엇이 시도되지 않은 채로 남아 있었는지, 무엇을 성공했고 어디서 실패했는지 등에 대한 회화적 과정들에 대한 고려는 이 그림의 일부일 뿐이다. (나머지 부분이야말로 그의 작품을 보는 우리 같은 평범한 관람자에게는 중요한 부분이며, 또한 그 그림들이 우리에게 주는 것이다.) 토이너의 뭉크 연구서에서는 이러한 관점이 보다 확장되며, 따라서 비록 토이너는 뭉크의 1890년대 그림들에서 그뢰고르와 똑같은 문제점들을 발견하지만, 이들을 완전히 달리 이해한다. 때때로 그는 그 그림들이 얼마나 좋은지에 대해 거의 충격을 받은 것만 같다.

뭉크에게는 포스터 화가 같은 손재주가 있으나, 그의 그림은 포스터 같지 않다. 또한 그는 다양한 감각을 겸비한 화가이지만, 다른 무엇보다도 화폭의 표면과 그 탁월한 표현력을 파악하고 있다. 그는 자신의 모티프들을 도장을 찍듯 찍어내는데, 이들은 비록 가장 엉성한 붓으로 그려졌을지라도 표현하려고 의도한 바에 놀라울 정도로 정확하게 접근하고 있다. 마치 긴 대화 중에 결정적인 한 마디가 딱 떨어지는 것과 같다. 이는 몇 번이고 거듭된다. 일종의 과묵한 달변이요, 적나라한 정확성이다.

그리고 거기에는 대립적 미학의 모든 특징들이 다 있다. 뭉크의 작품에서는 언제나 거칠게 전개된다. 그는 특유의 경사진 전경으로 공간을 배치한다. 그림들이 가파르게 경사져 있어서, 뭉크의 인물들이 시간이 지나도 그림에서 툭 떨어지지 않고, 그저 벽에서 미끄러져 내려오는 것은 사실상 기적인데, 이는 그것이 전체가 구성되어 있는 방식이기 때문이다. 그의 작품들은 묘사된 피사체를 관람자에게로 곧바로 내려보내는 장치처럼 구성되어 있다. 그리고, **당신**은 거기에 서서 스스로 답을 해야만 한다.[8]

예술에는 규칙이 아닌 관습만이 있을 뿐이고, 따라서 질적 수준에 대한 판단은 매우 복잡한데, 왜냐하면 질에 대한 기준도 당연히 변하며, 시대의 분위기나 지배적인 회화적 언어만큼이나 식별하기 어려운 관습에 근거하기 때문이다. 또한 이와 더불어, 자의적인 의견 역시, 적어도 큰 윤곽 안에서는 자연스럽고 논쟁의 여지가 없는 것으로 받아들여진다. 회화는 회화 고유의 것, 즉 색과 형태를 탐구하고, 문학은 문학 고유의 것, 즉 글을 탐구해야 한다는 내 생각들은 모더니즘에 속하며, 이는 1890년대에는 많은 예술적 실천들로 구체화되었음에도 불구하고 예술 이론으로서는 기능하지 않았다. 뭉크의 1890년대 그림들은 당시에는 너무 미완성이고 너무 하찮았던가 하면 지금은 너무 뻔하고 너무 특정 매체성이 결여되어서, 따지고 보면 어느 시대에서나 틀렸던 셈이다. 그의 작품들이 옳아 보일 때는 예컨대 '표현주의의 선구자로서'라는 다른 전제에 근거할 때이다. 동시에 역설적이게도 그 그림들은 언제나 중요하게, 우리가 여전히 관계를 맺어야 하는 하나의 예술 및 하나의 예술성으로 여겨져 왔다.

뭉크의 그림들은 나에게는 잊어버리거나 과소평가하기 쉬운 방식으로 늘 존재해 왔지만, 다시 그 앞에 서는 순간 어떻게 그랬나 싶어진다. 이것은 이 그림들을 아주 빈번히, 아주 다양한 환경에서 본 후 이들과 관련하여 내가 느끼는 '낯익음'이, 그림의 근본적인 성격이자 낯익음의 정반대 개념인 '낯섦strangeness'에 상반되기 때문이라고 나는 생각한다. 사실주의 회화는 우리가 알고 있는 공간에서 일어나기 때문에 낯익음을 만들어내며, 뭉크가 그런 관습을 깬 것은 '상징성'을 통해 또 다른, 자신에게는 보다 깊은 낯익음을 확립하기 위해서였고, 그림 속 인물들은 상징성 속에서 보편적 진실을 표현했으며, 노르웨이 시인 시그비엔 옵스트펠데르Sigbjørn Obstfelder식의 '이곳은 너무 이상하다'스러운 '이질성'과 상징이 주는 '낯익음' 사이의 긴장 속에서 되살아났다.

'낯섦의 도상학자the iconographer of strangeness'야말로 1890년대의 뭉크를 부르는 이름이라 하겠다.

2장

2013년 12월 11일, 나는 지금처럼 책상에 앉아서 창밖의 눈 덮인 잔디밭과 교회 묘지의 나무들 위로 하늘을 바라보고 있었다. 빛이 서서히 사위어 가던 무렵이었다. 내가 정확히 날짜를 기억하는 이유는 그 이튿날 엘베룸의 문화회관에서, 이웃 도시 뢰텐에서 태어난 에드바르 뭉크의 탄생 백오십 주년을 기념하는 강연이 예정되어 있어서이다. 그리고 당시 나는 일기를 쓰고 있었다.

떠나야 할 시간은 고작 두세 시간밖에 남지 않았고, 강연에 쓸 만한 내용은 아직 하나도 쓰지 못한 채였다. 최근 몇 주를 정신없이 보낸 터였다. 나는 혼자서 아이들을 돌보고 있었고, 줄곧 여기저기 운전을 하고 돌아다녀야 했던가 하면, 차는 정비소에 들어가 있었고, 아이 하나는 학교에서 힘든 시기를 보내고 있었으며, 이는 가족 모두에게도 영향을 미쳤고, 착하지만 멍청하고 감당하기 버거운 개는 가슴에 무슨 상처가 나 있었는데도 도무지 신경을 쓸 시간이 없었다. 내가 노르웨이에 가야 하다보니 어머니와 장모님이 연이어 우리집에 오셨고, 집안은 새로운 긴장감으로 차 올랐다. 나는 너무 지쳐서 오로지 의지만으로 생활을 유지해 나갔지만, (하교 후 아이들과 함께 차를 타고, 어둠이 바다처럼 깔려 있고 이따금씩 멀리서 달려오는 트랙터들의 불빛이 나를 평온함으로 채워주던 들판을 가로질러 집으로 돌아오던 길이 언제나 그 정점이었던) 하루가 끝나면, 항상 늦게까지 작업실에 앉아 있었다. 혼자만의 시간이 필요했고, 그것이 잠보다 중요하게 느껴졌다. 조명등 아래 의자에 앉아 커피를 마시고 담배를 피우며 뭉크의 전작이 담긴 네 권의 책에 들어있는 그림들을 들여다 봤다. 한 점 한 점 그림을 보다 보니 차츰 거의 모든 그림이 낯익게 되었지만, 여전히 그 그림들에 대해 무슨 말을 해야 할지는 떠오르지 않았다.

이 전작집에는 천칠백 점이 넘는 유화가 실려 있고, 이 그림들은 육십오 년 이상의 세월과, 송두리째의 한 인생과, 두 차례의 세계대전을 아우르고 있다. 이들은 말과 수레가 일반적인 운송 수단이었던 세계에서 시작해서, 비행기, 자동차, 라디오, 영화, 카메라, 잠수함, 항공모함, 로켓이 있는 세계에서 끝난다. 이들은 회화가 사람들이 등잔불 아래에서 뜨개질을 하거나 책을 읽으며 앉아 있는 방과 같이 현실을 재현하는 세계에서 시작해서, 그 재현의 임무를 벗어나 추상화된 세계에서 끝난다. 다다이즘, 미래파, 초현실주의, 입체파는 잠시 미래였다가 어느새 이미 과거가 되어 있었다.

역사적, 문화적 발전이라는 관점에서 보자면, 뭉크의 그림들은 비교적 일관성이 있고, 동일 인물에 의해서 그려졌다고 보거나 적어도 그렇다고 수긍할 만하다. 그러나 게르트 볼Gerd Woll(주: 뭉크 연구로 저명한 노르웨이 출신 미술사가)이 이 네 권의 책을 통해 독자들에게 제안하듯이, 하나의 단일체로서, 하나의 닫혀진 회화적 우주로서 이들을 보자면, 각각이 현저하게 다르며, 바로 이 점이 내가 연설문을 쓰는 데 고전했던 이유이다. 작품 전체에 적용할 만한 뭉크의 예술을 무엇이라고 할 수 있을까? 이들을 통합하는 요소는,

만일 하나라도 있다면, 과연 무엇이었을까?

언젠가 베르겐에서 보았던, 설경을 담은 뭉크의 그림 한 점이 떠올랐다. 나는 마음의 준비가 되어 있지 않았고, 이내 눈가가 촉촉해져 왔다. 나는 열아홉 살이었고, 그 그림 속의 외로움은 끝이 없는 것만 같았다.

이제 막 그 그림을 찾아서 다시 들여다 보았다. 1906년 독일 튀링겐에서 그가 그렸던 다섯 점 중 하나였다.

이번에는 그때와 같은 효과가 없었는데, 책 속에 사진으로 복제된 그림을 보는 것은 실제로 그림을 보는 것과는 완전히 다른 경험이며, 뭉크의 그림인 경우에는 특히 더 그렇다. 그의 그림들은 복제되면서 색의 밀도가 높아지고 표면에 광택이 나지만, 반면 실제 그림은 색상이 너무 옅어서 캔버스를 겨우 가릴 정도이고 오히려 건조할 때가 많다. 이러한 미완성된 듯한 외양은 각각의 그림에 개성을 부여해서, 그저 한 점의 그림이 아니라 바로 이 그림이라는, 세상 속에서의 하나의 특정한 사물, 오브제가 된다. 그리고 이 '미완성성'은 그림이 만들어졌던 순간과 그림을 만든 사람을 되돌려 가리킨다.

그러나 처음 그 그림 앞에 섰을 때 이런 생각을 했던 것은 아니다. 그 그림은, 오직 예술만이 할 수 있듯이, 마치 내 감정들이 나 자신보다 더 크고 세상을 향해 활짝 열린 듯, 마치 '세상' 그 자체인 듯 느껴질 때처럼, 내 안의 광활한 공간을 열었다.

가장 근원적인 느낌은 외로움의 일종으로, 세상에 혼자라는 느낌이었다. 그것은 친구나 가족이 없는 것이 아닌, 가까이에 다른 사람들이 없는 것이 아닌, 구체적인 외로움이 아닌, '내가 여기, 지구에 있고, 나는 여기 혼자 있다'라는 야성적이고도 실존적인 외로움이었다.

이 그림의 어디에 외로움이 있었을까? 외로움은 도대체 어디에 위치해 있었을까?

'풍경' 자체가 황량했다지만, 숱한 풍경화들이 그런 풍경을 담고 있어도 외로움이라는 감정을 불러일으키지는 않는다.

나는 뭉크가 이 풍경으로 다섯 점의 그림을 그릴 만한 가치가 있다고 생각한 이유는 '눈'과 관련이 있으리라고 짐작했는데, 눈이 너무 얇게 덮여 있어서 아래의 색들이 어디서나 비쳐 나왔던 것이다. 들판 하나가 그림 안으로 이어지고, 흰색은 붉은색과 갈색 줄무늬로 분열되어 있다. 왼쪽에는 초록색 들판이 있고 오른쪽에는 노란색 들판이 있다. 들판 너머로는 역시 붉은 빛의, 아래로 경사진 언덕이 있고, 그 뒤에는 짙은 녹색의 연속적인 면으로 그려진 숲이 있다. 그 위로 하늘은 거의 누렇다시피 지저분한 흰색이다. 숲과 산등성이 기슭에서 자라고 있는 외로운 나무 한 그루가 들판만 묘사한 나머지 넉 점의 그림과 이 그림을 구분 짓는다.

그림에서는 실질적으로는 아무것도 이야기되지 않는데, 관건은 그림이 살아있다는 것이기 때문이다. 이 그림에는 마치 음악과도 같이, 진동하는 울림이 있다. 이러한 울림은, 음악이 감정을 고양시키듯이, 감정을 매달아서 이를 끌어올린다.

그림은 감정과 섞여 들어가서 하모니가 일어난다. 하지만 그것은 우리가 마음을 열 때만 일어나는 일이며, 마음을 열지 않는다면 그림은 그저 몇 개의 선과 색에 불과하다. 뭉크가 백십일 년 전 이 풍경 앞에 섰을 때도 마찬가지였다. 그는 풍경에 마음을 열었고, 풍경은 그의 내면에서 살아나기 시작했으며, 풍경의 진동은 그의 감정의 진동이 되었다. 그가 열린 마음을 갖지 않았다면 풍경은 그저 몇 개의 선과 색이자, 평범한 들판이며 언덕에 불과했을 것이다.

세상에 대한 이와 같은 열린 마음이 강연 원고에서 결국 내가 쓰게 된 내용이었다. 세상은 관찰되기 위해 준비 완료되어 있을 뿐, 그 자체로는 아무것도 아니기 때문이다. 세상은 항상 우리의 시선 속에서 발원한다. 세상은 존재하는 것이 아니라 생겨나는 것이다. 이러한 생겨남 속에서 산다는 것은 불가능하며, 이를 파악하는 것도 불가능하며, 따라서 우리는 이를 다룰 다양한 방법들을 발전시켜 왔다. 우리는 그것을 앎knowledge이라고 부른다. 우리는 하늘이 파랗고 공기로 이루어져 있다는 것을 알고, 나무가 초록색이고 줄기와 가지와 잎으로 이루어져 있다는 것을 안다. 모래가 마르면 밝은 색이고, 젖으면 어두운 색이라는 것도 안다. 설탕은 입자가 거칠고 단맛이 나며, 욕조는 매끄럽고 단단해서 더 투과성이 있는 표면에서처럼 물이 욕조 안으로 사라지지 않는다는 것을 안다. 우리는 멀리 있는 것이 작게 보이고 반면 가까이 있는 것이 크게 보인다는 것을 안다. 우리는 이웃이 수다꾼이라는 것도, 동료 중 한 명이 자주 향수를 과하게 쓴다는 것도, 우유 사 리터가 담긴 장바구니가 대충 얼마나 무겁게 느껴지는지도 안다. 우리는 우리 부모님이 어땠는지를 알고, 친구들이 어떤지를 안다. 우리는 북유럽을 떠나 남유럽에 도착한 비행기에서 내리는 것이 어떤 느낌인지도 안다. 마치 공기가 열로 된 벽인 듯한 것이다. 우리는 튤립이 어떻게 생겼는지도 알고, 저녁 식사 후 식탁에 놓아둔 물 한 잔이 작은 기포로 가득 차 있을 때 어떤지도 알며, 심지어 미지근하고 김빠진 맛이리라는 것까지도 안다. 우리가 세상에 대해 갖고 있는 모든 '앎'은 새로운 인상들로 인해 압도당하지 않기 위해서 우리가 세상에 맞서 드는 방패와도 같은 역할을 한다. 이는 하나의 실용적인 전략으로서, 우리가 생각해서 행하는 것이 아니며 아마도 동물까지도 포함될 모두에게 해당된다. 우리는 이렇게 알고만 있을 수는 없고, 또한 살아가야만 한다. 가끔씩 이 모든 '앎'을 꿰뚫는, 방에 들어서면서 방을 송두리째 바꾸거나 점유해 버리는 사람들을 만나곤 한다. 그들에게는 우리가 카리스마라고 부르는, 정의하기 어려우면서도 남다른 특성이 있는데, 이는 외모와는 무관하지만, 오히려 그들이 누구인가와 보다 밀접하다. 그것은 그들이 할 수 있는, 즉 얼마나 능숙하고 많이 아느냐와는 아무런 관련이 없으며, 그보다 더 원초적인 것이며, 말하자면 그들의 관심을 끌어당기는 존재 방식이 매력적인 것이다.

그렇지만 모든 사람에게 남다른 카리스마, 자신들만의 아주 독특한 무언가가 있다는 것도 사실이다. 그 카리스마가 느껴지지 않거나, 사회 생활 속에서 식별하기 어렵거나, 그들의 아우라가 우리의 방어막을 뚫지 못할 때도 종종 있다. 우리가 도심 속을 걸어 가면서 목격하는 무수한 얼굴이며 몸들을, 그들이 우리에게 아무런 흔적도 남기지 않은 채 어떻게 그냥 스쳐 지나가는지를 생각해 보자. 모든 것이 마찬가지이다. 모든 사물이나 식물, 나무나 풍경, 동물과 새에게는 고유의 아우라가 있으며, 모두가 시간에 있어서도, 공간에 있어서도 고유하다. 강력한 카리스마를 가진 사람들에게처럼 우리는 그 카리스마가 눈에 띄게 될 때만 이를 알아차린다. 노르웨이 서해안의 산과 피오르의 경치는 발걸음을 멈추게 하고 숨을 멎게 하는 반면, 도시 외곽의 철도 선로나 풀밭, 주차장이나 마트가 있는 풍경은 우리가 거의 인식조차 하지 않는 풍경이다. 그러나 이와 같은 방어 메커니즘은 모든 사람에게 동일하지 않고 어떤 사람들에게는 아주 강하며, 이들은 아주 강건한 사람들이지만, 반면 그렇지 못한 다른 사람들에게는 거의 전무해서 그들에게는 여행과 같은 아주 단순한 일도 새로운 인상이나 혼돈 및 예측 불가능성의 홍수로 밀려와서 감당할 수 있는 수준 이상이 될 수도 있다. 게다가 이들은 많은 사람과 동시에 함께 있는 것을 견딜 수가 없으며, 서로 다른 성격, 서로 반대되는 다양한 의견은 마치 그들의 영혼에 폭격을 가하는 것과도 같다. 예전에는 그런 사람들을 '신경질적이다(신경이 너무 예민하다, 수줍다)'라고 불렀지만 오늘날은 '과민하다'고 부르거나, 더 심한 경우에는 '불안 장애'라고 부른다.

뭉크가 후자의 범주에 속했다는 것은 의심의 여지가 없다. 뭉크와 이십 년 넘게 교류했던 뭉크 평전의 저자 롤프 스테네셴Rolf Stenersen은 뭉크가 많은 사람과 동시에 같이 있을 수 없었고, 가능하면 오랫동안 알고 지낸 사람과 일대일로 만나는 것을 선호했으며, 그런 만남에서는 끊임없이 말을 했다고 묘사했는데, 스테네셴은 이것을 자신을 보호하고 상대방을 받아들이지 않는 뭉크의 또 하나의 방식이라고 생각했다. 이는 물론 매우 섬세하고 예민하여 생활에 부적합할 지경이었다는, 뭉크에 대한 '신화'이지만, 신화는 그러한 일이 빈번했기 때문에 탄생했다. 이는 '예술이 무엇인지'에 대한 우리의 이해와도 연결되며, 뭉크의 예술과 특히 튀링겐에서 그런 다섯 점의 작품에는 더더욱 연결된다. 왜냐하면, 그것이야말로 그 작품들에 있어서의 핵심이었고, 뭉크는 이 풍경의 무엇이 독특한지(다른 풍경과 다르다는 것이 아니라, 이 장소만이 가진 독특한 기운)를 보았고, 바로 그것을 그렸다. 그는 무방비 상태로 그곳에 서 있고, 그것은 그의 내면에서 일어났다. 그는 풍경과의 만남과 그 풍경이 그의 내면에서 불러일으키는 느낌을 그리며 우리를 각성시킨다.

• • •

두어 시간만에 강연 원고를 끝냈다. 나는 이 원고가 만족스럽지 않았는데, 특별히 뭉크에 관한 것이라기보다는 예술가 전반에, 예술 전반에 관한 내용이기 때문이었고, 또한 그의 그림 상당수가 전혀 다른 것을 가리키고 있기 때문이었다. 어느 누구도 〈세 단계의 여인Kvinnen i tre stadier〉이 세상과 사람들마다의 고유한 광채를 향해 열려 있다고 말할 수는 없다. 오히려 반대로 그 그림의 모든 것은 그림 안에서 현실과 전혀 접촉하지 않는 뭉크 자신의 마음속에 갇혀 있었다. 그렇지만 나는 이미 시간에 늦었고, 그 원고로 버텨야만 했다.

나는 정장은 전용 가방에 챙겨 넣고 따로 작은 가방을 꾸려서 마당으로 나갔다. 어머니와 장모님이 차를 빌려서 개를 동물병원에 데려갔던 터이지만, 내가 언제 떠나는지 알고 계시기에 곧 오시려니 생각했다. 내 계획은 친구를 차에 태우고, 말뫼의 도서관으로 가서 작가와의 대화를 듣고 나서, 그 작가와 그녀의 편집자와 저녁식사를 한 뒤, 열차를 타고 코펜하겐 외곽의 카스트룹 공항으로 가서 그곳에서 하룻밤을 보내고, 다음 날 아침 오슬로로 가서 출판사에 들렀다가, 열차를 타고 뢰텐에 가서 강연을 한다는 것이었다. 가고 싶지도 않았고 갈 기운도 없었지만 가야만 했다.

두 분이 돌아오셨을 때까지도 나는 여전히 집 밖의 어둠 속에서 있었다. 친구를 차에 태우고 말뫼로 차를 몰고 가서 도서관에 들어갔을 때는 자리가 가득 차 있었는데, 이미 사백 명이 그 안에 있었고, 우리가 서가 뒤에서 찾은 자리에서는 소리는 들려도 아무것도 보이지 않았다.

이름이 '라 벨 에포크'였다고 기억되는 식당에서 저녁을 먹는 동안 나는 살짝 취했고, 자정 무렵 역을 향해 걸어갈 때는 살을 에던 추위를 전혀 느끼지 못했다. 매표기에서는 신용 카드가 먹통이 되어서 승차권 없이 열차에 탔는데, 평소 같으면 여간해서는 검표하는 일이 드물지만 그날 밤에는 아니나 다를까 검표원이 왔겠고, 내가 상황을 설명하자 그녀는 화를 내고 짜증을 내면서 벌금을 부과하러 다시 오겠다고 말했지만 결국 코펜하겐 카스트룹 공항에서 내릴 때까지도 되돌아오지 않았다. 그곳에서 하룻밤 묵고 나서 비행기를 타고, 오슬로 가르데르모엔 공항에 내려서 국립극장까지는 공항 열차를 탔고, 옥토버 출판사로 걸어가서 나의 담당 편집자와 만났다. 그의 쉰 살 생일 선물로 내가 그린 그림을 가지고 갔는데, 겸연쩍어서 비닐봉지에 넣은 채로 건네주었고, 그가 그림을 지금 볼지 나중에 볼지 묻길래 나는 나중에 보라고 말했는데, 뢰텐으로 가는 열차에 앉아있을 때 그림이 멋지고 마음에 든다는 내용의 문자 메시지를 받았다. 얼마나 쑥스럽던지. 나는 손쉽게 산 물건이 아니라 공이 깃든 것을 주고 싶었을 뿐이다보니, 사실 그림이 좋다는 점은 중요하지 않았다. 하지만 바보같은 생각이었던 것이, 대체 누가 형편없는 아마추어의 그림을 원할까. 다락방에 넣어두는 것 말고는 이 그림으로 무엇을 할 수 있을까. 그것은 나에게 자주 일어나는 일이듯이 다른 사람들에게 나 자신을 들이미는 행동이다. 그날 출판사 사무실에서 있었던 일은 아무것도 기억나지 않는다. 열차에서 내 근처 좌석이었던 일등석 칸 맨 안쪽에 앉아 있던 두 사람, 그리고 다가왔던 열차 차장은 기억나는데, 내가 이것을 기억하는 이유는, 열차에 앉아 있는 동안 여기 스코네의 전화 회사에서 일하는 사람이 전화를 걸었기 때문이며, 몇 분 후 내 휴대 전화의 충전 금액이 바닥나면서 끊겼던 그 통화에서 광섬유 케이블을 설치하던 중이었던 그는 어디에 설치하겠냐고 물었다.

뢰텐의 철도역에서는 한 여성이 나를 기다리고 있었다. 그녀는 국립 미술관 소속으로, 미술사를 전공했으며, 아마 나보다 두세 살은 어렸을 것이고, 자유분방한 데가 있어 보였다. 그녀가 투렛 증후군을 앓고 있다고 했던가, 아니면 그것은 그녀에 대해 그냥 떠오른 생각인지도 모르겠다. 그녀는 뭉크가 태어난 농장에 같이 가서 현재 그곳의 소유주인 이들과 커피를 함께 하겠냐고 물었다. 나는 사양하고 싶었고, 아무와도 만나지도, 이야기하고 싶지도 않았으나 누가 나에게 직접 청하면 사양을 못 하기에 거절을 하지 못했다.

우리가 농장 마당으로 차를 몰고 들어갔을 때, 날이 어두워지기 시작했다. 농장 건물들은 낮은 언덕 위에 있었고, 주위에는 흰 들판이 사방으로 펼쳐져 있었다. 농장은 틀림없이 아주 오래 전부터 부유했던 것으로 보였고, 잘 유지되어 있었다. 창고와 별채와 마구간과 헛간에, 하얗게 칠한 커다란 본채까지 여러 건물이 있었다. 예순 살 안팎의 농장주 부부는 세련된 옷차림에, 점잖고 친절했으며, 뭉크의 아버지 크리스티안 뭉크가 헤드마르크에서 군의관으로 근무하던 1863년에 뭉크 가족이 살았던 위층을 우리에게 보여 주었다.

지금은 하나의 큰 방이지만, 당시에는 세 개의 방이었던 듯했다. 벽 쪽에 놓인, 에드바르 뭉크가 태어난 침대를 비롯한 가구 몇 점이 보존되어 있었다. 다른 쪽 벽에는 의료 도구가 들어있는 가구가 놓여 있었다.

그 안은 너무나도 고요했다. 눈 덮인 들판에 반사된 희미한 빛이 가까스로 창문을 통해 안으로 들어왔다.

그는 이런 날 태어났다고 나는 생각했다. 바로 이런 빛과 이런 고요함 속에서.

백오십 년이 지나는 동안 많은 것이 변했지만 그것만은 변하지 않았다.

빛은 변하지 않는다는 그 생각은 마치 무언가가 열려 있는 듯 느껴지게 만들었다. 물론 나는 그것이 내 안에 있다는 것을 알았지만, 그것은 마치 그 방에 있는 듯 느껴졌다.

물론 뭉크도 그저 또 한 명의 인간일 뿐이고 인간들은 사방에서 늘 태어난다지만, 지난 몇 주 동안 나는 그의 그림을 아주 많이 보며 연구했고, 더군다나 그에 대해 꽤 많이 읽고 생각했기 때문에 그의 정신세계와 혹은 어쩌면 그가 세상을 경험한 정신 상태와 가까워졌던 것인지, 그날 오후의 나는 특히 민감했다.

그를 낳은 여성의 이름은 레우라 카트리네였고, 크리스티안 뭉크보다 훨씬 어렸으며, 그녀는 불과 오 년 후 폐결핵으로 사망했고, 그녀의 자녀 중 한 명인 소피는 그로부터 칠 년 후 폐결핵으로 사망하게 되며, 또 다른 딸인 레우라는 정신병에 걸려 수용 시설에 들어가게 되고, 둘째 아들 안드레아스 역시 젊은 나이에 폐결핵으로 사망한다. 자녀들 중 에드바르와 잉에르만이 나이를 먹게 되었지만, 둘 다 행복한 삶을 살지 못했으며, 만일 우리가 다른 사람들과의 삶에서 차단된 듯 이룰 수 없는 갈망으로 가득 찬 불행하고 내성적인 한 남자를 그려낸 스테네센의 말을 믿는다면, 특히 에드바르는 모든 성공과 명성에도 불구하고 특히 그러했다.

뭉크 가족은 관료 가문에 속했고, 크리스티안의 할아버지는 사목구 목사, 아버지는 크리스티아니아의 교구 목사, 숙부는 크리스티안산의 주교, 형은 노르웨이에서 가장 유명한 역사가인 페아 뭉크였으며, 그들의 사촌은 시인인 안드레아스 뭉크였다. 에드바르가 성장하는 동안 비록 그의 아버지가 경제적으로 어려움을 겪었고 때로는 가족이 빈곤에 가까운 생활을 했음에도, 에드바르의 정체성은 그의 가문의 위상과 연결되어 있었다고 추정되며, 이는 뭉크가 상대적으로 생계 수단이 제한된 젊은이였음에도 동년배들 중 아무도 꿈꾸지도 않았거나 갈 수 없었던 곳까지 그 믿음을 따라갈 정도로 자신과 자신의 재능에 강한 자신감을 가질 수 있었던 이유를 어느 정도는 설명하고 있다.

한때는 소피, 에드바르, 레우라 카트리네, 크리스티안, 그들이 여기 이 방에서 살았다. 그들은 자신들에게 장차 사람들이 몰두하게 되리라는 것도, 자신들의 성격과 삶을 비롯해서 자신들이 어떻게 살았는지에 대해 사람들이 책을 쓰고, 읽게 되리라는 사실도 예감하지 못했다. 나는 그들에 대해 내가 내 가족에 대해서 아는 것보다 더 많이 안다. 왜냐하면, 과거사라는 뭉게구름은 에드바르 뭉크와 같은 시대에 태어났을 우리 증조부모님 위로 내려앉았던 것이다. 그들이 살았던 집도, 그들이 머물렀던 방도, 그들이 태어난 침대도 남아있지 않으며, 모든 것은 과거라는 어둠 속으로 사라져 버렸다.

나는 창문으로 가서 이제는 거의 완전히 빛이 사라진 어둠 속에 희미하게 반짝거리는 흰 들판을 바라보았고, 다시 방을 향해 돌아서서 마지막으로 침대를 보고 난 뒤, 아래층 거실에서 커피를 대접받았다.

지금에 와서 드는 생각이지만, 그곳에는 아주 편안한 기운이 있었다. 고풍스러운 노르웨이 농장에서 보낸 십이월의 해질녘 분위기 그 자체로도 좋았고, 생전의 뭉크가 가족들에게 보냈고 지금은 아래층 벽에 걸려 있는 그림들과 편지들도 좋았지만, 내가 느낀 것은 다른 무언가, 더 깊고 더 감동적이고도 희망적인 것이었다.

아마도 그 무언가는 아무도 모르게 그곳에서 시작되었을 것이다. 그리고 그 무언가는 늘 우리가 모르게 우리 주변에서 시작되는 것이다.

• • •

어제 저녁 늦게, 이 책에 실을 사진을 고르던 동안, 스웨덴 예술가 안나 비에르게르Anna Bjerger로부터 이메일을 한 통 받았다. 그녀의 화집에 글을 써 주기로 약속했던 터였다. 그녀는 내가 참고할 수 있도록 삼십 점의 그림을 담은 사진 파일을 함께 보내왔다. 대부분 전에 봤지만 일부는 새로웠는데, 그중에는 들판 풍경을 옮긴 환상적인 그림이 한 점 있었다. 그 그림은 마치 비행기에서 보는 것처럼 곧장 위에서 내려다보는 구도로, 색상은 주로 노란색으로 덮여 있지만 오렌지색, 갈색, 녹색도 있고, 그림 전체가 색상으로 빛나며, 들판의 패턴이 배경 속으로 이어지면서 완전히 평평했을 풍경에 기분좋은 흡인력과 깊이감을 부여한다. 또 다른 그림은, 역시 그만큼 환상적이고 색채로 빛나면서도 넓은 초원으로 덮여 있고, 초록빛을 띈 바다와 잿빛 콘크리트 부두를 담고 있는데, 소년 하나가 수영복 차림으로 관람자로부터 등을 돌린 채 부두에 앉아 있으며, 이 모티프도 약간 비스듬한 각도이긴 하지만 위에서 내려다 본다. 그러나 내가 가장 좋아하는 그림은 물속에서 유영하는 여성을 그린 그림으로, 초록빛의 어지러운 물속 공간과, 그녀의 위로 느껴지기는 하지만 보이지는 않는 빛의 세계와, 깊어질수록 어두워지는 초록색이 담겨 있다.

비에르게르의 모티프 세계는 뭉크의 세계와 아주 다르지 않아서, 해안선이 있고, 들판이 있고, 정원마다 사람들이 있고, 도시마다 사람들이 있으며, 얼굴을 그린 초상화도, 반신 초상화도 있다. 그러나 두 사람이 표현하는 것은 아주 다르다. 뭉크는 모든 그림을 자신(자신의 기억과 자신의 기분과 자신의 개인적인 경험)으로 채웠고, 자신만의 스타일로 자신만의 모티프를 사용하여 이를 행했기 때문에, 만일 우리가 그의 그림에 열려 있다면 우리는 그가 본 것을 보고 그가 느낀 것을 느낄 수 있다. 반면, 안나 비에르게르는 자신의 사진이 아닌, 벼룩시장이며 오래된 주간지나 잡지, 신문, 책, 사용 설명서 등에서 찾은 사진을 출발점으로 삼아 그림을 그린다. 따라서 그녀의 전략은 뭉크의 전략과는 극도로 멀리 떨어져 있으며, 아마도 심지어 정반대라고 할 만하다. 비에르게르의 그림에서는 각도와 원근법, 모티프와 구성이 누군가 다른 사람에 의해 선택되었다. 그녀도 물론, 색상, 양식, 모티프를 축약시키는 방식을 선택함에 있어 자신만의 무언가를 쏟아 붓지만, 내면적인 것 즉 개인적인 것은 보는 이와 그리는 이 사이의 차이로 인해 이미 침범당했다. '개인'과 '시대'의 관계가 그녀의 그림이 다루는 주제요, 그림들의 탐구 대상이자 추진력의 원천이다.

내가 비에르게르의 그림을 처음 봤을 때는 나는 이에 대해 전혀 몰랐다. 그러나 그것은 여전히 드러나 있었고, 그림 속에는 거리감과도 같은 것이, 내가 짚어낼 수는 없었다고 해도 나를 멜랑콜리로 차오르게 하는 낯선 무언가가 있었다. 그것은 바로 그 모티프들이 우리가 공유하는 시각적 경험에 분명하게 종속하기 때문이었을 것이며, 또한 우리 모두가 인식하지 않는 일부인, 그 속에 담긴 비개인적인 것, 즉 그 속을 통과하는 기대의 흐름이 다양한 색상들과 비에르게르 특유의 양식으로 인해 비가시적인 맥락에서 튀어나와 불현듯 가시화되었기 때문이었을 것이다.

왜 멜랑콜리해질까?

나는 뭉크가 그린 개인적인 고독이 아니라, 우리가 서로서로의 사이로 사라질 때 발생하는 집단적인 고독을 보았다. 우리가 그런 식으로 우리 자신에게로 사라질 수는 없지만, 다른 사람들이 우리 속으로 사라질 수는 있으며, 이것은 우리도 그렇게 그들 속으로 사라진다는 것을 볼 수 있게 한다.

동시에 비에르게르의 그림들은 모두 아름다우며, 그 색상들은 어둠이 아니라 빛 속에서 특유의 강렬함으로 빛난다. 마치 그 그림들은 세상도, 세상 속의 외로움도 모두 한꺼번에 기념하는 것만 같다.

그녀에게 질문 몇 가지를 보내어, 뭉크가 그녀에게는 어떤 인물인지, 그리고 혹시 자신의 작업에서 뭉크의 그림과 연관성을 발견하는지, 뭉크의 그림에서 어떤 장단점을 보았는지, 왜 항상 사진을 출발점으로 삼아 그림을 그리게 되었는지 등에 관해서 물었다.

방금 다음과 같은 답장을 받았다.

처음으로 뭉크의 그림을 보았을 때는 기억할 수가 없는데, 마치 그의 그림들은 제 의식 속에는 언제나 있었던 것만 같습니다. 뭉크의 장점은 화가로서의 절대적인 진실성에 있습니다. 그의 언어는 매우 자명하고, 매우 의도적이며, 분명합니다. 색상과 형태의 선택에서 그는 자신만의 논리에 지배 받았기에 그를 분류하기란 불가능합니다. 우리가 다른 예술가들의 작품과 관계를 맺는 데는 여러 단계를 거친다고 저는 생각합니다. 이 관계는 변천 가능하며, 그래서 더 관련성이 느껴지는 새로운 것들과 새로운 작품들을 발견하는 것을 가능하게 합니다. 따라서 다른 작품보다 더 의미가 있는 소수의 몇몇 작품만을 꼽기란 매우 어렵습니다. 뭉크의 그림들에는 자전적인 테마가 지속적으로 존재하지만, 자기 연민으로 빠져들어가지는 않습니다. 그의 그림은 자신만의 전통 속에 아주 분명하게 기초하고 있기 때문입니다. 그의 붓질과 색상 선택과 구도 속에는 삶과 고통이 담겨 있습니다.

뭉크는 자주 같은 모티프로 돌아가기에, 저는 특정 그림보다는 오히려 그의 모티프를 생각합니다. 뭉크의 그림에서 제가 주목하는 것은 순수히 기술적인 것들이 많고, 이는 그가 머리카락, 입맞춤, 석양, (밝은 노란색의) 숲 속의 통나무들을 어떻게 그리는지 등등입니다.

제 그림에서 저는 제 자신의 것이 아닌 평범한 시선을 출발점으로 삼으며, 익명의 사진 표본들을 사용합니다. 이러한 사진들에 구현된 보편적인 시선이 흥미로운 것은 미술사에서 물려받은 전통이 내재되어 있기 때문입니다. 안정성과 중립성이 있는 모티프들은, 그것을 그려서 저만의 것으로 만들어 보라고 고무하는 데가 있습니다.

어떻게 사진으로 그림을 그리기 시작했는지는, 말하자면 점진적으로 일어난 일이었던 것 같습니다. 처음에는 제가 찍은 사진들을 사용했고, 나중에는 다른 사람들의 개인적인 사진들을 사용했지만 거기에는 향수가 너무 많이 들어 있다는 사실을 발견했는데, 그것은 제가 탐구하고 싶었던 것이 아니었습니다.

저는 사진적 모티프가 그림으로 재해석되는 변형의 순간에, 또 붓질과 색상만으로 작가 고유의 분위기가 얼마나 분명하게 드러나는지에 관심이 있습니다. 다른 색조에 비해 한 특정 색조가 얼마나 많은 정보와 경험을 전달할 수 있는지, 그리고 모티프가 완전히 사라지기 전에 비구상적인 것에 얼마나 가까워질 수 있는지 말이죠.

제 그림은 단호하지 않을 때가 많고 여러 해석에 열려 있는 반면, 뭉크의 그림들은 뚜렷하고 강요하는 분위기가 있다고 생각합니다. 우리 둘 다 화가라는 점 외에는 공통점이 많지 않지만, 제가 뭉크의 그림에 영향을 받았다는 사실은 부인하지 못하겠습니다. 저에게 뭉크는 영감의 원천이었습니다. 그는 그림이 시간과 공간에 관계없이 매우 친밀하고 관련성이 있으며 강렬하게 느껴질 수 있다는 것을 보여주는 확실한 전형이기 때문입니다.

1940~43년에 그려진 〈시계와 침대 사이의 자화상Selvportrett mellom klokken og sengen〉이라는 후기 작품이 떠오릅니다. 그는 늙고 허약한 남자의 모습으로 문간에 똑바로 서 있고, 그와 대각선을 이루며 뒤쪽으로 시계 하나가 상징적으로 놓여 있습니다. 노란빛이 방으로 들어와 바닥에 쏟아집니다. 장난기 가득한 그림인데, 뭉크가 빠른 붓놀림으로 그린 듯한 느낌입니다. 어떤 이유에서인지 제 시선은 침대에 덮힌 이불에 머뭅니다. 거의 손대지 않은 바탕에 패턴이 그려진 방식이 감동스러운 데가 있습니다. 이 그림에는 그런 무게감이 있지만, 그 실행 방식은 아주 모순적입니다. 그의 위대함이 바로 이 점인 것 같습니다만, 뭉크는 인생의 거대한 질문들이 어떻게 드러날 수 있는지에 대한 우리의 관념을 바꾸는데 성공합니다.

뭉크가 살아 있었다면 백오십 세가 되었을 그날 저녁 엘베룸의 화려하게 장식된 문화회관에서 뭉크에 대한 강연을 한 지 약 이 년이 지나 오슬로의 뭉크 미술관에서 연락이 왔고, 미술관측은 내게 전시를 기획할 의사가 있냐고 물었다.

그 비슷한 일도, 그런 일을 희미하게 떠올릴 만한 일도 해본 적이 없고, 그 일이 무엇을 의미하는지도 정확히 알지 못했지만, 나는 잠시도 생각해 보지 않고 바로 수락했다. 이는 오만함의 명백한 일례였다. 내가 가진 유일한 자격이라면, 그림 보는 것을 좋아한다는 것과 종종 미술 서적을 훑어본다는 것 뿐이었다. 이 오만함은 물론 지식이 부족한 탓이고, 그 규모를 파악하지 못하는 것을 수락하기란 늘 쉽다. 무지가 해방을 가져올 수도 있는 것이다.

몇 주가 지난 뒤 미술관으로 가서 관계자들과 첫 회의를 했다. 늦여름의 화창한 날씨였고, 나는 내게 아주 기본적인 사항들을 설명해 주었던 수석 큐레이터 욘-우베 스테이헤우Jon-Ove Steihaug와 함께 미술관 건물 앞 테라스에 앉아 있었다. 수장고에는 천여 점의 그림과 이만여 점의 판화를 보관하고 있었고, 전시의 대부분은 이 작품들을 기반으로 해야 하지만, 다른 곳에서 일부 작품들을 대여하는 것도 가능하다고 했다. 그리고 네 개의 전시실이 있다고 했다. 전시는 먼저 그가 '스케치업'이라고 부른 프로그램을 통해 가상으로 준비되어야 하며, 개막 일 년 전에 모든 준비가 완료되어야 했다. 나는 미술관의 절차들이 내게 익숙한 일상보다 느리다는 사실을 깨달았다. 나는 그것은 아무 문제가 되지 않을 것이라고 말했다. 나중에 그는 나에게 네 개의 전시실과 여러 층의 길고 미로 같은 복도에 있는 다른 공간들을 보여주었다. 이 건물은 1960년대에 지어진 건물인데, 나는 이 건물이 지닌 불편하면서도 까다로운 분위기가 좋았다. 개방형의 사무실이나 실용적인 공간 배치도 없었고, 그들의 업이 시각 예술이라는 것을 드러내는 것은 아무것도 없었으며, 단지 흰 벽면들과 작은 정육면체 모양의 공간들, 벽돌 벽과 목재 패널과 리놀륨 바닥만이 있었을 뿐, 어린 시절 내가 다녔던 학교들과 별반 다르지 않았다. 하나의 기관이, 한 사회가, 한 인간이 무엇이며, 무엇이어야 할 것인지에 대한 동일한 관념을 바탕으로 같은 시기에 지어진 건물이었던 것이다.

몇 년 후 미술관 전체가 새로 지은 현대식 건물로 이전할 계획이었고, 욘-우베는 그래서 내가 큐레이터로 초청되었다고 했으며, 미술관은 비아네 멜고르Bjarne Melgaard, 페르 잉에 비엘루Per Inge Bjørlo, 레나 크룬크비스트Lena Cronqvist 등의 예술가와 문화 이론가 미케 발Mieke Bal을 외부에서 초청해서 모든 것을 뒤엎을 기회를 갖고자 했으며, 또한 뭉크의 작품들과 함께 로버트 메이플소프Robert Mapplethorpe, 반 고흐, 재스퍼 존스Jasper Johns, 구스타브 비겔란Gustav Vigeland, 아스거 욘Asger Jorn과 같은 다른 예술가들의 작품을 함께 전시한 일련의 전시를 열어 왔고 앞으로도 열 계획이었다.

우리는 전시에 대한 내 첫 생각을 발표할, 후속 회의의 일정을 잡았다. 이미 한 가지만은 확실했는데, 말하자면, 유명한 작품은 보여주고 싶지 않다는 것이었다. 왜냐하면 뭉크의 전작을 처음으로 훑어보면서, 내가 한 번도 본 적이 없는 작품들이 얼마나 많은지, 그의 그림이 얼마나 다면적인지, 그리고 다양한 흐름을 따라가는 것이 얼마나 흥미로운지, 그 흐름이 개별 모티프들에서 어떻게 좁혀지고 합쳐졌다가 다시 놓아주고 계속 흘러가는지에 충격을 받았기 때문이었다. 유명한 작품을 들여다 보면 '뭉크'가 보였지만, 잘 알려지지 않은 작품을 들여다 보면 그림이 보였다.

물론, 가장 잘 알려진 작품들을 포함한 모든 뭉크의 그림이 그가 활동하던 시절에는 처음 선보였던 것이지만, 나는 '뭉크'는 모든 생각과 느낌을 하나의 특정한 형식으로만 이끄는 장애물이라는 생각으로, 화가로서의 뭉크의 모습을 보여주기 위해서 '뭉크'를 떠올리게 하지 않는 그림들을 찾아내려고 노력하기로 결정했다.

'뭉크'를 보지 않고도 뭉크를 볼 수 있을까? 다시 말해 뭉크가 처음 선보였을 때 그 모습 그대로 뭉크를 볼 수 있을까? 무슨 생각을 해야 할지 모른 채로 뭉크의 그림들을 본다는 것이 여전히 가능할까?

또 한 가지 깨달은 점은 그가 하모니를 보여주는 그림을 아주 많이 그렸다는 점이었다. 불안과 어둠으로 가득 찬 그림이 아니라, 반대로 햇살과 평온함, 그리고 야외에서 일상을 영위하는 사람들이 가득했다. 물놀이하는 남녀, 수확이나 쟁기질을 하는 농민들, 햇빛 가득한 정원, 해변과 만, 말과 개와 나무들, 사과나무, 밤나무, 느릅나무, 참나무, 소나무, 가문비나무 등 온갖 종류의 나무로 가득했다.

만일 전시를 하모니로 가득한 전시장으로 시작한다면 어떨까? 그리고 그 풍경이 점차 사람을 비우고, 그의 황량하지만 실존적으로 충만한 풍경으로 옮겨가고, 그곳에서부터 그의 가장 내면으로 계속해 진행한다면? 그러다 다시 빠져나온다면?

연대기도, 연대도, 제목도, 설명문도 없이 외부 세계에서 내면 세계로, 그리고 다시 외부로 가는 그림들의 홍수만 있을 뿐인 전시 말이다.

대단한 계획은 아니었지만, 이것이 나와 더불어 프로젝트의 공동 큐레이터가 될 카리 브란체그Kari Brandtzæg와 함께 욘-우베를 다시 만났을 때 내가 가지고 있었던 계획의 전부였다. 나는 내 제안이 너무 멋쩍어서 발표보다 변명에 더 많은 시간을 들였다.

그들은 그것이 좋은 출발점이라고 생각한다고 말했다. 물론 그들은 그렇게 말해야만 했겠지만, 나는 그 점을 알면서도 그런 가능성은 무시하기로 했고, 집으로 돌아왔을 때는 하모니, 숲, 내면 세계, 초상화라는 네 가지 분류에 따라 알맞은 그림들을 고르기 시작했다.

• • •

집에서는 뭉크 전집에서 그림들을 오려 내어 손님용 별채의 바닥에 놓아 두고 가상의 전시실 네 곳에 배치해서 여러 벽과 여러 전시실 사이를 오가며 그림들을 옮겨가며 그림들 사이에서 오갔을 리듬, 상호 연관성, 연결성을 찾느라 오래도록 시간을 보냈다.

뭉크는 작품의 연속성에 관심이 많아서 평생 동안 그가 《생의 프리즈》라고 불렀던 연작에 그림들을 넣었다 뺐다 했다. 그의 관심은 그림들이 서로서로의 관계 속에서 어떻게 작용하는가에 있었다. 뭉크 자신은 이에 대해 다음과 같이 썼다.

나는 언제나 내 그림에 에워싸여 있을 때 가장 능률적이었다. 나는 그림을 함께 배열했고 몇몇 그림은 내용에서 서로 연결되어 있다고 느꼈다. 나란히 배치하자마자 불현듯 그림들 사이에 공명이 일어나서 개별적으로 전시했을 때와는 달라졌다. 그것은 하나의 교향곡이 되었다.

내가 '프리즈' 연작을 그려야겠다고 결심했던 것은 그때이다.[9]

에켈뤼에서 찍은 뭉크의 사진들을 보면 그가 모든 시기로부터의 작품들로 둘러싸여 있을 때가 많으며, 이는 작업이 **진행 중**이라는 인상과 함께, 그가 연속적인 회화적 활동의 한가운데 있다는 인상을 준다. 마치 말년의 프루스트가 소설 속에서 살았던 것처럼, 뭉크는 그림 속에서 사는 것만 같다. 그리고 그가 참여했던 전시들을 들여다 보면, 작품 활동의 전반을 아우르는 작품들이 포함되어 있으며, 이는 마치 그가 서로 다른 시기들을 비교하거나 평가하지 않고 모두를 동일한 시기의 일부로 취급하는 듯하다. 그렇지만 그가 기억되고 있는 것은 개별 작품의 화가로서이다. 독일의 미술사가 울리히 비쇼프Ulrich Bischoff는 저서 《에드바르 뭉크: 삶과 죽음의 이미지》에서 다음과 같이 평가한다.

뭉크의 활동에서 《생의 프리즈》는 매우 중요하기 때문에 그의 작품을 맥락과 순서에 입각해서 평가해야 한다고 볼 수도 있다. 그러나 모든 주요 예술 작품은 역사적 순간, 사회적 배경, 그리고 창작에 대한 형식적인 조건을 초월하며, 이는 뭉크의 예술에서도 명백히 드러난다. 뭉크의 작품에 지속적인 힘을 부여하는 것은 바로 각각의 작품들의 힘이다.[10]

그러나 나는, 평생 그림을 그렸고, 마지막 삼십 년 동안 그림으로 가득 찬 대저택에서 혼자 그림을 그렸던 이 사람의 다른 이미지에 매료되지 않을 수 없다. 그 그림들은 그를 에워싸기도 했지만, 또한 그 집의 방과 정원, 근처의 숲과 거울에 비친 자신의 이미지 등의, 그를 에워쌌던 것들을 묘사하기도 했다. 그리고 만일 개별 작품의 화가로서의 뭉크를 떠나 그림들 사이의 흐름을 본다면, 다른 패턴과의 연결이 드러난다. 나무나 덤불숲을 향해 손을 뻗은 채 풍경 속에 서 있는 사람들은 나무를 닮은 사람들을 드러내고, 얼굴 형상이 없는 사람들은 보여질 수 없는 사람들을 드러낸다. 스스로 신비로운 형체를 나타내는 나무들도 드러나며, 개중에는 바람의 움직임에 따라 거의 풍경 속에 흡수된 나무도, 헐벗은 채 제멋대로 뻗은 나무도, 여전히 사과로 가득한 나무도 있다. 아마도 뭉크의 작품 중에서 가장 자주 반복되는 모티프일 사과나무 주변의 사람들도 드러나는데, 이들은 남녀 한 쌍일 때가 가장 많고, 때로는 강렬한 감정으로 가득 차 있고, 때로는 전혀 아니다. 황량한 풍경, 해안선을 따라 놓인 매끄러운 바위들, 숲, 자투리땅, 경작지. 황혼 무렵에 그려진 양배추밭, 청록색과 짙은 노란색, 어둠 속으로 곧게 뻗은 선, 그 선이 발산하는 평화와 죽음의 분위기.

각각을 따로 보면 이 그림들 가운데 1890년대의 역작들과 비교할 수 있는 그림은 거의 없고 그중 일부는 그야말로 취약하지만, 나는 이들을 함께 보면 무언가 다른 의미를 가져 온다고 생각했다. 이들은 함께 함으로써 또 다른 이야기를 들려준다.

나는 외면의 숲이 점차 내면의 숲, 즉 혼란스러우면서도 거칠게 자라난 무언가로, 길들여지지 않고 거의 표현되지 않은 무언가로 변해갈 것만 같다는 생각과, 이 내면의 숲이 물질, 오브제로서의 예술이라는 물성을 통해 외면의 숲과 연결될 거라는 생각도 들었다. 이미지를 오려 붙인 나무판에 잉크를 채우고 종이에 압착하거나, 구리에 얼굴을 새겨서 찍거나, 돌에 새겨 찍어내기도 한다. 유화 물감 고유의 생생함, 뻑뻑하고 두꺼운 물감 덧칠과 얼룩, 캔버스가 비칠 정도로 얇게 칠해진 물감층.

그러나 그림에 적용했을 때의 '내면'이란 도대체 어떤 개념일까?

뭉크는 자신의 1890년대 그림에 대해 다음과 같이 썼다.

나는 감정이 고조된 순간에 내 눈에 떠오른 인상을 따라 그림 위에 그림을 그렸고, 눈 안의 망막에 새겨진 채 남아있는 선과 색을 그렸다.

나는 아무것도 더하지 않고, 나에게 더이상은 보이지 않는 디테일 없이, 내가 기억하는 것만을 그렸다. 그래서 그림의 단순함, 즉 겉으로 드러나는 공허함을.

나는 어린 시절의 인상, 즉 그 시절로부터의 빛바랜 색을 그렸다.

내가 감정적인 상태에서 목격했던 색상과 선과 형태를 그림으로써 나는 감정적 분위기의 떨리던 질감을, 마치 녹음기와도 같이 재포착하고 싶었다.

바로 그렇게 《생의 프리즈》 그림들은 탄생했던 것이다.[11]

다시 말해, 그는 자신의 기억을 그리며 당시에 그 기억이 일깨웠던 감정을 재포착하고자 했다. 이들은 결정적인 기억들이었고, 혹은 뭉크가 이들을 그림으로써 그렇게 되었으며, 그 기억들은 뭉크가 자신을 이해하는 기초였고, 그 속에서 그는 자신이라는 존재를 만든 근원을 찾아볼 수 있었다. 기억이란 우리 모두에게 이런 역할을 한다. 기억이 없이는, 우리가 가진 생각과 경험, 느끼는 감정은 매번 새로울 것이고, 우리의 자아는 스스로를 유지할 힘을 잃고 그 순간 속으로 매몰될 것이며 끝없고 가늠할 수 없게 된다. 이는 '자아'가 우리의 생각과 감정을 넘어서는 무언가이자, 아마도 이들에 대한 관점에 불과함을 시사한다.

두뇌에서 일어나는 과정들이 인생의 초기 어느 시점인가에 고정될 수 있다는 것은 실용적인 필요에서 생겨났음에 틀림없으며,

이로써 본능에 대한 복종이라는 생존 수단이 매번 재발명될 필요가 없었던 것이다. 인간을 규정하는 특징은, 체험되는 모든 것이 원칙적으로는 고정될 수 있다는 점이기에, '자아'는 스스로의 생각과 느낌에 반대할 요소들의 질량이 너무 압도적이어서, '자아'가 최우선의, 즉 존재한다는 경험이 되고, 오히려 이 존재의 유지는 부차적이 된다.

현재 우리가 알고 있는 가장 오래된 예술인 사만 년 전의 동굴 벽화에서는 마치 '체험'과 '존재의 유지'라는 두 가지 차원이 나란히 있는 듯하다. 모티프는 동물들인데, 당시 초기 인류는 사냥으로 연명했기에 이들을 중심으로 그 생활을 이루어 갔음에 틀림없고, 이들의 그림을 그린다는 것은 이들을 불러오는 의식도 의미했겠지만, 우리에게 남겨진 것은 동물이 있다는 기쁨과 경이로움이자 동물들과의 명백한 유대감이라는 실존적 이익이며, 그림은 이를 보여줄 뿐만 아니라 그림을 통해 동물들이 인간의 '관념 세계'로 들어오기 때문에 이를 더 강화시킨다. 관념 세계는, 자아와 내면 세계와의 관계처럼 외부 세계와 연결되어 있으며, 우리가 내면 세계 속으로 사라지는 것을 방지한다.

'자아'와 '관념 세계'는 모두 비물질적인 개념으로, 물리적 현실의 요소들과 같은 방식으로 존재하지는 않으며, 다만 이들 요소들에 대한 관점으로서, 어떤 의미에서는 자아와 관념 세계 모두를 허구fiction라고 부를 수도 있겠다. 그러나 비록 우리가 이야기들을 통해 자아를 이해하며, 그것 말고는 다른 어떤 것으로도 자아를 표현할 수 없어도(프로이트의 자아에 대한 이야기가 가장 잘 알려져 있다), 자아는 그 자체로는 이야기를 형성하지 않으며 그 자체로는 형태를 띠지 않는다. 내면 세계 자체는 전달되지 않으며, 바로 그 점이 본질이다. 그것을 전달하는 것, 즉 '소설fiction'이나 '이야기'는 우리가 자아를 이해하는 방식이다.

뭉크의 야망은 자아에 관한 이야기를 그리겠다는 것이었고, 그가 발견한 방법은 알려진 이야기나 원형이 이해되기에 충분히 통합된, 또한 충분히 근접한 내적 경험들을 정형화시키고 꿈처럼 재현하는 것이었다. 그는 갑작스럽고 끔찍한 기억의 힘으로 떠오른 본질적인 것의 주변에는 불특정한 기억의 자취만을 남기면서, 구체적이고 상세한 것을 모두 지웠다.

그러나 이야기 너머의 자아는 무엇인가? 이를 보는 하나의 방법은 지속적으로 생성되는 일종의 장소로 보는 것이며, 여기서 일어나고 있는 것은 비슷한 강도와 효력으로 일어났던 과거의 경험에 의해 결정된 방식과 형식으로 계속해서 합쳐지지만, 비록 결국 동일한 경로를 따라가더라도, 종국에 이들이 얼마나 견고해지느냐와는 상관없이 계속 움직여간다. '자아'는 진행 중이며, 기억을 통해 스스로를 이해하지만, 현재와 과거 속에서, 생각과 감정 속에서, 파편적인 기억들 사이에서, 그 생명력을 유지한다. 그리고 바로 이것이 '내면'에 대한 나의 이야기이다. 즉, 우리가 습관과 경험으로 통제하고자 하는, 스케치 같고, 미완성이며, 날것이고, 정제되지 않은 채 혼돈스러운 그 무언가라는 것이다.

사람들로 가득하고 조화로왔던 첫 번째 전시실과 황량했던 두 번째 전시실 다음의 세 번째 전시실을 위해서는 단편적이고 미완성이며 거친 그림들을 골랐다. 어린 소녀를 품에 안은 채 앉아있는 가면 같은 얼굴의 노인, 가장 핵심적으로 축약시킨 유명한 '질투' 모티프, 남자와 여자의 얼굴을 배경으로 한 전경의 남자 얼굴, 여자의 뒷모습, 피의 폭포, 불안과 공격성을 발산하는 그림 속에 서 있는 남자와 앉아있는 여자, 뒤틀린 육체들을 표현한 대형 삼부작, 강렬한 붉은색과 녹색으로 채색이라기보다는 소묘로 표현된 죽음의 방에 있는 사람들, 폼페이의 벽만큼이나 고대의 작품처럼 보일 정도로 손상된 그림 속 바닥에 가면을 쓴 채 앉아있는 여자. 모두가 '뭉크'적이고, 모두가 그에게서 비롯되었으며, 모두가 《생의 프리즈》에 속한 그림들이 확립한 내적 구조 안에 통합될 수 있으나, 동시에 이 결합은 전적으로 관념적일 뿐이다.

이 전시실을 벗어나 마지막 전시실로 들어가면 외부 세계의 그림들로만 이루어져 있으며, 한쪽 벽을 따라서는 전신 초상화가 줄을 잇고, 다른 쪽에는 얼굴을 표현한 동판화, 석판화, 목판화가 이어진다. 모두 뭉크가 만났고 관계했던 사람들이었다. 그중에는 뭉크가 사랑했던 사람도, 두려워했던 사람도, 같이 술을 마시던 사람도, 예술에 관해 함께 토론했거나 그가 그림을 팔았던 사람도 있었다. 그러나 가장 중요한 것은 모두 뭉크가 알고 지내던 사람들이라는 점이다. 왜냐하면, 이 점 역시 뭉크와 화가로서의 그를 특징 짓는 요소였고, 그가 얼마나 다른 사람들에게, 꼭 그들의 내적 세계만이 아니라 그들의 아우라에 있어서도 개방적이었나를 드러내기 때문이다. 초상화들은 대개 순간적인 인상과 그것이 인물에 대해 알려주는 것 사이의 긴장 속에서 생명력을 가지며, 이는 그의 자화상들과는 다르다. 자화상은 다분히 지속적인 무엇인가에 기반을 둔 것처럼 보이며, 타인의 초상화보다 무겁지만 덜 일시적이다. 자화상은 있는 그대로의 인간으로서 그를 보여 주지만, 초상화에서는 묘사된 사람이 우리 눈을 벗어나 혼자가 되는 순간부터는 아주 다른 면을 보이리라고 쉽게 상상할 수 있는 것이다. 일부 그림들에는 실제 인물과 거의 흡사한 아우라가 있는데, 나는 오세 너레고르Aase Nørregaard의 초상화가 특히 비교할 수 없을 정도로 생생하다고 생각한다. 그가 그녀와 가까웠다는 것은 확실하며, 그는 그녀가 자신에게 어떤 사람인지를 그대로 그렸고, 우리는 그녀가 그에게 미치는 영향을 목격할 수 있다. 오세의 초상화를 〈절규〉 옆에 두면, 뭉크의 감정만이 아니라 생애가 지속되는 기간을 목격한다.

• • •

수장고는 뭉크 미술관의 성소이자 컬렉션의 대부분이 있는 곳이다. 뭉크의 사망 당시 그가 소유하고 있었던 천여 점의 그림이 오슬로시 당국에 유증되었는데, 달리 표현하자면, 이들은 그가 팔지 않았던 그림들과 원본을 팔고 난 후 갖고 있으려고 다시 그렸던 유명한 작품들의 복사본들이다. 시간적으로는 1870년대부터 1940년대까지의 수십 년간에 이른다. 이 대규모 컬렉션의 그림들은 굳이 따지자면 미술 시장에 의해 결정되었는데, 왜냐하면 뭉크 시대의 미술관들과 미술상들이 관심을 가지고 구매한 그림들은 여기에 포함되어 있지 않기 때문이다. 세계에서 가장 중요한 뭉크 컬렉션은 노르웨이 국립 미술관의 컬렉션이며, 이 컬렉션은 현재 걸작으로 평가받는 작품으로만 구성되어 있고, 20세기 초에 관장이었던 옌스 티스Jens Thiis에 의해 구입되었다. 뭉크 미술관의 컬렉션은 뭉크의 작품 활동의 모든 시대와 발자취 및 곁길까지도 포괄하고 있기 때문에 훨씬 더 방대하고 훨씬 더 흥미롭지만, 그중 대부분이 대표작이 아닌 작품들로 구성되어 있고, 한번도 공개된 적이 없는 그림들을 비롯해서 엉성하고 보잘것없는 작품, 완전한 실패작, 처음 시도한 작품, 실험작까지도 포함되어 있기 때문에 질적으로 평가하기가 훨씬 더 어렵다.

뭉크는 자신이 작업한 것을 모두 보관했고, 심지어는 재사용하거나 버리게 마련인, 석판화 인쇄에 사용했던 무거운 석재들마저도 해외에서 집으로 가져오기까지 하며 간직했다. 뭉크는 캔버스를 완성하는 일에는 무관심하기 일쑤였던 부주의한 화가였기 때문에, 그가 자신의 그림을 완성된 작품으로 보았는지, 스케치로 보았는지, 실패작으로 보았는지 등등 어떤 평가를 했는지 파악하기가 어렵다. 뭉크 컬렉션을 평가하는 하나의 가능한 방법은 그의 덜 성공적인 그림들도 컬렉션에 포함되어 있다고 보는 것으로, 다시 말해 팔린 그림들을 가장 성공적인 그림들로 간주하는 것이다. 동시에 우리는, 뭉크가 마지못해 작품을 팔았다는 점도, 자신의 그림들을 '자식들'이라고 불렀다는 점도, 또한 그의 생전에 대표작으로 인정받지 못한 그림들을 그가 어떻게 판단했는지 알기 어렵다는 점도 알고 있다.

우선, 수장고는 방공호처럼 콘크리트로 된 벽, 바닥, 천장과 강철문으로 되어 있으나, 방공호와는 달리 천장이 오 미터에 달할 정도로 높고, 한쪽 벽의 전체 길이를 따라 대략 수장고의 한가운데까지 대형 파티션들이 촘촘히 설치되어 있다. 그림들은 파티션의 양면에 걸려 있으며, 파티션은 흡사 서류 보관함의 서류철들처럼 서로 밀착되어 있어서 꺼내지 않으면 그림을 볼 수가 없다. 미술품 보존 전문가만이 그림을 만질 수 있고, 따라서 나와 카리 브란체그는 서서, 손에 흰 장갑을 낀 보존 전문가가 커다란 파티션 중 하나를 천천히 꺼내는 광경과 그림들이 차례차례 그 모습을 드러내는 것을 바라보고 있었다.

작품이 연대순으로 걸려 있지 않았기 때문에 어떤 작품이 나타날지 예측하는 것은 불가능했다. 마치 작품들이 벌거숭이 같다는, 혹은 무방비 상태 같다는 생각이 들었다. 미술관에 전시될 때는 작품 하나하나가 신중하게 고안된 체계에 따라 걸리며, 유리에 덮인 채로 제목과 날짜, 또는 해석이나 배경 설명이 인쇄된 안내문을 갖춘다. 이곳의 그림들은 아무렇게나 걸려 있었으며, 대다수가 유리로 덮여 있지 않았고, 명백한 걸작이 가장 시시한 스케치와 나란히 놓여 있는가 하면, 과격한 실험작이 평범한 풍경화와 함께 걸려 있고, 1880년대의 그림이 1930년대의 그림과 같이 있는가 하면, 초상화와 자화상이 실내, 건설 현장, 도시의 거리, 해안선, 바위, 작은 숲, 경작지, 정원을 그린 그림들과 뒤섞여 걸려 있었다. 인상주의적인 그림이 있는가 하면, 일부는 렘브란트의 그림처럼 어두우면서도 강렬한 빛을 발했으며, 자연주의적인 그림도, 상징주의적인 그림도 있었으며, 추상화나 다름없는 그림도 있었다.

이 모든 그림을 이런 방식으로 보고 있자니, 기쁨과 함께 뜨거우면서도 끝이 없는 듯한 무언가로 차 올랐다. 왜냐하면 그 작품들 뒤에는 나로서는 그렇게 가까이 다가가 본 적이 한번도 없었던 격렬함과 고통, 기쁨과 창조력으로 가득한 한 일생이 자리하고 있었고, 또한 이상하리만치 실재하는 듯 느껴지는 한 시대가 고스란히 존재하고 있었기 때문이었다.

우리는 내가 전시에 포함시키고자 했던 그림들을 함께 봤는데, 이따금씩 카리가 나는 미처 주목하지 않았거나 어울릴 거라고 생각하지 못했던 그림들을 상기시켰고, 우리는 몇몇 그림들은 포함시키고 몇몇은 제외시켰다. 이는 기준이 불분명한 까닭에 어려운 작업이었다. 어떤 그림은 해당 전시실과 주제에 있어서는 맞을 수 있지만, 나에게는 아무 느낌도 주지 않거나 진부해서 내 마음에 들지 않는다고 느꼈는데, 가령 한 여자와 그녀의 몸을 만지고 싶어하며 뻗은 손들이 그려진 그림의 경우는, 젠더가 가장 중요한 요소라고 할 내면 세계 전시실에는 맞지만 내가 생각하는 작품의 질에는 부합하지 않았고, 하지만 동시에 그 그림은 여지없이 뭉크적이었고, 그의 생각을 구현하고 있었다. 그렇다면 나는 뭉크를 그 자신으로부터 '구출'하려 했던 것일까? 나는 사실상 뭉크보다는 나와 맞는 그의 이미지를 만들어내고 있었던 것일까? 만일 그렇다면 무슨 권리에서인가? 내가 뭉크 '위에' 서서 그의 그림들을 향해 현실에 대한 그의 관점과 부합하지 않는 무언가가 되라고 할 수 있단 말일까? 또한, 직관적으로는 마음에 들지 않지만 그래도 기준에 맞아서, 말하자면 전형적인 뭉크 스타일은 아니지만 네 가지 주제 중 하나에 맞았기 때문에, 그리고 내게는 그를 거부할 권리가 없다고(뭉크가 그렸으니까 당연히 좋은 그림들이겠거니 하고) 느꼈기 때문에 포함시킨 그림들도 있었다.

내가 스티안 그뢰고르의 책을 읽었을 때는 이미 작품 선정이 완료된 후였고, 원칙적으로 전시가 완성된 후였다. 그제서야 그저 그림들을 단번에 마구잡이로 선택했던 내가 얼마나 순진했나를 깨달았다. 그뢰고르는 뭉크에 관한 문헌에서는 드문 방식으로, 내가 받아 들이기에 완전히 객관적이지는 않다더라도 적어도 명확하고 설득력 있는 방식으로 개별 작품의 회화적 수준을 판단했다.

내가 고른 그림들이 이토록 객관적이고도 비판적이며, 추앙받기 이전의 시선을 견뎌낼 것인가? 나는 그뢰고르가 뭉크 미술관의 컬렉션 중 많은 그림을 '지하실의 하수구'라고 불렀음을 알게 되었고, 바닥 모를 불안감에 사로잡혔다. 뭉크가 그렸기 때문에 좋다는 은연한 생각으로 뭉크의 형편없는 그림들을 선정한 것은 아닐까 싶었다.

거의 비슷할 무렵, 나는 데이비드 호크니David Hockney에게 이메일을 보냈다. 그는 회화에 대해 방대한 지식을 가지고 있고, 전시회 개막과 연계된 뭉크에 대한 대담에 그를 초대하는 것이 좋겠다고 생각했던 것이다. 호의적인 답장이 왔고, 내년에 대형 전시회가 여럿 있고 청력은 거의 사라졌지만, 뭉크에 관심이 있고 참석하는 것을 배제하지는 않겠다는 내용이었다. 그에게 작품 목록과 가상 전시를 보냈지만 다시는 그에게서 연락을 받지 못했다.

그는 선정작들이 너무 취약했던 탓에 답장을 못 한 것일까? 만일 누구라도 그 그림들을 평가할 자격이 있는 사람을 꼽자면 호크니일 것이며, 나에게는 호크니보다 회화의 모든 면을 더 잘 이야기할 수 있는 사람은, 더 흥미롭고 통찰력 있게 이야기할 수 있을 사람은 없었다.

왜 미리 이런 생각을 하지 못했을까? 왜 나는 질적으로 안전한 카드인 걸작들을 하나도 고르지 않았으며, 도대체 왜 의미 없는 스케치 같은 그림들을 이렇게 많이 골랐을까?

바로 그 무렵, 나는 이메일을 통해서 그뢰고르에게 이 책을 위해 뭉크에 대한 인터뷰를 청했다. 그가 응낙했고, 나는 지하 수장고에서 만나서 함께 그림을 보자고 제안했다.

• • •

몇 주 뒤 수장고에서, 검은색 옷을 입은 날씬한 체격에, 내게는 조금쯤 1930년대풍으로 보이는 날카로운 인상의, 반백의 머리를 빗어 넘긴 스티안 그뢰고르가 내 옆에 서 있었다. 그의 눈은 어렴풋이 폴 오스터Paul Auster를 떠올리게 했는데, 아마도 눈 밑에 희미하게 드러난 주머니 같은 주름 때문인 것 같았고, 반면 그의 눈빛은 다정하면서도 날카로웠다.

— 뭐, 계획은 없습니다, 반은 의아함으로 반은 격려의 표정으로 나를 바라보고 있었던, 장갑을 낀 보존 전문가에게 말했다.

— 특별히 보고 싶은 그림도 없구요. 제가 여기 처음 왔을 때, 뭐가 나올지 모른 채로 그림들을 꺼내 주셨지요.

— 여기엔 연대별로 정리가 되어 있나요, 주제별인가요, 그뢰고르가 물었다.

— 부분적으로는 주제별이고 부분적으로는 연대별이지만, 갑자기 건너뛰곤 합니다, 보존 전문가가 대답했다.

— 알겠습니다, 그뢰고르가 말했다.

— 제가 전업작가로 살면서 가장 짜릿했던 경험이 그림을 보러 여기에 왔던 것입니다, 내가 말했다.

— 다음에 뭐가 나올지 모른 채였죠. 온갖 이상한 작품들이 모습을 드러냈어요.

— 실은 저는 여기에 와 본 적이 없습니다. 뭘 꺼내 본 적도 없어요. 뭉크를 연구할 때는 이곳 도서관에만 왔었습니다, 그뢰고르가 말했다.

— 극소수의 사람들만이 여기에 내려올 수 있습니다, 보존 전문가가 그림들이 걸려 있는 파티션 중 하나를 천천히 꺼내면서 말했다. 대부분이 소묘나 반쯤 칠한 스케치들이었다.

— 이 그림들은 아마도 뭉크가 〈역사〉를 작업하면서 그린 스케치일 겁니다. 그리고 아마도 제 고향인 크라게뢰에서 그린 그림들일 거예요, 그뢰고르가 말했다.

— 선생께서는 직접 그림을 그리셨죠?

— 미술대학에서 공부했고 몇 년 동안 전업 화가로 활동했지요. 그러다 화가와 결혼했고 우리 중 한 사람은 고정된 수입이 있는 일자리를 찾아야 했기 때문에 제가 교수가 되었습니다. 하지만 저는 철학도 전공했습니다. 그래서 일종의 조합이죠. 철학자들은 개념을 좋아하고, 저는 뭉크의 우주를 좀 더 잘 볼 수 있게 하는 몇 가지 개념을 가지고 그리로 들어가려고 시도합니다. 화가로서의 수련을 통해 획득한 기술적이고 실용적인 역량도 물론 가져 오죠. 저는 가

끔씩 국립 미술관에서 모사를 했습니다, 뭉크의 초기 그림을 포함해서요. 사실 저는 뭉크가 '일출'을 그린 곳에서 태어났어요! 그가 서 있던, 또 크리스티안 옐뢰프Christian Gierløff의 초상화를 그렸던 언덕에서요. 바로 그 건너편에서 자랐습니다. 불과 십 미터 거리죠.

— 선생께서 책에서 쓰셨던 내용에서 깊은 인상을 받았습니다. 전적으로 동의하고, 또 실제 경험에서 나온 것이 분명하다고 믿는데요, 양식style에 대해서 말씀하셨던 부분입니다. 양식은 정보를 통제하는 방식이라는 것입니다. 어디서도 이런 표현은 본 적이 없습니다. 하지만 그렇다면, 뭉크를 모사하는 것은 어떻습니까? 그때부터는 실제로 동일한 과정으로 들어가서 동일한 문제들을 직면하는 건가요? 이미 그 문제들이 해결되었다는 점을 제외한다면 말이죠.

— 네, 그때는 이미 일종의 기성품인 과정으로 들어가는 것입니다. 그러나 그림 한 점에는 엄청나게 많은 정보가 있지요. 예전에는 그림 그리는 방법을 배우려고 석고상이나 대리석 조각을 모사했습니다. 왜냐하면 단색의 조각들이야말로 빛과 그림자의 영향을 분석하는데 안성맞춤이어서였죠. 그런 다음에 살아있는 모델을 그리는 것으로 옮겨갔습니다. 그래서 저는 다소 구식 교육을 받았습니다. 실제로 거기에서 무엇을 배웠는지는 모르겠지만, 그림에 아주 익숙하게는 되죠!

우리는 파티션 뒤편으로 자리를 옮겼다.

— 스케치가 많군요, 내가 말했다. 그뢰고르는 그림들에 바짝

다가가 그중 한 점의 윤곽들을 허공에서 손으로 따라갔다.

— 이 작가는 1,789점의 채색화를 그린 화가입니다. 게다가 소묘와 그래픽 작품과 판화까지 그렸지요. 그림이 그려진 속도가 보입니다. 그림들이 얼마나 빨리 그려졌는지가요.

— 선생께서 말씀하셨던, 기술을 익히기 위해서 석고상들과 그림들과 모델들을 보고 그렸다는 말씀은 뭉크의 경우에는 흥미롭습니다. 선생께서는 그것이 정보 처리와 그 방법의 습득과 관련이 있다고 쓰셨습니다. 그리고 뭉크가 〈병든 아이〉를 그렸을 때 그 과정에서 난관을 만났다고 쓰셨습니다. 왜 그랬다고 생각하시나요? 무엇이 그를 방해한 것일까요? 왜 뭉크는 자신의 내면에 그것을 갖추지 못했을까요? 그리고 왜 뭉크만이었을까요? 왜 그만 이러한 방해를 만났을까요?

— 빈의 건축과 문화 전반에 대해서는, 세기가 바뀔 무렵, **양식에 대한 공포**가 있었다고들 합니다. 아르누보 양식부터 시작해서 그 반대인 기능주의에 이르기까지 전체 시기를 감안한다면, 일종의 전체를 아우르는 형식을 찾는 일이 필사적으로 일어나고 있었습니다. 그리고 그것은 공동 작업실이었던 '풀토스텐Pultosten'의 젊은 학생이었던 뭉크의 면전에 직격을 가했습니다. 뭉크의 초창기는 이같은 '양식에 대한 공포'로 특징지어집니다.

— 뭉크만 그랬을까요, 아니면 모두가 그랬을까요?

— 뭉크가 특히 더 그랬습니다. 어떤 이들은 풀토스텐에 와서

작품을 수정시키는 크리스티안 크로그와 프리츠 타울로브보다 훨씬 더 뚜렷한 자연주의자가 되기 위해 요구되는 인내심을 겸비했습니다. 예를 들어 뭉크와 같은 환경에 처했던 구스타브 벤첼Gustav Wentzel과 칼레 뢰켄Kalle Løchen의 경우, 세부 묘사를 즐겼다는 것이 드러납니다. 특히 벤첼은 일관되게 자연주의적이었으며, 세부 묘사와 일종의 '반구도anti-composition'로 이전 세대의 자연주의자들을 능가하는 듯합니다. 그러나 뭉크는 그런 의지도 없었고, 일면 그들보다 **게을렀습니다**. 오히려 그는 크로그의 보다 인상주의적인 작업 방식을 배웁니다. 그러다가 문제에 봉착합니다. 크로그의 자연주의나 사실주의를 따라갈 수도 없었고, 그것이 그에게는 그다지 쉽지도 않았으며, 벤첼의 방식처럼 모티프에 집착하고 엄청난 양의 정보를 받아들이는 매우 세부적인 양식으로 나아가지도 않습니다. 그러면 그는 무엇을 할까요? 〈병든 아이〉는 이러한 절망의 일례입니다. 그의 누나인 소피는 1878년에 세상을 떠났고, 뭉크는 1885년에 〈병든 아이〉를 그리기 시작했는데요, 누나가 세상을 떠났을 때부터 누나의 자리에서 모델을, 카렌 이모의 자리에서의 카렌 이모를 관찰하는 것 외에도, 이른바 영국인들이 '재연re-enacting'이라고 부르는 것인데요, 그 경험을 재창조하고자 합니다. 그가 하고자 하는 것은 기억된 이미지를 만드는 겁니다. 바로 그 어딘가에서 무언가가 일어나기 시작합니다. 뭉크는 감정을 일으키려 하는 동시에 그것을 관찰하려 합니다. 〈병든 아이〉에는 미학들 사이의 갈등이 있다고 말할 수 있습니다. 관찰의 미학도 있고, 일종의 기억의 미학도 있습니다.

— 뭉크 자신도 그런 식으로 갈등을 의식하고 있었다고 생각하십니까? 아니면 그는 그저 무엇인가를 해보려고 했을 뿐 그것이 무엇인지는 알지 못했다고 생각하시나요?

— 뭉크가 그런 식으로 갈등을 의식하고 있었던 것 같지는 않지만, 저는 그가 야심이 있었고, 크로그와 타울로브식의 회화적 접근을 기억으로 확장하려고 했다고 생각합니다. 그것은 물론 또한 시의적절했습니다. 그들은 아마도 우리가 생각하는 것보다 훨씬 시류에 밝았을 겁니다! 당시 국제적으로 상징주의가 일어나고 있었는데, 예컨대 스위스의 아르놀트 뵈클린Arnold Böcklin의 경우, 〈죽음의 섬〉(1880~86)에서처럼 몇 가지 사소한 관찰을 통해 기억화memory paintings를 그려서 마치 관찰된 것처럼 보이게 만들었습니다. 이 작품은 능숙하게 그려졌지만 역시 일종의 기억을 그린 그림이나 꿈을 그린 그림이지 관찰된 그림은 아닙니다. 그러니까 시작의 기미는 있었습니다. 뭉크의 저술을 통해서 그가 예컨대 프랑스 또는 독일 상징주의에 대해 얼마나 알고 있었나를 읽어내기는 쉽지 않습니다. 그러나 아마도 그들은 뭔가를 알고 있었을 것이고, 크로그는 비교적 정보에 밝았습니다. 그러나 보다 철학적인 지점은 〈병든 아이〉에서는 두 가지 양식 또는 두 가지 회화관이 충돌한다는 점입니다. 그리고 그가 그 그림에서 찾은 해결책을 나중에 반복하지 않았

다는 점은 흥미롭습니다. 그 그림은 '에드바르 뭉크'가 되지 못했어요. 그러나 될 수도 있었던 거예요! 분명히 한스 예게르가 더 이상 그런 그림을 그려서는 안 된다고 뭉크에게 말했을 겁니다. 그러나 그 그림 자체가 그에게 트라우마가 되었기 때문에 거기로 되돌아가지 않았을 가능성 역시 있을 것 같습니다. 뭉크는 누나를 잃었고, 그 그림을 그리는 데 꼬박 일 년을 보냈습니다. 그 자체가 우리에게 말해주는 게 있지요.

— 〈병든 아이〉 이후에는 뭉크의 그림에 어떤 일이 일어나나요?

— 그는 정반대의 극단으로 향합니다. 화가로서의 길을 걷기 시작했던 당시에는 그림을 그리면서 일어나는 일들을 면밀하게 관찰하면서 시작했고, 회화 과정에 거의 수동적이었고, 자신이 그리는 캔버스에서 우연히 일어나는 일들을 수정하지 않았지만, 1890년대에는 의도에 따라 움직이는 계산적인 화가가 되고, 관찰은 더 이상 중요치 않게 됩니다. 그는 실질적으로 그림 속으로 들어가는 상상을 합니다. 일종의 개념적 화가가 되었다고도 표현할 수 있는데, 그는 말하자면 상징에 심취했고, 상징은 어떤 상황에 대한 하나의 극적인 해결책이었던 것인데, 그림을 그릴 때 굳이 모델을 쓸 필요 없이 그림 속에 상징을 그려 넣습니다. 1890년 이후에는 마치 특정한 상징 하나에 지배를 받는 듯합니다. 그리고 그것으로 유명해졌죠.

— 가령 뭉크가 신발을 그린다면, 그는 그림을 그리기 시작도 하기 전에 이미 완성된 것처럼 항상 동일한 방식으로 그리나요?

— 그렇습니다.

— 그것은 종교화와 유사한 것이잖습니까?

— 물론 그렇게 말할 수 있습니다. 아주 비슷합니다. 뭉크의 작품은 매너리즘으로 가득 차 있습니다. 그의 매너리즘 중 하나는 '물결 무늬의 선들'입니다. 이 선들은 그가 상징주의를 믿기 전에 나타났습니다. 이미 1887~88년에 그 곡선들과 함께 인물을 둥글게 표현한 것이 나타납니다. 소묘는 제 표현대로 하자면 엉성할 때가 많았습니다. 뭉크가 그것을 알고 있었는지는 저도 궁금합니다. 그는 미술 학교에서 직선과 곡선이 혼합된 다양한 선들을 써야 한다고 배웠겠지만, 줄곧 이들 곡선에 굴복합니다. 마치 일종의 퇴행인 듯합니다. 제 책에서 탈숙련화deskilling를 언급하는데요, 아마도 뭉크의 매너리즘적으로 그림을 그리는 방식은 일종의 의도적인 탈숙련화인 듯합니다.

— 하지만 그것은 그저 엉성함이 아니라 대단한 강단의 표시일 수도 있지 않을까요? 자신이 알고 있는 것에 저항하는 것 말입니다. 뭉크가 기량이 뛰어난 화가였다고 평가하시는지요?

— 글쎄요, 그는 소묘에 뛰어났고, 그의 채색화에서도 그는 소묘 화가로 다가옵니다. 소묘 화가로서의 그는 건조한 편이지만, 그의 채색화에는 무엇인가가 나타나 있습니다. 그리고 그것은 모더

니즘의 역사에서 그의 위치가 약간 모호한 이유가 될 수 있습니다. 세잔, 마티스, 피카소 그리고 그 이후 추상화의 좁은 역사에서 말이지요.

— 뭉크의 1890년대 그림들은 매우 성공적이었고, 뭉크를 유명하게 만들었습니다. 왜 그가 그렇게 그리는 것을 중단했고, 그 프로젝트를 포기했다고 생각하십니까?

— 글쎄요, 그는 이데올로기적 변화에 민감했고, 상징주의는 1900년 무렵에 이미 생명력을 다했습니다. 그는 1902~3년에는 회화에 극적이고 문학적인 소재를 쌓아 올리는 것은 자신이 해야 할 일이 아니라는 것을 깨닫습니다. 예를 들어 〈다리 위의 소녀들〉에서 이 점이 보이는데, 이 그림에는 물결 무늬 양식의 경향이 있지만 일상적인 상황을 담고 있을 뿐이고, 그저 오스고슈트란의 부두에서의 어느 일요일이지요. 따라서 1900년 무렵의 뭉크는 자기만의 드라마를 비워냈다고 볼 수도 있겠습니다.

— 그것이 뭉크의 그림을 더 좋게 만든다고 보십니까, 아니면 더 나쁘게 만든다고 보십니까?

— 〈절규〉는 존경스럽다고 인정해야만 하겠습니다. 왜냐하면 모두가 그건 정말 불가능할 거라고 생각했기 때문이죠. 〈멜랑콜리〉와 〈절망〉, 그리고 다른 그림들도 환상적입니다만, 그건 뭉크에 관한 제 관심사가 아니었습니다. 저는 뭉크의 관찰력과 이를 위해 양식에 있어서 관찰을 어느 정도 절충하는 방식이 매우 흥미롭

다고 생각합니다. 1900년 이후로는 보다 더 관찰에 입각한 그림들을 그려 내기 시작했습니다. 상징주의는 신중하고 경건하게 그려진 엄숙하고 장엄한 모티프로 구성된다고 표현할 수 있겠습니다. 예컨대 귀스타브 모로Gustave Moreau와 뵈클린이 이에 해당하지요. 그리고 표현주의는 거침없이 그려진 사소한 모티프들이라고 할 수도 있겠습니다. 뭉크에 있어 놀라운 점이자 그를 특별하게 만드는 점은 〈절규〉와 〈절망〉, 그리고 〈멜랑콜리〉처럼 엄숙한 모티프를 거침없이 표현한다는 점입니다. 뭉크는 두 화파의 중간에 있어요. 그래서 이 상징이 비록 계산적으로 보인다 해도, 그의 작업 방식에는 거칠고 불안정한 데가 있습니다. 그리고 바로 이 점 때문에 항상 그에게 관심이 갑니다. 그러나 곧 세기가 바뀌자마자 표현주의가 나타나고 뭉크 역시 프랑스와 독일의 표현주의 화가들처럼 더욱 사소한 모티프로 넘어갑니다. 어느 방향으로 영향이 오갔는지, 즉 그가 무엇을 보았던 것인지를 말하기는 어렵습니다. 그러나 뭉크는 야수파의 영향을 받았던 것 같지만, 야수파들이 뭉크의 영향을 받은 것은 아닌 듯합니다. 일부 뭉크 전문가들은 마티스가 1890년대에 뭉크의 어깨 너머를 들여다봤을 수도 있다고 결론을 내렸지만, 저는 그렇게는 생각하지 않습니다.

— 그러나 만일 그가 더욱 더 관찰에 기반한 회화 방식으로 돌아갔다면, 〈병든 아이〉에서 봉착했던 문제에는 어떤 문제가 발생했던 것입니까? 그는 매너리즘에 관한 생각, 단순화에 관한 생각을

유지했습니까? 그로 인해서 그는 다시 돌아갈 수 있었던 것일까요? 마치 문제가 더 이상 존재하지 않는 듯 보였기 때문에 말이죠.

— 그는 자신이 어떻게 작업하고 싶은지를 깨달았습니다. 말하자면, 1900년 이후에는 그가 주제는 바꾸었으나 작업 방식은 유지했다고 말할 수도 있겠습니다. 그는 선을 조금 더 곧게 펴고, 따라서 이전과 같은 굴곡은 없어지지만, 결코 전적으로 곡선을 버리지는 않습니다.

그뢰고르는 뭉크에 관한 자신의 책에서 뭉크가 1880년대 초에 크리스티아니아의 다른 젊은 예술가들과 함께 폴토스텐에 작업실을 마련했을 때 그가 그렸던 몇 점의 그림에 특히 관심을 기울인다. 이 그림들은 초상화로, 뭉크 자신이 '머리들'이라고 불렀던 그림들이고, 이 머리들은 검은색 또는 갈색 배경에 강렬한 빛을 발하며, 고전적이고 렘브란트스러운 데가 있다.

보존 전문가가 다음 파티션을 꺼냈을 때 그러한 초상화 중 한 점과 마주했다. 붉은 콧수염, 붉게 물든 얼굴, 적갈색 머리, 파란색의 회피하는 듯한 눈의 청년이었다.

— 이 초상화는 아주 초기 그림이지요? 뭉크가 이 그림을 그렸을 때는 나이가 많지 않았지요, 내가 물었다.

— 네. 그리고 제 생각에는 크로그가 여기에 왔고 수정을 약간 했던 게 보입니다…

— 풀토스텐에서 그렸던 그림인가요?

— 풀토스텐에서 그렸던 그림입니다. 뭉크가 여기에 그린 인물은 동료인 안드레아스 싱달센Andreas Singdahlsen입니다. 뭉크에게 있어서 약간은 수수께끼인 점은 그가 크로그나 타울로브보다 훨씬 더 자신이 그리는 인물들의 머리에서 웅장하고도 조각 같은 형태를 찾아내는 능력을 갖췄다는 점입니다. 그리고 저는 그 능력이 어디서 올까를 곰곰이 생각했어요. 타울로브의 자연주의는 세부 **곳곳까지** 보다 일정한 편인데, 반면에 뭉크가 그리는 두상에는 고풍스럽기까지 한 바로크풍의 고집스러움이 있습니다. 이 작품도 그중 하나입니다. 동일한 시기에 그린 더 좋은 작품들이 있지만, 이 작품도 훌륭합니다.

— 저는 언제나 뭉크가 화가로서 엄청나게 재능이 있었다고 생각해왔고, 그의 초기 그림을 보면서 '맙소사, 겨우 열여덟 살이나 스무 살이었다니!'라고 생각했지만, 선생의 책을 읽어보니 그게 아니라, 사실 그는 동시대 다른 젊은 화가들과 비교해도 기술적으로 **한계가 있었다**면서요?

— 우리가 기억해야 할 점은 유럽의 회화사에서 가장 큰 '탈학습'은 자연주의였다는 점입니다. 그때야말로 작업실 회화의 전통 전체가 뒤엎어졌을 때죠. 뭉크의 말처럼 '구두 광'을 없애야 했습니다. 전통에 관한 한, 야외 회화와 자연주의는 하나의 거대한 '**삭제키**'였습니다. 장인과도 같은 기술의 레퍼토리는 관찰의 레퍼토리로

대체됩니다. 어떤 의미에서 뭉크는 이러한 회화사의 거대한 혁신의 일부입니다. 뭉크도 매우 숙련된 소묘 화가였지만, 풀토스텐에는 그보다 더 훌륭한 솜씨를 가진 다른 화가들이 분명히 있었습니다.

— 그러나 풀토스텐의 어느 누구도 이 그림은 그릴 수 없었겠지요, 나는 싱달센의 초상화 옆에 걸려 있던 그림을 가리키며 말했다. 폴란드 작가 스타니스와프 프시비셰프스키Stanisław Przybyszewski를 그린 이 그림은 스타일이 현격히 달랐고, 보다 평면적이었으며, 깊이감이 거의 없었으며, 회화보다는 소묘에 가까웠다.

— 네, 그렇습니다. 이 그림은 베를린 시절의 그림인데요, 뭉크가 베를린에서 배운 것은 무광 마감과 벽화 효과를 내는 카제인 템페라 기법이었습니다. 뭉크는 이러한 기법을 접해본 적이 없었죠. 그전에는 유화를 그렸어요. 때때로 그의 유화가 어떻게 분필같은 색상을 띠는지가 보입니다. 이 그림은 분명히 그가 그저 내버려 둔 스케치일 겁니다. 어떤 때는 흰색이 우윳빛으로 변하고, 그가 색을 제대로 발색시키지 못했는데요, 여기서 그게 보이지요, 그뢰고르가 말했다.

— 맞습니다.

— 빛과 그림자가 약간 지저분해지기는 하지만, 템페라를 사용하면 더 직접적으로 그림을 그릴 수 있고 빨리 말라서, 뭉크가 조금 더 장식적으로 생각할 수 있었어요. 1890년 무렵에 뭉크는 회화에

는 단지 참조나 기록의 기능만이 아니라 장식적인 기능이 있어야 한다는 점을 알게 됩니다.

— 싱달센의 머리가 더 조형적이고, 프시비셰프스키의 머리는 더 평면적이지만, 그래도 믿을 수 없을 정도로 훨씬 더 낫지요, 그렇지 않나요?

도대체 그런 말은 왜 했던 것일까? 나는 직관적으로 스케치 같은 초상화보다 조각 같으면서도 렘브란트 풍인 고전적인 초상화를 더 높이 평가했으면서, 왜 지금 그 반대를 이야기하고 있을까? 아마도 이것이 지배적인 의견임을, 회화적으로 구상적인 뭉크는 더 직접적이고 단순화된 후기 뭉크보다 훨씬 약하고 흥미롭지 못하다는 것을, 그리고 후기에는 그가 '바로 그 인물'을 포착해 냈던 반면 연습이기도 했던 초기 초상화에서는 그저 인물을 구축시켜 나갔다는 것을 알고 있었기 때문일 것이다. 그뢰고르가 미술 이론 교수이자 뭉크 전문가였기에, 나 역시 뭉크에 대해 약간은 알고 있다는 것을, 내가 통념을 꿰뚫고 정말 제대로 본다는 것을 그에게 보여주고 싶었던 것이다.

그러나 그뢰고르는 동의하지 않았고, 나는 더더욱 바보같이 보이는 상태로 그 초상화들을 들여다보고 있어야만 했다.

— 저는 그가 자연주의적인 관찰과 양감에 대한 추상적 이해 방식을 결합시켜 냈을 때가 특히 마음에 듭니다. 저는 바로크 초상화에 관심이 아주 많은데, 양감에 대한 고집과 관찰이 결합되어 있다

는 바로 그 때문이지요. 그러나 이 둘은 두 극단입니다, 그뢰고르가 말했다.

— 네, 두 작품을 나란히 보아서 좋았습니다. 이 작품들은 물론 짧은 시간에 일어난 엄청난 변화를 보여줍니다. 이 뒤로 가서 볼 수 있어요… 여기 대략 같은 시기에 그린 또 다른 초상화가…

— 네, 카렌 이모가 확실한 것 같은데요. 이 작품은 조금 못 미치죠.

아, 야단났다! 이 그림은 내가 전시에 포함시킨 이 시기의 몇 안 되는 그림 중 하나였다. 그런데 지금 그뢰고르는 이 그림이 못 미친다고 생각한다고? 그런 걸까? 입과 그 주변이 문제일까? 하지만 색은 좋지 않나, 아닌가?

— 제 생각에 뭉크가 그렸던 정말 좋은 첫 초상화는 동생 레우라의 초상화였습니다, 그뢰고르는 내 내면의 공황 상태에 대해서는 전혀 모른 채 말을 이어가며, 나는 본 적이 없었던 다른 그림을 가리켰다.

— 이 그림은 뭉크가 풀토스텐에서 작업을 시작하기 일 년 전인 1881년에 그려졌을 거예요. 어떤 의미에서 그는 이미 자신만의 길을 걷고 있었고, 아마도 여기서는 고도로 낭만주의적인 접근에서 예술성을 경험했을 겁니다. 이 작품은 그럭저럭 나쁘지 않고, 톤은 약간 높지만, 매우 섬세하고 멋지다고 생각합니다.

— '톤이 높다'는 건 무슨 뜻일까요?

— 분필같은 효과가 전혀 없다는 것인데요, 하지만 얼굴에서 공간 표현이 조금 못 미칩니다. 과다 노출된 데가 약간 있는 듯합니다. 빛이 조금 과하죠. 그래도 멋진 그림입니다.

— 다음 그림으로 넘어갈까요? 할 이야기가 너무 많아서 시간이 오래 걸리겠군요!

보존 전문가는 파티션을 다시 천천히 뒤로 밀어 넣고, 새 파티션을 마찬가지로 천천히 더 길게 당겨서 꺼냈다.

— 선생께서 그림을 그리던 시절에는 뭉크를 어떻게 받아들이셨습니까? 역사적 인물로서인가요, 아니면, 지금까지도 유의미한 문제들에 대한 해결책을 찾아낸 사람으로서인가요, 기다리는 동안 내가 물었다.

— 글쎄요, 저는 시골 출신이고, 신낭만주의가 지배적이던 여러모로 고풍스러운 환경에서 자랐기 때문에 사실 뭉크를 현대 화가로 여겼습니다. 저는 백 년이나 뒤처졌던 셈이죠! 그것이 제가 그림을 그만둔 이유 중 하나겠구나 하는 생각이 문득 듭니다. 이 작품은 저한테는 충분히 현대적입니다.

〈병실의 죽음〉의 한 버전이 우리 앞으로 미끄러져 나왔다.

— 이 그림은 연극 같습니다. 거의 말이죠. 뭉크의 미술 세계는 연극과 어떻게 관련되어 있었습니까?

— 글쎄요, 이 그림은 〈병든 아이〉에서 가져온 장면이지만, 여기서는 시점이 바깥쪽으로 옮겨졌습니다. 죽어가는 아이를 **클로즈**

업하는 대신, 여기서의 핵심은 주위에 서 있는 사람들의 슬픔입니다. 이 작품은 뭉크가 베를린에 있을 때 그린 듯한데, 〈병든 아이〉가 두텁게 쌓아올려 칠해진 반면, 여기서는 뭉크가 물감을 얇게 칠하는 것과 표면에 펴 바르는 방법을 배웠다는 걸 확인할 수 있습니다. 무거운 편이지만, 이 그림은 사실상 장식적으로 재현한 것입니다. 녹색 벽, 적황색 바닥, 그리고 인물들이 함께 모여있어서 화면 구성이 효율적으로 분할되어 있습니다.

— 이것은 동시대의 유럽에서 찾은 것이었을까요, 회화를 접근하는 방식으로서의 연극성 말입니다.

— 네, 독일과 프랑스 양국의 상징주의 모두에서 찾을 수 있을 겁니다. 귀스타브 모로와 오딜롱 르동Odilon Redon, 또 일부 뭉크보다 앞서 활동한 화가들에게서 말이죠. 그러나 아마도 그림을 크게 면으로 나누는 이 방식은, 폴 고갱에 대한 빌룸센J. F. Willumsen의 해석이고 이 해석이 뭉크에게 영향을 미쳤다고 할 수 있겠습니다. 빌룸센은 고갱의 중요성을 아주 일찍 이해했어요.

— 만일 이 그림이 현존하는 뭉크의 유일한 작품이라고 상상한다면, 뭉크는 어떻게 평가되었을 것 같습니까?

— 그렇다면 그는 상징주의 화가, 탈자연주의 화가, 비자연주의 화가, 유럽의 시류에 약간 뒤처진 화가로 받아들여졌을 겁니다. 그렇더라도 여전히 이 그림을 그의 전기와 연관시키기는 했을 것 같습니다.

— 이 그림이 독창적이거나 혁신적이라고 생각하지는 않았을까요?

— 글쎄요… 물론 뭉크는 쉽게 알아볼 수 있습니다. 스타일이 강하죠. 주요 예술가들은 모두 스타일이 강합니다. 그래서 아마도 제가, 작가께서 아까 언급하신 것처럼, '우리는 여기서 터프한 화가 한 사람을 다루고 있다'고 쓰지 않았나 싶습니다. 이 그림에는 의지가 있고, 그는 이런 식으로 작업함으로써 위험을 감수합니다. 그것은 그의 자기 이해와 관련이 있는데, 그는 자신이 이와 같이 대담한 일을 할 **자격이 있다고** 느낀 것 같아요. 풀토스텐의 화가들 상당수는 시골 출신이고, 달리 표현할 방법이 없습니다만, 방앗간집 아들들이었습니다. 오십 킬로그램짜리 밀가루 자루를 짊어지지 않으려고 화가가 되겠다는 생각을 한 이들이었어요. 예컨대 스크레스비그Skredsvig와 같은 소박한 화가는 작업실에 앉아 **그림을 그리며** 붓질을 할 수 있다는 것에 아주 행복해 했지요. 뭉크는 교양 있는 부르주아 가정 출신이고, 자신과 가족을 위한 야망을 갖고 있는 게 느껴집니다. 그의 삼촌은 다름 아닌, 출중한 역사학자인 페아 뭉크였고요. 뭉크는 1927년 로마를 방문해서 비가톨릭교인 묘지에 있던 삼촌의 묘비를 그립니다. 그래서 이는 역시 가족애에 기인하기도 합니다. 뭉크가 대표 의식을 느꼈다는 점을 염두에 둬야만 합니다.

그림들이 걸린 새 파티션이 미끄러져 나왔다. 그리고 나는 의기양양해졌다. 그중 한 점은 이번 전시에 전시될 모든 전신 초상화

중 아마도 최고일, 오세 너레고르의 초상화였기 때문이다. 푸른색 드레스를 입고 주먹 쥔 한 손을 허리에 올리고 다른 한 손은 옆으로 내려놓은 채 녹색과 녹황색의 배경에 환한 얼굴로 서 있는 모습으로 그려져 있으며, 이 인물에는 스스로를 마치 그림에서 빠져나오는 중인 듯 보이게 만드는 데가 있었다.

— 오세 너레고르는 뭉크가 전혀 엄두를 내지 못했던 '사랑'이었습니다. 그녀는 뭉크의 친구였고, 일찍부터 뭉크의 그림에 투자한 하랄 너레고르Harald Nørregaard와 결혼했어요. 마흔도 채 되지 않은 젊은 나이에 세상을 떠났고, 이는 뭉크에게 깊은 영향을 미쳤습니다. 어머니, 누나, 아버지, 동생 등 반복된 상실에 대한 무언가가 있어요. 그러나 두 사람은 연인이 아니었기 때문에 서로의 사이에 갈등은 없었지요. 제 생각에는 뭉크는 그녀가 자신을 이해하고 존중하는 여성이라고 느꼈던 것 같습니다. 그런데 뭉크는 이상하게도 공감에 있어서 선택적입니다. 때로는 믿을 수 없을 정도로 사려 깊지만, 아닐 때는 놀라울 정도로 무심하죠, 그뢰고르가 말했다.

— 그러나 순전히 회화적으로는 이 그림을 어떻게 평가하시겠습니까?

— 이 그림은 이른바 '경호원 포맷'으로, 가로 일 미터, 세로 이 미터 크기로 그가 오랜 세월에 걸쳐서 즐겨 그려왔던 형태입니다. 희석된 테레빈유로 그려진 녹색 식물은 약간 비어 있고, 녹색 배경에는 그다지 설득력이 없다고 생각됩니다. 그리고 드레스에 조금

더 형태감을 줄 수 있었을 텐데, 제 생각에는 그가 옷감을 표현하느라 약간 길을 잃었던 것 같습니다. 그는 좀 게으른 편이고, 빨리 포기합니다. 일단 시작하고는 곧 흥미를 잃죠. 그래서 이 그림에는 **완결성**이 부족합니다. 그러나 얼굴은 **언제나**… 거의 언제나 흥미롭습니다. 그가 훌륭한 초상화가였다는 것은 의심의 여지가 없습니다.

— 하나 더 볼까요?

— 그러시죠.

우리 앞으로 새 파티션이 미끄러져 나왔고, 대부분 정원을 모티프로 한 후기 작품으로 가득 차 있었다.

— 저는 늘 이 그림을 아주 좋아했습니다. 뭉크가 색에 몰입했기 때문이죠. 녹색 식물이 어디서나 제 형태를 유지하고 있고, 붉은색 인물 또한 그렇습니다. 환상적으로 멋진 그림입니다. 노란 모자, 초록색 배경, 빨간 블라우스 등 모든 색이 어우러지고, 아주 근사하게 그려졌고, 어느새 휙 완성됩니다. 아마 두어 시간만이었을 거예요. 뭉크는 저 화분 식물을 잎이 무성한 채로 여러 번 그렸습니다만, 이 그림처럼 드로잉으로 촉촉한 녹색을 쓰면 견고하지요. 이 그림은 어쩌면 당시의 프랑스 야수파를 떠올리게도 합니다, 그뢰고르가 '린데 프리즈Linde Frieze(주: 막스 린데의 의뢰를 받고 제작한 연작)' 중 하나이며 이번 전시에 나올 예정인 〈꽃에 물을 주는 소녀들Piker som vanner blomster〉을 가리키며 말했다.

— 그렇다면 저 그림들은요? 저 그림들 모두 전시에 나올 겁니

다, 나는 고갯짓으로, 사과나무 앞에 남녀가 있는 그림, 작업실 앞으로 사과가 잔뜩 달린 나무를 그린 그림 등 에켈뤼의 사과 과수원을 그린 그림 몇 점을 가리키며 말했다.

— 이 그림은 청색과 녹색이 너무 과합니다. 뭉크는 이미지를 완화시키는 능력이 부족해요. 그리고 여기 이 그림에서는 파란색과 녹색이 너무 보라색을 띱니다. 그러나 제 생각에 **여기서는** 뭉크가 균형감을 찾았습니다. 그렇다면, 저는 그것이 그가 달성해보려 했던 것인지, 아니면 그저 깡그리 무시했던 것인지 궁금합니다. 뭉크는 그림에서 흥미로운 온도를 만들어보려 했을까요, 아니면 그냥 신경도 쓰지 않았을까요, 그저 아담과 이브 모티프만 생각했던 것일까요? 구분하기 어렵군요! 언젠가 그는 루드빅 카슈텐Ludvig Karsten에 대해 흥미로운 언급을 합니다. "카슈텐은 내가 절대 해내지 못하는 색으로 무엇인가를 해내지. 하지만 내 양복 조끼 안에는 뭔가가 더 있다구!" 한편 뭉크는, 색상 사용에 있어 약간 과하게 감미롭고, 과하게 호감을 주는 색상을 자주 사용했던 카슈텐보다 흥미로운 조합들을 자주 씁니다. 뭉크는 불유쾌한 색상으로 가끔 성공하는 한편, 더불어 재미있는 효과를 만들어냅니다. 마티스에게서도 같은 점을 찾을 수 있습니다. 복잡하면서도 조화롭지 않은 것들이 함께 아주 잘 어우러지곤 하죠.

— 그런데 뭉크가 무엇을 추구했다고 생각하십니까? 지금 뭉크는 자기 집 정원에 서 있고, 사과나무를 그리려고 합니다. 그러나

그에게 이것을 하도록 이끌고 있는 것은 무엇일까요?

— 뭉크는 전형적으로 관찰에 매료된 화가라고 생각합니다. 그가 주변 세상을 보면, 재미있는 것들로 가득하죠. 사과나무나 개나 무엇이든지 말이죠. 그래서 서서 그것을 가지고 작업을 합니다. 그렇지만 중요한 것은 그가 보는 것과 그가 그리는 것 간의 싸움입니다. 그의 다소 포괄적이면서도 거대한 면모는, 한편으로는 그가 그림을 제어하고 있음을, 다른 한편으로는 자신이 관찰한 것을 사실상 기록하고 있음을 의미합니다. 그는 새로운 관찰에 대한 자신의 확신을 테스트해야만 하는 자신만만한 화가입니다. 그리고 결과는 이렇게도 나오고 저렇게도 나오죠. 뭉크가 자를 들고 돌아다니면서 생각한다고는 생각하지 않아요. 그는 그림을 바라보고 생각하면서 서 있다가 '음, 여기에는 빨간색을 약간 더 추가해야겠어.'라고 말하는 그런 류의 화가는 아닙니다.

— 그러나 말씀대로, '좋아, 여기 이 색이 이상한데, 좀 밋밋하달까, 죽어 있어.'라고 뭉크가 스스로 생각했다고 생각하시나요? 만약 그렇다면 뭉크는 왜 다시 시작해서 **더 잘** 그리지 않았을까요?

— 네, 그는 그런 청록색들을 버텨낼 무언가를 그려낼 수 있어야 했는데, 대신 모든 것이 그저 청록색 덩어리로 뭉뚱그려집니다. 뭉크의 후기 그림 상당수에는 녹음이 너무 많아진다고 생각해요. 그리고 그것은 그가 스스로 관찰의 지배를 엄청나게 받도록 허용한다는 표시입니다. 그러나 어떻게 그렇게 무심할 수가 있었을까

요? 정원에 나가서 선 채 그림을 **그렇게나** 청록색이게 두다니요. 그저 자신을 그런 식으로 관찰에 압도당하게 둔 거예요! 저라면 아마도 어떻게든 녹음에 저항해보려고 했을 겁니다. 이 점에서 저는 전형적인 부르주아인데요, 왜냐하면 뭉크는 아마도 **'아무 상관없어!'** 하고 생각할 터이기 때문이죠. 어느 시점에선가는 그야말로 상관없어지거든요!

— 이것은 아주 흥미롭습니다. 왜냐하면, 그것은 작품의 질이 무엇인가와 관련이 있기 때문입니다, 그렇지 않은가요?

우리는 이야기를 나누면서 정원 그림들에서 느릅나무 숲 그림들로 옮겨갔다. 뭉크는 이 그림들 중 15~20점을 1920년대 중반에 그렸고, 이는 그 어떤 개별 모티프보다도 많은 숫자였다.

— 네. 그리고 1917년과 그 이후의, 노년기의 뭉크에 대한 커다란 의문은 그가 무엇을 원하는가입니다. 그는 무엇을 하고 있을까요? 회화에 대한 그의 야망은 무엇일까요, 그뢰고르는 우리 앞에 있는 거대하고 뒤틀린 나무둥치들을 올려다보며 말했다.

— 뭉크는 이것을 아주 자주 성공시킵니다, 그뢰고르는 뒤틀린 나무 중 한 그루를 허공에서 손가락으로 따라가면서 말했다.

— 나무둥치들 말입니다. 그리고 그것을 나누는 방식 말이지요. 때때로 그가 하는 일은 웅장하고 장엄하게 느껴지는데, 영국인들이 **'스케일'**이라고 부르는 것이 거기에 있습니다. 규모죠. 작은 포맷에서도 일종의 엄숙함이 느껴집니다. 그가 구성을 나누는 방식에

기인하죠. 때로는 작동하지 않아서, 아무것도 되지 않아서, 그냥 흐지부지되고 맙니다. 그러면 우리는 '그것이 뭉크에게는 아무 의미도 없는 것은 아닐까?'라고 생각합니다. 하지만 동시에 잘못된 자를 갖다 대는 것은 아닌지 묻게 됩니다. 이것을 어디다 견준다는 것이지? 뭉크의 후기 작업에?

— 우리가 '순수 회화'라고 부를 수 있는 무언가를 상상할 수는 없을까요? 그는 그저 그림을 그릴 뿐이고 그것이 전부라고 말이지요. 그리고 그렇다면 그 결과는 무엇일까요? 질적 수준이 떨어지고, 개별 그림들이 힘을 잃고, 상징이 사라지고, 물론 그땐 가치도 사라집니다. 아니면 그 반대로, 다른 무엇인가가 생겨나는 것일까요?

— 아마도 다른 무엇이 생겨나는 것을 출발점으로 삼아야 한다고 생각합니다. 우리가 뭉크를 흥미를 잃어버린 사람으로나 다른 일을 할 수 없어서 그림을 그리는 사람으로 받아들이지는 않거든요. 그걸 뭉크가 추구하는 것이라고 가정해 봅시다. 분명히 그럴 것입니다. 우리는 그것을 어떻게 이해해야 할까요? 어떤 면에서는 어설픈 비교겠지만, 쇠렌 키르케고르Søren Kierkegaard의 삼단계에 따라 뭉크의 **작품 세계**를 분류할 수 있겠습니다. '미적 단계'는 〈병든 아이〉를 그린 자연주의자입니다. '윤리적 단계'는 〈절규〉와 〈멜랑콜리〉를 그린 상징주의자입니다. '종교적 단계'는 세기가 바뀐 후 사소한 모티프들을 사용하여 새로운 관찰 기반 회화를 개발하는 예술가입

니다. 그러나 무엇이 종교적이라는 걸까요? 분명히 아무것도 없습니다. 그러나 생각해 봅시다. 그것은 일종의 우주론적 실천으로서의 그림을 그리는 의식이지 않을까요? 세상을 보살피는 일이라고나 할까요? 가령, 거기 서서 바라보고 있고, 그에 대한 '재능'이 있고, 필요한 '감각'도 있으며, 거의 탈근대적이거나 탈종교적일 정도로 탈이데올로기화되고 단순한, 자신이 인지한 것만을 다룹니다. 저로서는 정말 알 수 없는 일입니다만, 이러한 개념들에 지나칠 만큼이나 노력을 쏟기가 쉽다고 치죠. 그래도 그 개념들이 아마도 이에 대해서 뭔가를 말할 수는 있겠지요? 일종의 우주론이자 보살핌의 형식입니다. 그는 자신의 가까운 주변 세상을 보살핍니다. 그리고 그는 자신만이 할 수 있는 방식으로 그림 그리기를 실천하는 것이죠.

• • •

뭉크 미술관의 수장고는 그 어떤 곳보다 뭉크의 작품 활동에 가까이 다가설 수 있는 곳이라지만, 이곳의 그림들은 선별되거나 큐레이팅된 것이 아니라 뭉크가 사망할 당시 주변에 있던 그림들 모두로 이루어져 있으며, 그렇기 때문에 그가 작업했던 동력과 혼돈이며 우발성과 과정적인 면이 일부 드러난다고는 해도, 어쨌거나 그 그림들은 세상에 선보인 지 칠십 년이 넘었기 때문에 시간이 멈추고 작업이 중단된 때로부터의 일종의 회화적 무덤과도 같은 요소들이다. 그때 이후로 여러 세대에 걸쳐 새로운 예술가들이, 특히 시각적으로는 급격하게 변화한 세계 속에서 활동해 왔다.

뭉크의 작업이 현역 예술가들에게는 어떻게 보일까? 뭉크의 그림들이 그들에게는 얼마나 관련성을 지닐까?

이 질문에 대한 답은 아마도 예술가의 숫자만큼이나 많을 것이다. 이 맥락에서 내가 가장 궁금하게 생각하는 예술가는 바네사 베어드Vanessa Baird이다. 그녀의 작품에는 야생성도, 시각적 기대로부터 벗어나려는 의지도 함께 담겨 있어서, 그림을 그린다는 것이 무엇인지와 회화가 무엇을 해야 하는지에 대한 근본적인 태도를 통해서, 비록 직접적이고 구체적이지는 않더라도 간접적으로는 뭉크와 밀접한 관련성이 있다고 생각하게 만드는 데가 있었다.

바네사 베어드의 작품에는 예측하기 힘든 면이 있고, 그녀의 그림들은 감정에 강력히 호소하며, 불안하고 불쾌한 경우가 많고, 때로는 아름답지만 언제나 강렬한데, 그림 중 상당수는 마치 신화나 알레고리와 같은 방식으로 작품 자체보다 훨씬 더 확장되어서 의미가 물결처럼 퍼져나가 어떤 장소나 어떤 지점에 도달하는 듯하다. 한편, 알레고리는 위험하지 않은 듯, 다른 무엇이기도 한 무언가에 대한 어정쩡한 이야기인 듯 들리지만, 베어드의 그림들은 어정쩡한 것도, 위험하지 않은 것도 아니다. 이와 같이 확장된 의미의 한 지점은 베어드의 작품 〈우리가 눈을 감자마자 빛은 사라진다Lyset forsvinner-bare vi lukker øyene〉에서, 다양한 모티프들로 떨어지고 있는 온갖 서류와 문서들인데, 우리는 테러 공격을 받고 공공건물이 무너지는 것을 본 적이 있기 때문에 이들이 무엇인지 즉각 이해하지만, 그럼에도 우리는 이와 같이 본연의 맥락에서 벗어나 다른 상황과 풍경에 삽입된 것을 본 적은 없는데, 이 작품에서는 그 사태의 압도적인 시각적 영향력을 유지하지만, 또한 새로운 해석에 가능성을 열어둔 채로 새롭게 선보임으로써, 그것이 공유된 시각적 경험이요, 집단적 무의식의 일부이며, 우리 모두에게 밀려 들어오는 무언가라는 사실을 가시화시킴으로써, 본래의 맥락에서 분리되어 하나의 기호가 된다.

베어드의 그림 중 몇몇은 동화에서 모티프를 가져오고 설화적 관념을 반영하지만, 그 모티프의 안팎을 뒤집어 기괴한 육체성을 남김없이 드러내는데, 이는 결국 우리를 초월하여 존재하는, 굳이 미화시키지는 못할지라도 무해한, 동일하고도 집단적인 신화 및 이미지와 연관되어 있으며, 반면에 '우리 안에 있는 것' 또는 '우리가 존재를 영위하는 곳'은 이와는 전적으로 달리 긴박하다. 베어드는 익사하는 사람들을 그린 연작을 제작했는데, 그 사람들은 우리들과 이야기들과 우리가 연상하는 이미지들 사이의 공간에 존재하며, 이로써 일종의 거리를, 베어드의 그림들이 주제화시키고 파괴시키기를 반복하는 그 거리를 유지한다. 베어드는 오소리나 여우와 같은 동물들을 소재로 한 그림을 많이 그렸는데, 이들은 인간의 본성이 동화의 논리(동물이 사람 같지만 또한 언제나 동물들인)에 반영된 그림들이다. 한 충격적인 이미지 속에서는 오소리 한 마리가 비스듬히 누워 있는 소녀의 가랑이를 킁킁거린다. 베어드의 그림들은 대체로 크기는 크지만, 반면 모티프는 작고, 그림의 표면은 세부 묘사로 가득 차 있으며, 이들 두 층위 사이의 긴장은 '포괄성'과 '긴박성' 사이의 긴장을 반영하고 있다.

대체 그녀의 그림들은 뭉크와 어떤 관련성이 있을까?

바네사 베어드는 엄숙함과 완결성에 대한 모든 시도에 구멍을 뚫어대기 때문에 1890년대의 뭉크의 그림을 본다면 대답할 것이 별로 없다. 그러나 그녀는 마치 뭉크의 풍경화들을 한 단계 끌어내려 놓은 듯, 어린이들의 그림을 떠올리게 할 정도로 급격히 단순화된 풍경을 그리면서도, 분위기와 색의 조화는 대체로 남겨 둔다. 그리고 이 장소의 회화적, 시각적 완성도는 조금도 고려하지 않은 채 의미를 불러일으키는 어떤 장소에 도달하기 위해 노력하는 이른바 '스케치성'도 뭉크와의 공통점이라고 나는 생각한다.

몇 해 전, 나는 내가 쓴 《가을Om høsten》이라는 책에 그림을 그려 달라고 그녀에게 부탁했다. 그녀는 승낙을 했고, 아무 일도 일어나지 않던 한동안이 지난 후 느닷없이 그림들이 쏟아져 들어왔다. 그중 하나는 아이와 같이 있는 고전적인 성모상을 그린 그림이었는데, 그림에서 성모 마리아의 얼굴은 배설물처럼 보이는 것으로 얼룩져 있었다. 그 그림은 책의 뒤표지가 되었고, 내가 책을 쓰는 동안 내게는 하나의 현실 검증으로 역할했다. 왜냐하면 만일 어머니와 아들이라는 상징으로서의 이미지가 아름답다는 것이 진실이라면, 그리고 만일 세상이 이따금씩 참을 수 없을 정도로 아름답다면, 그 반대의 경우도 언제나 존재하기 때문이다.

크리스마스를 바로 앞두고, 나는 카리 브란체그와 함께 오슬로의 한 식당에서 바네사 베어드를 만났다. 두 사람은 전부터 서로 알고 지냈으며, 카리는 자신이 기획한 전시에서 바네사의 작품들을 포함시킨 적이 몇 차례 있었다. 나는 약간 긴장했는데, 바네사가 어려울 수도 있다고(이는 아마도 '비타협적임'을 뜻하는 다른 단어일 것이고) 들었기 때문이지만, 꼭 그렇지만은 않았고, 나 또한 미리 계획을 세우거나 질문을 생각해두지 못했다. 나는 그날 하루 종일 뭉크의 후원자이자 조력자이며 결국 전기 작가가 된 롤프 스테네센이 살았던 기능주의 양식의 '빌라 스테네센'에서 유아킴 트리에르Joachim Trier와 앉아서, 그의 동생 에밀이 제작 중인 영화를 위해 뭉크에 관한 이야기를 나누며 보냈다. 종일 지극히 거대한 감정들과 예술의 실존적 토대에 관한 이야기를 나누었지만, 바네사와 같은 테이블에 앉은 지 단 몇 초만에 그녀와는 그런 대화를 하지 않을 것임이 분명해졌다. 그녀는 나에게 자신이 만든 책을 한 권 주었다. 자화상들이 담겨 있는 책이었는데, 그녀의 얼굴은 언제나 알아볼 수 있듯 거칠고도 끊임없이 새로운 방식으로 붓고, 뒤틀리고, 부풀린 채로 추하게 표현되어 있었다. 그녀는 병을 앓고 있었고, 이로 인해

수시로 입원해야 했으며, 이 때문에 얼굴이 붓기도 했지만(그 원인이 약에 있는지 아니면 병 때문인지는 제대로 파악하지 못했다), 그 그림들 속의 고통은 영혼이나 실존과는 관련이 없거나, 관련되었다 해도 엄숙한 방식이 아닌 구체적이고 육체적인 방식이었으며, 아이러니와 유머를 통해 그림들과 연결되었던 동시에 '아픔'도 그 속에 항상 함께 있었다. 이 그림들은 마치 어느 반신화적인 신화광이 그린 것처럼 보였다. 이를테면, 완전히 현실적이지만 그 현실성을 극대화시킨 사람 말이다.

그녀는 크리스마스를 맞아 식사를 하는 사람들로 가득한, 도심의 작고 붐비는 해산물 전문 식당에 들어와 자리에 앉자마자 내 손에 책을 들이밀었다. 잠시 책을 훑어본 후 휴대전화기로 녹음을 시작하며, 뭉크와의 관련성을 머뭇거리며, 조금쯤은 사과하는 태도로 물었다.

— 뭉크는 모두가 조금씩은 아는 인물이에요, 그녀가 말했다.

— 다들 그의 그림들을 너무 잘 알고 있고, 그림을 보면 아주 강력하게 느끼지만, 그림들에 관해 무언가를 설명하기는 어려워요. 왜냐하면 그가 만든 것은 전부 감정들이기 때문이죠. 그것에 대해 말하기가 쑥스럽기도 해요. 하지만 알아보는 건 쉬워요. 그가 특정한 것을 잘한다고 말하는 것 말고는 달리 방법이 없죠. 나뭇가지를 모아 놓은 것처럼 보이는 손을 그릴 때마저 말이죠. 그의 그림들 대부분에는 결점이 많기 때문이에요. 아주 잘 표현된 그림들도 있어

요. 그러나 그 그림들은 아무런 설명이 필요 없습니다. 그가 죽어가는 사람을 그릴 때면 아주 지독히도 죽어 있는데, 그 옆에 서 있는 사람들의 얼굴이 너무 빨갛기 때문이죠. 그리고 우리는 일종의 피로감을 느낍니다. 너무 창피해서죠.

— 무엇이 창피한가요?

— 그걸 말하는 것이죠. 그림을 보고, 그 느낌을 알아차리는, 바로 그거 말이에요. 〈질투〉는 꽤 강렬한 그림이지만, 실제로는 사람들이 모두 그 그림을 알아본다는 것이 다죠. 그래서 어떻게 해야 할까요? 이건 멋진 그림들이야, 이렇게요?

— 전시에 나올 작품 목록을 가져왔어요, 한번 보시겠어요? 카리가 말했다. 바네사가 고개를 끄덕였고, 카리는 바네사 앞의 테이블에 그림이 담긴 폴더를 올려놓았다. 바네사는 때때로 그림을 넘겨가며 훑어 보면서 말을 이어갔다.

— 저는 오슬로에 살아서 뭉크 미술관에 많이 갔어요, 바네사가 말했다.

— 뭉크와 다른 예술가들을 나란히 놓고 새로운 시각을 찾으려고 시도했던 전시 중 상당수를 봤지만, 뭉크만의 단독 전시가 훨씬 더 좋았던 게, 보고 있는 작품에 연결시킬 수가 있고, 그러다 보면 그의 행위가 명확해지거나 가시화되거든요. 그의 그림 중 상당수는 썩 좋지 않지만 그것은 상관없어요. 가끔씩은 우리 스스로의 우월감을 즐기게도 만드니까요. 둘러보면서 그가 성공하지 못한 그

모든 빈약한 그림들을 찾아내는 거예요. 조금쯤 자유로움을 느끼다가, 불현듯 그 녹색 머리통을, 뭉크만의 일격으로 가득 찬 모든 것들을 보는 거죠. 매번 강타 당해요. 뭉크와 나란히 전시된 예술가들에게는 그런 일이 항상 일어나지는 않죠. 언젠가 거기서 에곤 실레Egon Schiele를 본 적이 있는데요, 그는 제가 젊어서 그림을 그리기 시작했을 때 저한테는 중요한 화가였어요. 그러나 원작들이 거기 오기 전까지는 원작을 전혀 못 봤어요. 그 전시를 봤을 때가 마흔다섯이었으니까 원작을 보기까지 오랜 시간이 걸렸죠. 그리고는 그 중요성을 잃어요. 약간 아마추어스러웠는데, 실레가 스물여덟에 죽었기 때문에 그가 제시하는 결과물은 이미 우리가 다들 **지나온** 것이죠. 매우 성적이고, 매우 육체적이면서 에로틱하고, 매우 사춘기적이에요. 뭉크와 비교하면 너무 **작고**, 너무 초라해 보이는 거죠. 멋지고 아름답긴 하지만, 딱 거기서 멈추고 마는데, 어쩌면 바로 그래서 우리가 뭉크를 끝까지 따라가게 되는 건지도 몰라요. 뭉크는 아주 오래 살았으니까요…

그녀는 전시용 그림들이 담긴 낱장의 종이를 집어 들었다.

— 예컨대 이 양배추밭은 먹혀요. 이유는 모르겠지만 말예요. 이 그림은 정말 간단해요. 기술적으로 아주 쉽죠. 그는 거의 그저 하나의 연장선인 것처럼 작업하고, 보이는 것 이상도 이하도 아닌데, 바로 그것이 우리가 바라는 거예요. 그림이 우리에게 말을 걸어오기 때문이에요. 언제나 말이죠. 그런 우아함이 있어요. 뭉크 그

림의 최대 장점은 정확히 '단순함'이고, 그가 이것을 풀어내는 방법을 알고 있다는 점이죠. 막혀 있다는 느낌이 들지 않아요. 갇혀 있지 않다는 거죠. 반면에 '막힌' 건 그가 묘사하는 대상이에요. 맞죠? 그녀가 말했다.

— 그의 유명한 작품들은 가득 차 있습니다. 그러나 가면 갈수록, 그런 가득 채움이 없는 채로 그림을 그려갑니다, 그렇다면 작품의 질은 어떻게 되는 걸까요? 내가 물었다.

— **여전히** 좋으냐, 그 말씀이세요?

— 아니요, 제 생각은 말이죠, '좋다는 게 무엇인가', '그림을 좋게 만드는 것은 무엇인가', '감정적 채움이 사라지고 나면 무엇이 남는가'입니다.

— 네, 무슨 말씀인지 알아요, 뭉크의 그림들에서 그 부분을 많이 봤어요. 그의 작품들은 아주 방대하고 그 수가 정말 많기 때문에, 그런 에너지나 그런 힘이 없는 그림들, 또는 그 자체로 별것 아닌 그림들을 찾기가 쉽죠. 그저 보라색의 축 처진 나무일 뿐이고, 있어야 할 무언가가 없는 거예요.

— 그런데 무엇이 **있어야** 하는 걸까요?

— 무언가를 만들고 있다면, 우리는 그걸 알아요. 그건 그저 막연한 느낌이 아니고, 우리가 만들고 있는 것이 좋을 때는 우리 스스로 **아는** 거예요. 그건 뭔가가 해결되었다는 것과 비슷해요. 그 그림들은 그걸 담고 있고, 그 그림들은 우리 자신을 완전히 연장시킨 것

과 마찬가지에요.

— 자유 같은 것이 그 안에 들어갈 수도 있나요? 그 그림이 그저 그려지는 무엇인가에 불과하고, 야망은 점점 줄어들고, 거의 그림만 남아 있을 때 말이에요.

— 제가 그 문제로 어려움을 겪고 있어요. 저는 항상 내용에서 저의 행위를 비워 내려고 노력합니다. 내용에다 항상 그렇게 많이 채워 넣는 것은 몹시 힘든 일이지만, 잘 표현되기만 하면, '일격'은 어쨌거나 거기에 있죠. 그림에서 내용을 비우는 것은 아주 좋은 결정일 때가 많아요. 너무 부담스럽지 않게 되는 거죠. 그리고 종종 훨씬 더 좋구나 하고, 저는 나중에야 그걸 알아요. 그림을 비우는 거죠. 그렇지만 그걸 못 하는 거예요. 그림이 충분하지 못할까봐 걱정하는 거죠. 그러다보니, 저는 제 엉덩이 속에다 제 머리를 처박고 있는 셈이죠. 하지만 그림이 다 비워졌는데도 그림이 좋다면, 그림에 뭔가가 있기 때문인 거죠. 그런 그림은 몸 속에 있는 것의 연장선이에요.

— 스티안 그뢰고르의 책을 읽어보셨나요? 그분을 아십니까, 내가 물었다.

— 나는 그 사람 싫어해요.

— 그렇군요, 알겠습니다. 그렇다면 작가께서는 반대하시는군요. 그분과 이야기를 나누었는데, 그도 뭉크에 대해 할 말이 많았고, 그도 이 후기 그림들을 훑어 보았습니다. 이 그림들이 어떤 면

에서 좋고 나쁜지 이야기를 나누었고, 그는 제가 선택한 그림들 중 다수의 약점을 지적했어요.

— 그건 효과적인 연습거리네요. 걸어다니면서 결점들을 찾는 거 말예요. 저도 많이 해 봤어요.

— 네, 하지만 시각 예술가가 아닌 저에게는 그런 관점에서 그림들이 어떻게 평가되는지, 질적 평가가 어떻게 이루어지는지를 듣는 것이 흥미롭습니다. 그렇지만 저는 글을 쓰는 사람이기는 해도, 문학에 관한 한 무엇이 좋은지는 저도 실은 모르겠습니다. 특히 제가 쓰는 글은 말이지요. 저는 거의 존재하지 않는 것에 대한 기나긴 묘사를, 길고도 공허한 묘사를 좋아합니다, 만일 그런 걸 상상하실 수 있다면요. 그렇지만 그것이 좋긴 한 건지, 혹은 얼마나 좋은지는 절대로 모릅니다. 예를 들어서, 밀도 높은 장면들이 있는 보다 심리적인 서술과 비교해서 말이죠.

— 거의 아무것도 없다고요?

— 네.

— 그런데 그게 좋다구요?

— 나름은요.

— 그렇군요. 그리고 뭉크는 이 능력을 갖췄습니다. 거기다 올려 놓고 작동시키는 능력이죠. 표현력이 아주 좋기 때문이죠. 그보다 더 어려운 건 없어요. 그림들 속에 눈에 보이는 것 외에 다른 것이 담겨 있다는 건 아니에요. 사실 아주 단순해요. 오직 극소수만이

그걸 해내죠. 오직 극소수만이 자신의 안에 그것을 갖고 있어요.

— 무엇을 갖고 있다는 말씀이죠?

— 흐름이에요.

— 흐름이라고요?

— 네, 그게 끝까지 완전히 나오게 만드는 흐름이죠. 정적인 삶에서건 불안정한 삶에서건 일어날 수 있어요. 마치 바위에 앉은 채로 꼼짝 않고도 글을 잘만 쓰던 타리에이 베소스Tarjei Vesaas처럼 말이지요. 그러고 나면, 그것이 어떻게든 우리를 찾아와요. 왜냐하면 그렇게 보는 게 좋은 방법이기 때문인데요, 그러고 나면 그 끝에서 무엇이 나오는지는 그다지 중요하지 않아요.

잠시 침묵이 흘렀고, 우리는 앞에 놓인 테이블 위의 유리잔과 접시들 사이로 그림들을 보고 있었다.

— 뭉크의 소묘 중 상당수는 꽤 공을 들였다고 생각해요. 그가 그림을 구성한 방식은, 너무나도 노골적이어서 짜증스러울 지경이죠. 아주 낭만적이에요. 건축시킨 듯 보이는데, 음악적으로 조화를 이루지는 않아요.

그녀는 폴더를 훑어보면서 고개를 저었다.

— 아니고…, 그녀가 말했다.

— 아니고… 아니고… 큰 그림의 상당수는 역시 힘들어요, 뭉크는 거기서 그것을 **해결**해야만 하기 때문이죠. 그리고 나면, 우리는 해결책을 보는 거예요. 물론 괜찮아요, 그렇지 않다고 말하는 것은

아네요, 맙소사… 저 해는 정말 멋지군요. 아니고… 아니고… 그 작품은요? 그게 뭐죠? 숲속의 벌거벗은 남자인가요? 아주 이상한 그림이군요. 그리고 뭔가 작동하지 않는 게 있어요. 그러나 분홍색 나무둥치들은 좋군요.

— 저 그림에 대해서는 어떻게 생각하세요, 나는 〈꽃에 물을 주는 소녀들〉을 고개짓으로 가리키며 말했다.

— 맙소사! 안 돼요. 정말 형편없어요. 그러나 **이건** 아주 좋아요. 훌륭하고, 환상적입니다. 1927년 작 〈세 남자Tre menn〉죠. 뭉크는 저기서 그야말로 공격을 가하고 있어요, 그렇죠. 저 밖에 서서 한바탕 격전을 벌이고 있어요. 그리고 이건 또 하나의 멋진 양배추밭이네요. 우리 엄마 말씀마따나 아무도 뭉크처럼 **양배추**를 그리지는 않죠.

— 그렇다면 뭉크 자신은 무엇을 추구하고 있었다고 생각하세요? 에켈뤼에서 이 그림들을 그리면서 말이죠.

— 자신의 삶을 무언가로 채우고 있었죠. 그 외에 그가 뭘 해야 했을까요? 실은, 제가 그렇거든요. 만일 제가 어딘가에 여행을 다녀와야 하고 뭔가 다른 일을 해야 한다면, 그리로 되돌아가는 데 사흘은 족히 걸리지만, 뭘 해야 하는지는 알아요. 아주 오랫동안 연습을 해왔기 때문이죠. 그저 견뎌야 해요. 그러고 나면 처음에는 그게 죽어 있는 거예요, 그렇죠? 꼭 나쁘다는 건 아닌데요, 영향을 받은 거죠. 그것이 다시 흐름을 시작하기 전에, 내가 스스로 그 일부가 되는 거예요. 그리고 그것만이 유일한 최적의 장소이죠. 실은 말

이죠. 예술은 치유 프로젝트가 아니에요. 적어도 저한테는 아니에요. 예술은 내가 치유적인 것에서 벗어나 자유로워지고 다른 것을 할 수 있는 하나의 수단입니다. 그것은 별개의 장소죠. 달리 아무것도 아니에요. 그래서 뭉크 같은 노인이 그렇게 한 것이 저한테는 이상하지가 않아요. 뭉크가 달리 무엇을 해야 했을까요? 그건 세상에서의 존재 방식이기 때문에, 가능한 일이에요. 그게 없이는 극도로 공허해질 수 있죠.

— 그리고 뭉크는 그렇게 할 수 있을 여지를 마련했죠, 아닌가요, 그에게는 아이가 없었고…

— 대학에 다닐 때, 아이를 갖는 것은 아주 어리석은 일이라는 말을 항상 들어야 했어요. 아이를 갖지 말아야 한다는 말들이 많았어요. 아이가 인생에 장애물이 된다고요. 나는 그 말에 전혀 동의하지 않아요. 마치 자기가 자기 길을 막아설 수 있다는 것처럼요. 하지만 동시대 미술에는 아이의 부재가 현저하죠. 그 문제는 어떻게 다뤄야 할까요? 본인에게 아이가 있다면요? 아이들은 있어야 해요, 그렇지 않나요? 첫아이를 낳았을 때 아이들과 함께 전시를 열었는데, 왜냐하면 당시의 제 삶에서 아이가 그만큼 막대한 몫을 차지했기 때문이에요. 처음에는 힘들었는데, 시간이 지나고 나니 쉬워졌지요. 딸아이가 정말 사랑스러워서, 그저 아이를 보고 또 봐야만 했죠. 아이는 제 작업대 옆에서, 그리고 작업대 위에서, 또 아래에서 누워 있었고, 결국 하나의 커다란 전시가 되었어요. 아이가 예술가

에게는 방해물일 것이라고들 하는데, 그건 이상한 태도예요. 마치 자기 몸의 특정 부위를 만져서는 안 된다는 것처럼요. 그리고 아마도 사람들은 뭉크에 대해서도 그런 생각이었던 것 같아요. 그는 완전히 헌신적인 사람이었다는 거죠. 우리는 그를 위해서 어떻게든 포기하고, 희생을 해야한다는 것이구요. 하지만 예술은 그런 게 아니에요! 우리는 그 속에 의미를 쑤셔넣고 그것을 어떤 가능한 장소로 만들어야 해요. 아마도 시간이 지나면 의미조차도 부여하지 않을지도 모르죠. 아니면 아마도 의미만큼은 필요할지도요. 모르겠어요. 나는 의미가 무엇인지 모르겠어요. 그것이 언제나 문제였어요. 무언가를 이야기한다는 것 말이죠. 그것은 문학적인 프로젝트로 여겨지기 때문이에요. 2000년대에 들어서서도 그것은 엄청난 문제였어요. 저는 열일곱 살 때 국립 미술 대학교에 입학해서 2년 반 동안 다녔어요. 그러다가 쫓겨났고, 영국으로 건너가서 그곳에서 미술 대학을 다녔죠. 1980년대에 오슬로로 다시 돌아왔을 때는, 예술에 내용이 담겨 있으면, 그건 문제였어요. 내 생각에 그들이 뜻했던 건 자신으로부터 멀리 떨어져 있어야 한다는 거였어요. 당시 노르웨이 미술계 전체의 관건은 추상과 형태와의 관계였어요. 그들은 마치 색에 고유한 가치 같은 것들이 있다는 듯이 색에 관해 떠들어 댔죠. 그들이 미술에 관해 이야기하는 방식이자 미술을 보는 방식은 추상적이었고, 또 우리가 어떤 경우든 절대 고려하지 않아야 했던 것은 '인지 가능성recognisability'이었어요. 그리고 우리가 그린 것이 우리 '자아'의 일부여서는 절대 안 되는 거예요. 그렇다면 뭘 하죠? 그때는 제가 정말 고군분투했던 시절이었고, 그림을 그리고 싶은 마음이 들지 않았던 상황이었어요.

— 왜 쫓겨났나요?

— 내가 열심히 하지 않아서라기보다는 내 프로젝트, 즉 내가 정말로 하려고 했던 일에 대해 서로 의견이 맞지 않아서였어요. 사실 나는 어렸기 때문에, 내가 하고 있던 일이 불분명했어요. 열일곱 살이었죠. 분노와 좌절, 섹스과 공포 등 모든 걸 겪었어요. 하지만 영국으로 떠났다는 대화로 돌아가자면요, 거기서는 내가 시도했던 것이 전통의 일부였고, 거기서는 이를 위한 언어를 가지고 있었고, 이에 대해 이야기했고, 찾아오는 평론가들이 있었는데, 그건 이곳에서는 거의 불가능했거든요, 그런 뒤에 이렇게 거리를 둔 데다가 거의 완전히 추상적인 대화로 돌아온다는 게 힘들었어요. 제 얘기는요, 사람들이 떠들어대는 건 이해할 수 있었지만, 무언가를 시각적으로 어떻게 표현해야 하는지에 관해서는 동의하지 못했다는 거예요. 규칙이 아주 엄격했어요. '문학적'이라는 단어는 욕이 되어버렸고, 그림은 문학적이 되는 순간 문제가 되어 버렸어요. 게르하르트 리히터Gerhard Richter처럼 그림을 그려도 됐어요. 위대하고도 중요한 독일 화가들처럼 그림을 그려도 됐어요. 그건 환상적이었지만, 개인적인 것은 아무것도 그림 속에 가져올 수가 없었고, 그림이 사적이어서는 안 되었는데, 그것이 그 사람들에게는 큰 관심사였던

거예요. 그것은 거의 만트라였어요. 아니, 거의가 아니라 바로 만트라였죠. 그뢰고르도 그중 한 사람이었어요. 그뢰고르는 이것에 몹시도 까다로웠어요. 그런 사람들이 많았어요. 자신들이 길이요 빛이라고 참칭했던 교수들 말예요. 그들은 독일에 심하게 경도되어 있었죠. 그렇지만 그들은 책을 읽지는 않았어요. 글쎄요, 아마 헤겔이니 그런 책들은 읽었겠죠. 맞아요, 읽었어요. 그들은 배후에 놓여 있는 것에 연결시켰어요. 거기 어둠 속, 마치 그림이 다른 장소인 것처럼요. 그렇지만 그건 물리적 삶과는 아무 상관이 없었어요. 불가능한 대화였어요. 그건 내가 거기 있었던 이유가 아니었어요. 나는 예술은 연장선의 하나여야 한다고 생각했어요.

— 본인이 문제라고 생각하셨나요?

— 네, 그럼요. 물론이죠. 그러나 나한테는 여전히 진행 중이던 프로젝트가 있었는데, 어렸을 때부터 해 왔던 프로젝트였어요. 정말 줄곧이었습니다. 그것은 어떻게 보면 어떤 별개의 장소였습니다. 그러나 그것을 위한 여지가 없었기 때문에 복잡했습니다. 그 모든 시간 동안, 나는 그 내적 압박을 억눌러야 했어요. 맞아요, 없애야 했던 거죠. 어떻게 그렇게 할까요? 추상이 나한테는 자연스럽게 다가오지 않고, 나는 그중 아무것도 인지하지 못하고, 거기에는 아무런 목적도 없었어요. 온갖 것이 나한테서 그저 쏟아져 나올 뿐이었어요. 끔찍했어요. 공포였죠. 추악한 시기였구요. 그러고 나서 페르 잉에 비엘루Per Inge Bjørlo가 왔고, 우리를 구해 주었죠. 그리고 라

슈 빌크스Lars Vilks가 왔고요. 놀라운 사람이죠. 엄청나게 자상한 사람이기도 해요. 무슨 왕자님처럼 나타나서 우리를 구해 냈어요. 못난이 왕자님이랄까요.

— 그가 무엇을 했나요?

— 우리와 대화를 했어요. 이야기를 나누었어요.

— 그렇다면 그런 요구사항을 충족시켰던 예술가들은 누구였습니까? 당시에 좋다고 여겨진 사람들은 누군가요?

— 음, 최고는 아마도 보르 브레이비크Bård Brevik였을 거예요. 톰 산드베르그Tom Sandberg는 괴짜에 더 가까왔고요. 아코 돌벤A. K. Dolven도 있었어요. 그 사람들이 전 분야를 주도했는데, 사실 그것이 안도가 됐어요. 나는 준비가 전혀 안 된 상태였기 때문이죠. 나는 데뷔도 하고 싶지 않았고, 부족할까 봐 언제나 불안했어요. 제 첫 번째 전시는 베르겐을 온통 꽉 채웠지요. 베르겐 미술관에서 열렸어요. 그런데 그 전시에 대해 단 한 마디도 쓰여지지 않았죠. 이렇게 크고 성대한 데뷔에, 침묵 말고는 아무것도 따라오지 않았던 거예요. 죽은 듯이 조용했죠. 전시한 그림만 이백이십팔 점이었어요. 정말 대규모였어요. 베르겐을 송두리째 도배했죠. 그런데 아무도 보지 않았던 거예요.

• • •

두 사람과 헤어진 뒤 식당에서 호텔로 걸어가면서 들었던 생각은 온통, 전시에 나올 작품 중 상당수에 대해 바네사 베어드가 아주 부정적이었다는 사실이었다. 그녀가 그 그림들에 대해 나쁘다, 미약하다, 창피하다, 형편없다 등의 단어를 사용했고 게다가 자주 웃어서 경멸하는 것 같다는 느낌도 들었다. 이튿날 아침에는 작품 선정에 대한 수치심과 불안감으로 가득 차서 침대를 빠져나오지도 못할 지경이었다. 작가의 한 사람으로서, 글을 쓰는 실제 순간의 필수적인 전제 조건은 다른 사람들이 무슨 생각을 할지를 무시할 수 있을 것과, 자신, 즉 자신의 생각들과 결국 페이지 위에 스스로 모습을 드러내는 것 말고는 온전히 혼자여야 한다는 것이다. 왜냐하면, 그것은 글을 쓰기 시작하기 전에 있는 (들뢰즈의 '회화 이전의 그림'에 해당하는) 우리 자신이 지닌 관념의 일종일 뿐만 아니라 다른 사람들이 그 관념에 대해 생각할지도 모르는 것들로서 우리 자신에게도 영향을 미치기에, 그에 맞서 싸워야만 하는 것이기 때문이다. 어제와 오늘, 베어드와의 대화를 녹취록으로 만드는 동안, 나는 바로 그것이 베어드가 **진정으로** 토로하고 있었던 것임을 깨달았다. 미술은 무엇이며, 무엇이어야 하는지에 대한 주변의 기대와 우리가 만드는 예술 사이의 차이였던 것이다. 그녀는, 추상을 추구하고 미술을 미술가와 근본적으로 별개의 것으로 여기는 미술계에 자신의 내면에 있는 것을 가져왔다. 그녀는 아이들을 가진 데다, 그 경험을 자신의 예술에 가져왔지만, 만일 그것이 전례가 없는 것이 아니라면 그것은 잘못된 것이라고 여겨졌던 것이다. 미술에 대한 그녀의 핵심어는 '연장성extension'이었다. 이러한 갈등은 베어드가 미술 공부를 시작하기 거의 백 년 전인 1885년에 뭉크가 겪었던 갈등과도 비슷했는데, 뭉크 역시 자신의 경험을 당대의 미술에 도입하려고 했지만 당대의 미술은 뭉크의 내면에 있던 것과 전혀 일치하지 않았던 것이다. '미술은 어떻게 연장선extention으로 작용할 수 있는가?'라는 질문이 뭉크가 당시 직면했던 문제를 설명하는 하나의 방법이 되겠다.

우리가 크리스마스를 앞두고 식당에 앉아 이야기를 나누었을 때에는 내가 어떻게 그 말을 놓쳤던 것일까?

나는 나 자신을 이 전시와 (작품 그 자체로서가 아니라, 작품이 무엇을 상징하는가로) 그만큼이나 동일시한 나머지 이 전시가 어떻게 평가될지에 대한 불안감으로 가득했다. 전시가 약하다는 평가를 받는다면 창피스러울 터였고, 나는 내가 하는 일이 뭔지도 모르는 사람이었다는 사실도, 미술관측이 미술관을 통째로 얼간이한테 넘겼다는 사실도 드러날 터였다. 전시가 좋았다고 평가를 받는다면, 나는 마치 아무 일도 없었다는 듯이 다른 일을 계속할 수도 있을 터였다. 곰곰히 생각해보면 나한테는 그것이야말로 그리고르와, 또 베어드와 나눈 대화가 다루었던 내용이었다. 나 자신이 그림들에 대해 가졌던 진정한 생각이나, 그 그림들이 어떤 그림들이라고 여겼던 생각은 그만 상관이 없어지고 말았고, 그 생각은 그저 바람 속에 휘날리고 바다를 떠다니고 있었다.

이는 진실성integrity과 정반대요, 또한 정확히, 예술 행위란 다른 방식으로는 말해지거나 행해질 수 없는 것을 추구하는 것이고, 이는 다른 사람들의 생각과 의견을 무시하는 것이며, 그것들로부터 완전히 독립적인 것이기 때문에, 예술 행위와도 정반대였다. 만일 뭉크가 다른 사람들이 어떻게 생각할지를 무시하지 않았다면, 〈절규〉, 〈잿더미〉, 더욱이 〈느릅나무 숲의 봄〉은 그릴 수 없었을 것이다. 그가 불어오는 바람에 주의를 기울였다면, 그는 노르웨이의 동시대 다른 화가들이 했던 것처럼 죽을 때까지 〈아침〉과 그 연작들을 그렸을 것이다. 그는 위험을 감수해야 했고, 불확실한 것에 도전해야 했으며, 여기에는 조롱과 창피를 당할 위험이 따랐다. 이 위험이 대수롭지 않게 들리지만, 만일 여기서 이야기되고 있는 것이 바로 우리의 정신이라면 그렇지 않다. 바로 그래서 수치심과 의심은 예술가라는 직업의 일부를 차지하지만, 예술 작품의 일부는 아닌 것이다. 예술 작품은 의심이 없고 뻔뻔해야 한다. 의심과 수치심은 사회적 메커니즘이며, 경계가 침범당했을 때, 즉 해서는 안 될 행동이나 말을 했을 때 작동하게 된다. 예술은 경계를 넘나들면서 생명력을 유지하며, 집단적으로 결정된 것 너머로, 모두가 보고 생각하기로 동의한 것 너머로 나아가면서 생명력을 유지한다. 그 제재 수단은 수치심shame이지만, 이 수단이 적용되기 위해서는 먼저 뻔뻔함 shamelessness이 선행되어야 한다. 뭉크의 그림에 대한 반응이 초기에 그렇게 강렬했던 것도, 〈병든 아이〉가 전시되었을 때의 가장 흔한 반응이 그 앞에 선 사람들의 비웃음이었다는 것도 그림이 어떻게 평가될지에 대한 생각이 없이 뻔뻔하게, 전적으로 그 고유의 방식으로 그려졌기 때문이었다. 뭉크에게 이 그림은 열다섯 살에 세상을 떠난 사랑하는 누나에 관한 것이었으며, 그 아픔과 감정들을 그림에 고스란히 담아내려는 시도였다. 일단 누군가가 웃기 시작하면, 그 다음 사람이 따라 웃는 것은 쉽다. 누가 실패하는 것이 늘 우스운 것은 아니라 해도, 의도와 결과 사이의 차이가 너무 클 때(바로 그것이 모두가 본 것으로, 서툴고 아마추어적인 방식으로 실현되어 있었던, 숭고하고 장엄한 것을 담은 형식과 모티프)는 우스꽝스럽기 때문이다. 그들은 가식을 보았고, 자신이 실제보다 더 대단하다고 생각하는 사람을 보았으며, 바로 그점을 비웃었던 것이다. '저것 봐, 임금님이 벌거벗었어!'라고 그들은 소리쳤다. 임금님이 실은 바로 그 알몸에 도달하려고 노력하고 있었다는 것은 그들이 한 번도 본 적 없는 그림을 이해하기 위한 전제 조건이었지만, 그들에게 결여되어 있었다. 또한, 실패한 가식을 떠들썩하게 비웃는 것은 구미가 당기는 일이다.

요컨대, 뭉크가 획기적인 발전을 이루었을 당시 뭉크의 작품은 불확실했고, 뭉크의 작품을 평가할 척도가 (변방인 크리스티아니아에서는) 없었으며, 그 우수성을 판단하기 위해 적용할 만큼 확립된 기준이 없었다는 것이다. 그리고 그때야말로 작품이 가장 흥미로울 때로서, 아직 인정을 받기 전이고 아직 아무것도 결정되기 전이다. 그때 그것을 긍정적으로 평가하기 위해서는 그것을 창작하는 작가에게만큼이나 그 비평가들에게도 진실성이 요구된다. 바로 그래서 당시 크리스티아니아에서 뭉크를 조롱하고 모욕하지 않은 거의 유일한 사람들은 크로그, 타울로브, 그리고 옵스트펠데르와 같은 다른 화가들과 작가들뿐이었다.

오늘날인 2017년에는 뭉크의 위대함을 지적하는 일은 당연히 아무런 대단한 일도 아니며, 그의 그림들에 대해서는 더 이상 논란의 여지가 없다. 바로 그래서 뭉크 미술관에서 열린 비아네 멜고르Bjarne Melgaard의 전시가 그만큼 흥미로웠던 것이다. 멜고르는 세계 무대에서 인정받는 작가임에도 불구하고, 그의 그림들은 몹시도 추하고, 유치하며, 도발하듯 어리석고, 폭력적이고, 공격적이며, 뻔뻔하기 때문에 추앙받는 뭉크의 그림들과 만나면 그 그림들의 가치와 수준에 대한 의문에 무게감이 더해진다. 이것이 정말 예술인가? 이것이 중요하기나 한가? 도발에 불과하지 않은가? 그냥 낙서일 뿐이지! 지금부터 오십 년 후 멜고르가 어떤 평가를 받을지는 알 수 없는 일이다. 그의 그림들은 뉴욕 굴지의 갤러리들로부터 어마어마한 가격에 팔렸고 이를 이해하지 못하는 모든 사람을 웃음거리로 만들고 있기 때문에 그를 위대한 예술가라고 말하는 것은 가장 안전한 방법이다. 하지만, 지금 우리가 우리 스스로에게 정말 솔직하다면, 그것은 과연 예술인가?

물론 이는 그렇게 단순하지 않다. 멜고르는 단순히 부르주아무리에 맞선 예술가로서의 뭉크의 역할에 발을 들여놓은 것이 아니다. 왜냐하면 뭉크도 그 일원이었던 모더니즘의 혁신 이후에는 못 배우고, 일그러지고, 거칠고, 미완성인 것이 예술에 거는 기대치가 되었기에, 멜고르는 예술 패러다임에 의해 형성된 평론가들과 화랑가의 공생관계 속에서 특정 언어를 유지, 확인하고 있기 때문이다. 1880년대와 1890년대에 일어났던 급진적인 변화가 또다시 일어날 것이라고 상상하기도 어렵지만, 1850년대에 살았던 사람들이 낡은 예술 패러다임이 곧 무너질 것이라고 예측하는 것 역시 불가능했다.

내가 직접 만들지도 않았고 그저 선별만 했을 뿐인, 아마도 좋은 작품이라고 여겨지지 못할 그림 몇 점에 대한 수치심과 몇몇 비판적인 목소리가 내 안에서 만들어낸 줏대 없는 두려움은, 사회적인 메커니즘의 힘이 얼마나 강력한지, 이 메커니즘들이 어떻게 모든 것을 합의라는 경로로 들어가도록 강제하는지, 이 메커니즘에 반대하는 것뿐만 아니라 그 안에서 (큐레이터로서가 아니라, 왜냐하면, 그건 아무것도 아니고, 그야말로 아무것도 없음이자, 영0이며, 무無이기 때문에) 한 명의 예술가로서 작업하는 데 치러야 하는 대가가 무엇인지, 우리가 '붓'을 들기도 전에 과연 어떤 힘들이 존재하고 있는지에 대한 하나의 지표로 작용한다.

아마도 바네사 베어드가 뭉크의 작품들에 관해 이야기하면서 주로

의미했던 것은, 그 작품들의 비신화화요, 그에 따른 예술 일반의 비신화화였던 것 같다. 예술은 중요하지만, 위대할 것은 아무것도 없으며, 격상시킬 이유도, 높은 차원의 존재로 만들 이유도 없다. 뭉크의 작품에서 본질적인 것은 우리가 우리 자신을 그 속에서 발견한다는 점, 즉 그것이 우리와 비슷하다는 점이다. 그리고 우리가 발견한다는 사실이 조금은 창피하다. 왜냐하면, 어쩌면 정확히는, 너무 흔하기 때문이고, 교회같은 느낌과 그 느낌이 부여한 성스러운 지위와는 걸맞지 않기 때문일 것이다. 질투는 대단히 고상한 감정이 아니라 사소하고 어리석고 보잘것없는 감정이다. 멜랑콜리라는 세상에 지친 그 감성은 고립되어 존재하는 것이 아니라, 껍질이 벗겨지고 있는 감자들과 껍질이 벗겨진 뒤에 그 감자들이 들어설 싱크대를 가득 채우는 희미한 노란 불빛, 잔디밭을 뛰어가면 꼭 굴러다니는 털실 뭉치처럼 보이는 겨울 털로 덮인 고양이, 배경에서 전혀 중요하지 않은 것을 떠들고 있는 라디오 소리, 집안 어딘가에서 난데없이 서로에게 소리를 질러대는 아이들 옆에서 존재한다. 그리고 〈절규〉가 재현하는 '정신 붕괴'는 그저 끔찍하고도 끔찍할 따름이다.

— 나는 예술가들과 잘 어울려 다니지 않아요, 바네사가 말을 이어갔다.

— 그러다가 일이 꼬이는 거예요. 어울려 다니는 게 그렇게도 중요해지고, 모든 게 너무너무 중요해지는 거죠. 너무나 흥미로운

걸, 이라고들 호들갑이죠. 모든 게 그렇게나 흥미로운 거예요. 그러면 나는 생각하죠, '지옥에나 가 버리라고, 그건 아니야!' 하고요. 예술은 사물을 바라보는 방식이자 존재 방식이고, 우리는 어떤 선택들을 하고, 일상 속으로 의미들을 조금씩 쑤셔넣고, 그리고 하루하루가 지나가는 거예요. 왜냐하면요, 이따금씩은 따분해지기도 하니까요. 우리가 항상 그렇게 XX 멋진 시간만 보내는 건 아니거든요.

3장

지금까지 내가 본 영화의 시작 장면 중에서 그 으뜸은 유아킴 트리에르의 두 번째 장편 영화인 〈오슬로, 8월 31일〉의 도입부이다. 이보다 더 간결할 수가 없는데, 1970년대와 80년대의 오슬로의 생생한 이미지들로, 그중 일부는 텅 빈 새벽 거리이고, 다른 일부는 여름에 오슬로를 달리는 차 안에서 촬영한 것으로 공공 수영장, 공원, 해변을 희끗희끗 보여 주면서 이 도시에 대한 기억을 이야기하는 각기 다른 목소리들이 이어진다. 모든 문장이 '나는 기억한다'로 시작한다. 모두, 우리가 모르긴 해도 알아볼 수는 있는 인물들의 사적인 기억들이고, 누구에게나 그런 기억들은 있다. 이 몽타주는 하나의 거대한 집단성을 엮어 낸다. 왜냐하면 이를 통해 우리는 도시 전체가 사람들로 가득하며, 그들 모두가 시간과 공간을 넘나드는 기억으로 가득하다는 점을 깨닫게 되기 때문이다. 내가 이 시작 장면을 볼 때마다 뭉클하는 것은 단지 향수(그 장면들이 기억 속에서만 존재하는 도시를 보여 준다는) 때문만이 아니라, 내가 그 집단성, 그 공동의 공간에 소속되고 싶다는 강력한 동경심을 느끼기 때문이다.

이 말은 이상하게 들릴 수도 있다. 왜냐하면 우리 모두가 다 그렇듯, 나 역시 그 공간에 속해 있고, 세상 사람이라면 누구라도 어느 도시나 장소에 대해 각자의 기억을 연결시킬 수 있으며, 이 기억들은 타인의 기억들과 뒤얽혀 있기 때문이다. 그러나 그 공간은 추상적이며 결코 도달할 수 없고, 언제나 구체적인 상황들 속에 간혀 있는 개개인으로 이루어져 있으며, 우리가 연결되거나, 받아들이거나, 혹은 그 밖에서 머물러야만 하는 것은 바로 이러한 상황들이다. 영화는 바로 이에 관한 것으로 이어지고, 우리는 도시 전체가 아닌, 이 도시 유일의 한 젊고 재능있는 남자가 하루 동안 다양한 사람들을 만나는 것을 지켜본다. 몇몇은 그에게 남다른 의미가 있는 사람들이고, 몇몇은 우연히 마주치는 사람들이다. 그들 모두의 공통점은 그를 축복한다는 점인데, 그는 말하자면 사랑에 에워싸여 있지만 그 사랑을 받아들일 수가 없고, 사랑은 그에게서 떨어져 나가며, 긴 낮과 밤이 지나고 나면 그는 영화가 시작되었을 때와 똑같은 모습이다. 그는 약물 중독자이고, 이제 막 재활 기관의 회복 프로그램에서 나왔다. 영화는 이른 아침 아파트에서 그가 혼자서 주사를 놓는 장면으로 끝나고, 그 뒤로 지난 스물네 시간 동안 그가 방문했었지만 지금은 인적이 없는 모든 장소들이 역순으로 펼쳐진다. 이제, 그곳에서 일어난 일은 그저 다른 모든 기억들 중 또 하나의 기억에 불과하다.

우리는 그의 내면, 그의 생각이나 감정에 대해 거의 아무것도 알 수 없으며, 중요한 것은 그가 주변 사람들에게서 끌어내는 반응들이다. 도스토옙스키의 《백치》(1868)가 주인공 자신 보다는 주인공에 대한 반응들에 관해서였던 것과 유사한 방식으로, 주인공은 바뀌지 않으며, 오히려 정반대로 변함없이 외향적이고 사랑스럽다. 그러나 영화의 마지막 오 분간의, 그가 텅 빈 아파트의 피아노에 앉아 연주를 시작하던, 스스로에게 헤로인 주사를 놓고 침대에 쓰러지기 바로 직전의 그때는 얼핏 그의 내면이 우리에게 노출된 것만 같다.

서술을 한다는 것은 이미 진실과, 즉 있는 그대로의 현실과 타협하는 것이며, 이 역시 언제나 효과와 원인을 조작하고 계산하고 측정한다는 예술의 역할로 존재해 왔으며, 이러한 조작이 영화에서보다 더 큰 곳은 없는데, 바로 그 때문에 영화는 순수 예술에서 제대로 평가받지 못하는지도 모른다. 영화는 집단적인 관념에 대해 훨씬 자유롭지 못하며, 그 관념은 우리가 현실이라고 착각하는 현실에 대한 언어요, 가장 단순한 형태로 나타날 때 우리가 '클리셰'라고 부르는 것이며, 확장된 의미에서 수사학적 개념인 **독사**에 속한다. 영화는 대체로 긍정적affirmative이고, 아마도 그것이 공동체 의식을 구축한다는, 영화의 진정한 역할일 것이다. 어쨌거나 우리는 영화관에서 다른 사람들과 함께 영화를 보며, 이는 영화의 정체성에 있어서 중요한 요소이다.

그러나 영화는 다른 방식이었다면 볼 수 없거나 다른 방식으로는 보여진 적이 없는 것을 보여줄 수 있고, 개별 이미지가 아니라 시퀀스를 통해 보여줌으로써 시간과 함께, 변화하고 있는 것과 함께 작용하며, 생겨나고 있는 것을 향해 작용한다.

영화는 관객에게 직접 말을 거는 장르이고, 영화의 주제는 서술에 매우 의존적이어서 서술로 인해 거의 언제나 공허해진다는 바로 그 이유에서, 나는 유아킴 트리에르를 매우 존경한다. 그는 공허하지 않은 무언가를 만드는 데 성공하며, 단순하고 인간적이며 감정적으로 강력한 무언가에 도달한다. 의미는 바로 거기에서 나오기 시작한다.

〈오슬로, 8월 31일〉은 우리 모두가 가지고 있는 집단적인 기억에서 시작하지만, 영화의 나머지 부분은 공동체와 타자에 대한 거부를 다루고 있다. 우리는 주인공과 우리를 동일시하는 데 아무런 문제가 없다. 우리 모두가 그가 구현하고 있는 갈등을 알고 있기 때문이다. 이 영화 속 인물은 모든 것을 꿰뚫어 보며, 그의 주변에서 일어나는 모든 일은 그저 빈말이요 허튼소리이고 뻔함일 뿐이다. 실은 바로 그렇다. 사회 생활은 빈말에 허튼소리에 뻔함일 뿐이지만 그래도 그것이 우리가 삶을 살아가는 곳이며, 그것에 등을 돌리거나 그것을 받아들이지 못하는 것은 치명적일 수도 있다.

이 영화는 '주는 사람들'과 '받아들이지 않는 그'라는 두 가지 관점을 통해 바로 이 문제를 줄곧 효과적으로 보여주고 있다는 점에서, 나는 이를 중요한 예술 작품으로 평가한다. 비록 이 영화는 뭉크의 작품들과 백 년이라는 시차가 있고, 다른 세상에서 펼쳐질 뿐만 아니라, 완전히 다른 예술 형식을 대표하기 때문에 서로 직접적인 유사점은 없다지만, 뭉크의 작품에서도 근본적인 것은, 그림 표면의 요소들을 축약하거나 형태를 단순화하거나 색을 거칠게 사용하는 것이 아니라, 세상 속에서 인간으로 존재한다는 것이 무엇을 의미하는지를 전달하는 것이다. 뭉크는 자신의 내면을 탐구함으로써 만인의 내면을 탐구했고, 그가 표현했던 감정은 곧 만인의 감정이었다. 뭉크의 주요 주제 중 하나는 자기 안에 갇혀 있는 사람이자 세상을 차단한 사람이었다. 그것은 〈멜랑콜리〉에서 고개를 숙이고 앉아있는 남자, 〈잿더미〉에서 고개를 숙이고 앉아있는 남자, 〈세 단계의 여인〉에서 고개를 숙이고 서 있는 남자, 〈질투〉에서 사랑에 빠진 커플을 뒤에 두고 우리를 똑바로 응시하는 남자였으며, 또한 〈병든 아이〉에서 고개를 숙이고 앉아있는 여자였고, 병실에 서 있던, 각자 자신만의 분리된 공간에 홀로 있던 사람들이었다.

오슬로의 8월 31일과 크리스티아니아의 8월 31일 사이의 거리는 멀다. 그러나 뭉크의 가장 신비로운 그림인 〈잿더미〉 속의 남자가 일어나서 숲을 빠져 나와 오슬로로 걸어가면서 마주치는 삶이자 그가 뿌리치는 삶이, 우리의 삶이고, 우리의 대화이고, 우리의 파티이며, 우리의 야간 물놀이이며, 그가 앉아서 피아노를 치는 아파트가 우리의 아파트라는 생각은 환상적이지 않은가 한다.

이것이 가능한 것은, 단지 우리의 표현 방식만이 변할 뿐 감정은 결코 변하지 않기 때문이다. 감정을 시각적으로 어떻게 재현할 것인가와 기억을 시각적으로 어떻게 재현할 것인가는 유아킴 트리에르 역시 다루고 있는 문제들이다.

• • •

나는 유아킴 트리에르를 뉴욕에서 처음으로 만났다. 우리는 한 행사에 함께 참여해 영화와 문학에서의 장소와 기억에 대한 이야기를 하기로 되어 있었고, 같은 날 그가 묵는 호텔 식당에서 아침을 먹으며 만나기로 했다. 나는 그가 나보다 두어 살 아래로, 언제나 인터뷰를 잘하며, 한때 노르웨이 스케이트보드 챔피언이었고, 스케이트보드 동영상이 그가 영화에 입문한 계기였다는 것 말고는 그에 대해서 거의 몰랐다. 그는 문단과 예술계에서는 보기 드물, 친절하고 사교적인 사람으로 정평이 나 있었다.

우리는 자리를 잡고 커피와 아침 식사를 주문했다.

— 선생께 비밀을 하나 말씀드리고 싶군요. 거의 아무도 모르는 비밀이에요, 그가 말했다.

곧 그는, 들락날락하는 모든 사람들, 잡담 소리, 사람들의 표정, 웃음 소리, 컵과 수저의 달그닥거리는 소리 등등 우리 주변에서 일어나고 있던 모든 일을 일절 사라지게 만들었던 이야기 하나를 들려주었다. 그의 안에는 불이 활활 타오르고 있었고, 어떤 형식으로든 우리가 대응할 수 없을 진솔함과 자기 탐색에 대한 의지가 있었다.

그날 오후 무대 위에서의 그는 극히 명료하고 활기차고 유쾌했으며, 그날 저녁 바에서 친구들에게 둘러싸였을 때의 그는 편하고 가벼운 마음으로 친구들과 그들의 이야기에 귀기울이는 모습이었다.

뭉크 미술관에서 전시를 준비하면서 영상물에 대한 계획 역시 거론되었다. 처음에는 이 책에 글을 쓰기 위한 목적으로, 뭉크가 살았던 장소들인 오스고슈트란, 크라게뢰, 에켈뤼를 비롯해서 어쩌면 베를린, 튀링겐까지도 가 보는 것을 생각했었고, 물론 내가 휴대전화로 동영상을 조금 찍어서 지금의 모습 그대로 집과 풍경을 촬영하고, 어딘가의 스튜디오에서 뭉크의 그림들에 대해 조금 이야기하고, 그것을 뭉크 자신의 영상 자료 및 당시의 다른 자료와 함께 소박하고 겉치레 없이 편집할 수도 있었다.

뉴욕에서 집으로 돌아와서, 나와 함께 작업하겠냐고 유아킴에게 물어볼 수도 있겠다는 생각이 문득 들었다. 그는 함께 작업하고 싶지만, 새 영화를 작업 중이고, 지금은 사전 제작 단계에 있으며, 가을에 촬영하고 겨울과 봄 내내 편집할 예정이어서 시간이 정말 없다고 말했다. 그러나 그는 동생 에밀이 다큐멘터리 감독이며, 아마 그가 할 수 있을 것이고, 촬영하는 동안 자신이 잠시 합류할 수 있을지도 모른다고 말했다.

• • •

나는 약 반년 후 오슬로 중앙역에서 에밀과 유아킴의 차에 올랐고, 우리는 비네렌에 있는 빌라 스테네센으로 향했다.

차 안에서 두 사람은 자신들의 할머니가 1940년대에 오슬로에서 미술사를 공부했고, 뭉크가 세상을 떠났을 때 다른 미술사 전공 학생들과 함께 에켈뤼 집 청소를 맡았다고 말했다. 그래서 그녀는 거기에서, 그 모든 그림들과 판화들 속에서, 뭉크가 남기고 떠난 혼란을 경험했던 것이다.

— 할머님과 그 일에 대해 이야기를 해 본 적이 있나요, 내가 물었다.

— 시도는 했었어요. 그러나 더 이상 기억을 많이 못하세요. 이제 나이가 많이 드셨거든요, 에밀이 말했다.

— 여하튼 영화에 넣으면 좋았을 텐데요. 목격자의 진술로 말이죠. 할머님은 아무것도 기억하지 못하시나요?

— 아쉽게도 거의 못 하세요.

스테네센의 전기에 따르면 뭉크는 1944년 1월 23일 저녁 여섯 시경에 조용히 세상을 떠났다. 그는 크리스마스를 앞두고 기관지염에 걸렸었는데, 시내에서 들려온 큰 폭발음을 들은 후 몇 시간 동안 얇은 옷차림으로 계단에 앉아있었던 뒤였다. 당시 독일 선박 폭파 사건이 있었고, 부두에서도 폭발물이 터져서 수백 명이 사망했다. 멀리 떨어진 뭉크의 에켈뤼 집 유리창까지 산산조각이 났고, 가사도우미가 뭉크를 대피시켰지만, 그는 그곳에서 기관지염에 걸려 아주 쇠약해졌고 한 달 후 죽음을 맞이했다.

수 프리도의 평전에 따르면, 뭉크는 생애 마지막날 오후에 침대에서 도스토옙스키의 《악령》을 읽고 있었다. 장례식은 크비슬링(주: 나치 독일 점령하 노르웨이에서 괴뢰정부 수반을 맡았던 극우 정치인) 세력에 의해 이용당했는데, 여동생 잉에르가 막아 보려고 노력은 했지만 역부족이었고, 당시 사진을 보면 뭉크의 관은 나치의 상징인 하켄크로이츠로 장식된 화환으로 덮여 있다. 뭉크 자신은 독일 측의 모든 접촉 시도를 거부했으며, 스테네센은 전쟁 중 크누트 함순의 아들인 화가이자 작가 투레 함순Tore Hamsun이 에켈뤼로 찾아와 뭉크에게 크리스티안 신딩Christian Sinding, 구스타브 비겔란Gustav Vigeland과 함께 자신의 아버지와 '명예 예술 위원회'에 참여해 달라고 부탁했다는 놀라운 이야기를 들려준다. 스테네센은 투레 함순과 뭉크가 주고받은 대화를 다음과 같이 진술한다.

— 저희 아버지께서는 선생님의 위원회 참여 수락을 간청하셨습니다. 다른 이유가 아니라면, 적어도 우정을 위해서라도 부탁드립니다.

— 우정을 위해서? 당신 아버지가 내 친구요?

— 아버지께서는 선생님을 북유럽에서 가장 위대한 화가라고 생각하십니다.

— 그렇구먼. 그 양반이 내가 그린 그림을 하나라도 갖고 있소? 미처 몰랐소. 어떤 그림들이 있소?

투레 함순은 얼굴을 붉혔다. 크누트 함순에게는 뭉크의 작품이 없었다.

— 그 양반은 내 그림을 살 만한 재력이 없나 보구려, 뭉크가 조롱했다.

'명예 예술 위원회'는 실현되지 않았다. 그 누구도 뭉크를 설득할 수는 없었다. [12]

이 일화에 웃음을 참기란 힘들다. 특히 크누트 함순이 뭉크만큼이나 나이가 들었고, 고집스러웠으며, 두 사람이 속으로는 서로에게 저주를 퍼부었으리라는 것을 안다면 말이다. 그들은 서로 다른 계급 출신으로 함순은 가장 밑바닥 출신이고 뭉크는 문화적 엘리트 출신임에도 불구하고, 두 사람은 같은 시기에 같은 도시에서 기존의 방식과의 급진적인 단절을 보여주는 유사한 방식의 작품으로 괄목할 만한 성과를 거두었고, 두 사람 모두 도스토옙스키에 경도되어 있었다. 그리고 두 사람 다 초기의 급진적인 미학을 버리고 다른 방향으로(뭉크는 보다 전통적인 관찰에 기반한 그림으로, 함순은 보다 전통적인 서사적 소설 세계로) 나아갔으며, 두 사람 모두 생명주의Vitalist 경향(뭉크의 경우 1911년에 그린 〈태양〉이, 함순의 경우 1917년에 쓴 《땅의 혜택》이 그 정점)을 받아 들였다. 뭉크가 경작지, 말, 일하는 농부들을 그린 그림들은 같은 시기 함순의 작품들과 크게 다르지 않은, 소속감에 대한 열망을 표현한다. 제2차 세계 대전은 큰 분수령이 되었고, 함순은 독일 편에 섰지만, 뭉크는 이와 거리를 두었고, 뭉크는 1944년에 세상을 떠난 반면, 함순은 1952년까지 살았으며 반역죄 재판을 앞둔 채 수감 중이었던 그림스타의 양로원에서 한 노인의 일상을 다룬, 그의 걸작 《풀이 무성한 길에서》를 썼다. 이 작품의 분위기는 에켈뤼의 방에서의 뭉크의 말기 자화상들의 분위기와 다름없었다. 바로, 꼿꼿한 정신으로 홀로 서 있는 혈혈단신의 노인이었다.

뭉크와 함순에 대해 읽는다는 것은 멀고도 오래된 이야기를 읽는 것이지만, 에밀과 유아킴의 할머니가 그해 봄 에켈뤼에서 뒷정리를 했다는 이야기를 듣자, 그것이 그렇게 오래전의 일은 아니라는 생각이 문득 들었다. 나의 부모님은 뭉크가 세상을 떠난 해에 태어났고, 아버지가 언젠가 함순을 본 적이 있다고 했던 이야기는 아마도 진실이 아닐 테지만, 실은 진실일 수도 있었다.

트리에르 형제의 할머니가 등록하는 데 일조를 했던 각종 그림, 판화, 소묘, 편지 및 서류가 현재의 뭉크 미술관 컬렉션을 이루고 있는 것이다.

• • •

오래된 목조 주택들과 정원들로 둘러싸인 빌라 스테네센은 1930년대 후반에 지어졌음에도 아주 오래된 과거에서 온 것처럼 보인다. 건축가 아네 코슈무Arne Korsmo가 설계했고 노르웨이 기능주의의 정점을 대표하는 이 빌라는 우리가 차로 언덕을 올라가는 동안, 파란색과 흰색으로 칠해진 콘크리트와 홈이 파인 유리창, 베란다, 계단, 기둥으로 이루어진 정사각형의 외벽을 드러낸 채 빛속에서 빛나고 있었다.

이곳에는 뭉크의 사진들이 있고, 그중 하나에서는 그가 연미복 차림으로 한 손에는 모자를, 다른 손에는 지팡이를 들고 거실에 똑바로 서 있으며, 조금 초점이 흐려서 얼굴의 세부 사항들은 불분명하지만, 고개를 약간 뒤로 당겨서 위에서 모든 것을 내려다 보는 듯이 머리를 유지하는 방식은 1880년대 크리스티아니아에서의 십대 시절에 처음으로 그렸던 그림을 포함해 그가 자신을 그린 초상화들에서도 드러난다.

또 다른 사진에서는 스테네센 자신이 뭉크의 바로 뒤에 서서, 초점이 제대로 맞춰진 뭉크에 비해 놀라울 정도로 젊어 보이는 모습으로 활짝 웃고 있다. 뭉크는 높은 이마, 조금쯤 움푹 들어간 눈, 숱이 적은 흰 머리, 그리고 입을 벌리고 있는 모습 등으로 아주 늙어 보인다. 이 역시, 에켈뤼의 식탁에 앉아 대구를 먹고 있는 자화상이나 눈 덮인 바깥 풍경을 바라보며 창문 앞에 암울한 표정으로 서 있는 자화상, 그리고 침실에서 바늘이 없는 시계와 침대 사이에 꼿꼿하게 서 있는 자화상 등의 작품에서 볼 수 있는 모습이다.

거실로 올라가서 사진 속에서 뭉크가 서 있던 자리에 서자, 너무나도 많은 시간대가 한꺼번에 모여들었다. 우리는 뭉크가 이곳에 살았을 때 자신의 유년 시절로부터 떨어져 있었던 시간만큼이나 1940년대와 멀리 떨어져 있었다. 당시 이 저택에서 찍은 사진들에도 일종의 시간적 단절이 있으며, 방들이 가진 직선적이고 차가우면서도 미니멀한 마감은 그곳에 걸려 있던 뭉크의 그림들 모두를 다른 세계나 다른 문화에서 온 것처럼 고풍스러워 보이게 만들었다. 그곳에는 〈생명의 춤Livets dans〉이 걸려 있었고, 〈튀링겐의 설경Snølandskap fra Thüringen〉, 〈오스고슈트란의 물놀이 장면Badescene fra Åsgårdstrand〉, 〈겨울밤Vinternatt〉 등 다른 많은 작품도 함께 걸려 있었다.

뭉크가 기거했던 방에 서 보는 것은 이번이 두 번째였다. 처음은 1863년 12월에 그가 태어난 방이었고, 지금은 그가 마지막으로 머물렀던 방 중의 하나였던 이 방이었다.

가난했던 19세기의 방과 엄청난 비용을 들인 20세기 최첨단의 현대적인 방 사이에 그의 삶과 그의 그림들이 놓여 있었다. 그리고 지금은 이 방에 한번 더 시간의 나사가 조여졌고, 그에 관한 영화를 제작하는 2017년을 살고 있는 사람들이 소유한 카메라, 조명, 음향 장비로 가득 차 있다.

유아킴은 중앙에 놓인 의자에 앉았고, 나는 다른 의자에 앉았으며, 영화 제작진 중 한 명이 클래퍼보드를 내리쳤다.

— 1890년대 뭉크의 그림 중 대다수는 세상으로부터의 차단이나 세상을 차단하는 것을 다룹니다. 마치 뭉크는 차단이라는 행위의 상징을 발전시킨 듯합니다. 고개를 숙이고 외면한 그 모든 얼굴들

로 말이죠. 그건 분명히 선생의 영화에서도 다루는 주제입니다. 특히 저는 누구보다도 〈오슬로, 8월 31일〉의 주인공을 떠올립니다. 다른 사람들을 받아들일 수 없거나 받아들이지 않으려는 인물이죠, 내가 말했다.

— 먼저 말씀드리고 싶은 건, 저를 뭉크와 비교하라고 하시는 것이 조금 쑥스럽다는 점입니다. 다만, 영감을 얻는다는 측면에서 이야기해 보겠습니다. 그리고 뭉크를 둘러싼 무의식적인 문화적 장의 일부로서요. 영화를 만들다 보면 한참이 지날 때까지 제가 무엇을 하고 있는지 제대로 모르는 경우가 종종 있습니다. 그때 깨달았습니다만, 제가 관심을 갖는 캐릭터들은 처음에는 이방인처럼 느껴지지 않습니다. 파티에 올 수도 있고, 가족의 일원도 될 수 있으며, 친해지거나 어떤 도시 혹은 어떤 곳이든 소속할 기회도 허용되지요. 그러나 그들은 다른 사람들과 가까워지지 못합니다. 그들은 다른 사람들 속에 어떻게 있어야 하는지를 몰라요. 하지만 그들은 다른 사람들 속에 **있어요**. 많은 전기 사료에서 이상화되는 '뭉크'는 다른 사람들 사이에 있고 **싫어하지** 않는 '뭉크'죠. 그러나 저는 그의 그림들에서 다른 사람들에게 받아들여지는 것에 대한 어마어마한 간절함을 봐요. 그리고 그 간절함은 제 영화들을 돌아볼 때 저에게도 있었다고 시인해야만 하겠습니다.

— 감독께서는 뭉크와 어떤 관계인가요?

— 저도 노르웨이에서 자라난 사람들이 형성하는 평범한 관계

에서 시작했습니다. 역설적인 인물이자, 일종의 거장이요, 중요한 국가적 인물이라는 이야기를 듣고 자랐죠. 동시에 그가 상징하는 모든 것은 우리가 일상에서 마주치는 노르웨이적 가치관과는 아주 거리가 멀었고 (노르웨이가 반드시 지적이고 예술적인 것을 배양하는 나라는 아니기 때문이죠), 우리가 일상 속에서 뭉크에 대해 좋아하는 모든 것, 그의 용기, 그의 남다름은 특이하고 배제된 것으로 여겼어요. 뭉크의 그림을 이해하기까지 오랜 시간이 걸렸습니다. 저는 사람들이 곧잘 비틀스에 대해 느끼는 것과 같이 뭉크를 느꼈어요. 우리가 어렸을 때는 그들의 음악이 이미 너무 상징화되어 있어서 제대로 들을 수가 없다는 것이죠. 다시 발견해야만 해요. 저는 뭉크를 그의 회화 작품이 아니라 목판화와 석판화를 통해서 재발견했어요. 저는 뭉크의 회화 작품들은 너무 강렬하고 화려하다고 봤습니다. 너무 과하다고 생각했던 것이죠. 감정적으로 솔직한 게 두려웠던 것 같아요. 또한 제가 젊었을 때 감상벽을 두려워했던 탓도 있습니다.

— 무엇이 두려웠던 건가요?

— 저는 무엇보다도 영화쟁이였습니다. 영화는 매우 모방적인데, 아마도 가장 모방적인 예술 형식일 것이고, 영화에서는 감정을 만들어내기가 너무 쉽습니다. 명백한 것을 선택해서 감정을 짜내는 일이 너무나도 쉽죠. 문학에서는 일종의 자동적 거리두기와 추상화가 존재합니다. 그것이 글이라는 점을 통해서요. 현실에 더 가

까운 글을 쓴다는 것은 동시에 고유의 문학적 공간에 더 가까운 글을 쓰는 것이죠. 영화에서는 물리적이고도 **구체적인** 공간을 만듭니다. 고통받는 사람이 있어요, 고전적 주제죠, 일종의 피해자죠, 불쌍하다고 느낍니다. 그러면 그 느낌을 최대한으로 짜냅니다. 쉬운 일이에요.

— 조작적인 측면을 말씀하시나요?

— 네, 조작입니다. 그래서 저는 항상 그런 특정한 시각으로 봐요. 동시에, 저는 진실로 느껴지면서도 아무도 말하지 않는 내밀한 것들을 이야기할 수 있기를 진심으로 바랐습니다. 우리가 예술을 창작하는 이유는 무언가가 결여되어 있기 때문이라고 생각합니다. 세상에 균열이 있고, 무언가가 거기에 없고, 무언가(거기에 없는 의미)는 채워져야만 해요. 그게 저를 무너뜨릴까봐 두렵습니다. 가식적으로 들릴 수도 있겠지만, 저는 그 점을 항상 걱정했던 것 같아요. 그러고 나서 뭉크를 보면, 그는 거대한 것들을 개인적이고 내밀한 언어로 당당히 말해 버립니다. 헤겔은 '보편적인 특수성'을 이야기합니다. 우리가 우리에게 그렇게도 특수한 것을 발견하게 되면, 그것은 실제로 우리를 초월해서 외부로 뻗어 나간다는 것이죠. 그게 바로 뭉크가 하는 일이라고 저는 느낍니다. 외로움, 타인에게 다가서는 능력의 부족, 남들이 춤추는 광경을 보고만 있는 것, 여름밤 숲에 서서 그들을 몰래 지켜보는 것 말이죠. 제게는 아름다우면서도 아주 감동적입니다. 그리고 '정신적 공간 관념'이 있어요. 그는

제가 경험하는 공간을 일어나고 있는 그대로, 거의 구체적으로, 기억 속의 공간이나 꿈 속의 공간으로 진짜 창조하는 것이죠. 그는 거기에 과감히 형태를 부여합니다. 꽤 유치한 방식인데요, 특히 1890년대의 《생의 프리즈》의 유명한 작품 중 몇몇은 정말 **뻔뻔하게도** '나는 여기에서 본질을 찾고 있다.'라고 고집하고 있거든요. 그런 모습을 목격하는 것이 크게 귀감이 됩니다.

— 뭉크의 기억 속의 공간에서 어떤 점이 흥미로운가요? 혹은 일반적인 의미에서의 기억은요? 선생의 영화들도 기억에 관한 것일까요?

— 저는 어린 시절의 가장 강력했던 경험 중에 '우리가 기억을 한다'고 자각을 했던 것이 있어요. 어린이집에서 세발자전거에 앉아서, 그 순간을 생각하면서 평생 그것을 기억하기로 결심했던 게 기억납니다. 아직도 그 순간을 기억해요. 그리고 우리가 우리의 기억들을 의식하게 되는 순간, 덧없음transitoriness과 정체성identity도 동시에 의식하게 되는 것 같아요. 네다섯 살 무렵 저는 시간이 흐른다는 것을 깨닫기 시작했습니다. 제가 경험한 것을 기억할 수 있었기 때문이죠. 만일 시간이 지나고 제가 변해 있다면, 그건 제가 사라질 수 있다는 것도 의미했습니다. 제가 시간의 끝에 도달할 수 있는 거죠. 인간은 영원한 존재가 아니니까요. 그때 죽음이 나타납니다. 즉각적으로 하나로 연결된 것처럼요. 말하자면 '만일 내가 존재할 수 있고, 내가 존재한다는 것을 기억할 수 있다면, 나는 존재

하지 않을 수도 있다'는 것이죠. 저는 그 점에 대해 굉장히 많이 생각하기 시작했어요. 그리고 그 이후로 저는 제 기억들에 사로잡혔습니다. 저는 과거를 엄청나게 낭만화해요. 과거는 제 통제하의 장소이기 때문이죠. 거기서는 죽을 수가 없어요. 살아 남았기 때문이죠. 저는 그곳에 있었고, 그 점을 기억합니다. 그리고 그 결과가 어땠는지도 알아요. 저는 무엇이 닥칠지 두렵고, 제가 모르는 것이 두렵고, 미래가 두려워요. 저는 현재에 존재하는 것에, 그 순간에 존재하는 것에 어려움을 겪습니다. 그러나 저는 회고하듯 현재를 다룹니다. 그리고 무언가를 만들 때 가끔 그걸 해 내죠. 영화를 촬영할 때는 제가 만들고 있는 것이 저를 떠나서도 존재할 것임을 알고 있어요. 시간이 관여된다는 점에서, 영화와 기억은 형식상 연결되어 있습니다. 멜랑콜리 역시 기억에 관해서이자 덧없음에 관해서입니다. 그것은 제게 신비로우며, 제가 가장 중요시하는 거예요. 기억들이란 정체성이고, 우리가 우리 자신이라고 생각하는 것이죠.

— 덧없음은 사실상 상실이고, 상실과 우리를 화해시키는 것은 기억입니다. 누군가가 죽으면 기억의 문제는 전혀 새로운 방식으로 심각해집니다. 그리고 불확실합니다. 선생의 최근 영화인 〈폭탄보다 더 크게〉가 바로 그 영역의 어딘가에서 펼쳐집니다. 한 어머니가 자살합니다. 남겨진 사람들에 대해 이야기하는 것인가요?

— 한 여성의 부재에 직면한 세 남자에게 관심이 있었습니다. 남편은 아이들과 아내 앞에서 전적으로 자격이 없다고 느끼고, 앞

으로 어떻게 해야 할지를 몰라요. 삼 년이 지난 후 다른 여성을 만났을 때는 이를 감당할 줄도, 무엇을 해야 할지도 모르죠. 한편, 장남은 아내와의 관계에서는 남자 구실을 못 하고, 아이와의 관계에서는 아버지 노릇을 못 하는데, 자신이 어쩌면 어머니를 제대로 몰랐을 것이라는 점을 인정할 수가 없어요. 그는 어머니의 사망 후 어머니로부터 거리를 둡니다. 그리고 아마도 가장 많이 이해했을 수도 있지만 알도록 허용받지 못했던 막내 동생은 모두에 의해 보호받았고, 사실상 가장 많이 알고 있었던 것 같아요. 어린 아이로서의 그는 더 취약하면서도 더 유연하고, 시간과 경험을 다른 방식으로 받아들입니다. 물론 이것은 우리가 이상화시킨 뒤, 그로부터 더 이상 나아갈 수 없는 것들에 관한 것이기도 합니다. 그리고 그것은 우리가 누군가를 잃었을 때 일어나죠. 너무나도 쉽게요. 뭉크가 어머니와 누나를 잃는 것을 묘사하는 방식은 종교적이면서 에로틱하기까지 합니다. 새로운 여성들에 대한 경험과 거의 직접적으로 연결되는 엄청난 갈망이라는 느낌이 전이되듯 다가옵니다. 그는 그것을 그림으로 옮깁니다. 처음에는 상실의 대상이었다가 욕망의 대상이 된 여성과의 관계와 그의 그림 속에 장치시켜 놓은 듯한 영원한 거부를 그리는 것이죠. 〈흡혈귀〉에서 그는 위로를 받고 있을까요, 아니면 죽임을 당하고 있을까요? 그는 따뜻한 무엇인가에 둘러싸여 있을까요, 아니면 자기 자신과 삶으로부터 제거되고 있을까요? 그녀는 선할까요, 악할까요? 뭉크의 작품 세계에서 여성은 엄청나게 복잡한 존재입니다. 그리고 제가 뭉크의 그림들에서 깊은 인상을 받았던 것은, 제 스스로가 여기에 사로잡혀 있는 탓이겠지만, 바로 그 점이었습니다. 관계들이 너무 가깝거나 너무 멀다는 점이죠. 그러고 나서, '트라우마'와 '숭고함'의 관계에 관심을 갖게 되었습니다.

— 무슨 의미인가요?

— 우리가 '숭고함'을 겉으로 드러나지만 명료하게 표현되거나 축약시킬 수 없는 것으로, '트라우마'를 우리 속에 고정된 것, 너무 복잡하기 때문에 우리가 결코 확실하게 기억할 수 없는 것으로 가정한다면요. 저는 뭉크와 관련해서도, 누나가 어떻게든 희미해져 가는 동안에, 뭉크가 슬픔을 담은 초상화들이며, 슬픔의 순간들이며, 누나를 향한 크나큰 사랑에 어떻게 머물러 있는지를 생각해 보았습니다. 그것은 그의 그림에서 거의 생생하게 드러나는데요, 누나는 붓질 속으로 사라져 갑니다. 그 붓질은 방향성을 잃은 채 퍼져나가기만 하죠. 그리고 또한 그가 사랑하는 사람들을 다루면서 얼마나 **철저하게** 임했는지를 볼 수 있어요. 지우고, 그 위에 다시 그리고, 그림 속에 **긴장감**으로 가득한 질감이 있습니다. 과정이 느껴져요. 그러나 그것을 말하려는 노력은 일종의 사투입니다. 기억하겠다는 노력이죠. 그것 자체로 트라우마가 있음을 이야기해 주는 거죠.

— 감독께서는 감상적인 것이 두려웠다고 하셨어요. 그것은 진

실한 것을 만들고 싶다는 것과도 관련되는 것 같은데요? 조작적이거나 도식적이지 않은 것 말입니다. 〈폭탄보다 더 크게〉에서는 가족 구성원 모두가 특정한 역할을 맡고 있는데, 다들 그 역할이 불편한 것 같고, 진심도 아니고 결단으로서도 아닌 채로 그 역할들을 들락날락합니다. 이는 오히려 자신에게 기대되는 역할을 할 수도 없고, 될 수도 없다는 것 같습니다. 어떤 의미에서 그들은 역할들 사이에 있어요. 그 위치가 저한테는 무언가를 만드는 행위를 떠올리게 하는데요, 이때도 역시 각자 역할과 어떻게 일이 처리되어야 하는지에 대한 기대를 부여받습니다. 제 생각은 간단합니다. 삶은 실제로 형식들 사이에서 일어난다는 것, 삶에 가까워지기 위해서는 우리가 예술이 제공해야만 하는 형식들 사이로 들어가야만 한다는 것이죠. 저는 그것이 뭉크의 문제들이었다고 꽤 확신합니다. 특히 뭉크가 누나의 죽음을 그렸을 때는 더더욱 그렇습니다. 즉, 사실주의라는 효과와 방법을 사용하지 않고 사실에 어떻게 다가갈 수 있을까 하는 것 말이죠.

— 영화를 만들 때 저에게 가장 중요한 것 중 하나는 제가 하고 싶은 바로 그것과 형식적으로 일치하는 언어를 찾아내려는 것입니다. 영상 언어로 정신적인 이미지를 만들어낼 가능성을 이용하는 것이죠. 영화에서는 생각을 어떻게 보여줄 수 있을까요? 아주 구체적인 예를 들죠. 우리가 〈폭탄보다 더 크게〉의 시나리오를 썼을 때는 평범하면서도 단순한 형식적 아이디어가 있었어요. 누군가가

누군가 다른 사람이 소설을 낭독하는 것을 듣고, 그것이 생각이 된다는 것이었습니다. 소년이 학교에서 한 소녀와 사랑에 빠졌다는 것과, 우리가 관객들에게 소년은 어머니에게 무슨 일이 일어났는지 제대로 몰랐다고 이야기할 거라는 것은 알고 있었어요. 그래서 단지 차갑고 기술적일 뿐인 바로 그 형식적 장치를 사용해서 실행시킴으로써 그 장치를 따뜻하게 만들 수가 있다고 생각했어요. 우리는 소설이나 다른 무언가에서 가져온, 인생의 마지막 순간을 겪고 있는 사람에 대한 문학적인 패스티시 하나를 썼고, 소녀가 그것을 읽는 것을 소년이 듣게 만들었죠. 소년이 그것을 생각하고, 인생의 마지막 순간이 어떤 것인지 생각하다가, 어머니가 돌아가실 때 어떤 생각을 했을까에 관해 곰곰히 생각하는데, 목소리가 바뀌죠. 그는 어머니가 어떻게 돌아가셨는지 생각하기 시작합니다. 그랬던 걸까? 아마도 그랬을 수도 있고, 그렇지 않았을 수도 있어요. 그는 모릅니다. 어머니는 그를 생각했을까요? 그런 다음 그가 어머니의 머릿속으로 들어가고, 우리는 해변에서 한때 아마도 어머니가 생각했을 것에 관한 연상들을 삽입하죠. 왜냐하면 그것이 우리가 기억하는, 모래가 피부에 닿고 바람이 불던, 그런 순간들이기 때문입니다. 우리가 숨바꼭질을 하던 그때 엄마는 나를 생각했을까? 하지만, 내가 거기서 숨바꼭질을 하고 있었으니까 엄마가 줄곧 나를 보고 있었던 게 확실해! 소년은 자신의 기억 속에서 어머니가 자신에 대해 무엇을 생각했는지에 대한 무언가를 발견하고, 우리가 그것을 알아내기 전에 어느새 다시 밖으로 나와서는 교실로 돌아와 있어요. 우리는 내면의 이미지, 기억과 생각들의 내면적 흐름을 만들려고 흔한 방식으로 제가 시도해 봤던 내적 여행길에 올랐던 겁니다. 그리고 그 흐름 속에서, 그 당시에는 미처 못 봤고 나중에야 알게 됐습니다만, 그가 사랑했던 소녀 멜라니와 죽은 어머니 사이의 오이디푸스적인 연결이 드러납니다. 그리고 그것은 물론 참이며, 실로 인간으로 존재한다는 것**이지요**. 그러나 그것은 계획할 수 있는 것이 아니고, 우연히 마주쳐야 하는 거죠. **그것**이 저한테는 신나고 흥미진진합니다. 그와 같은 몽타주를 만들기 위해 영화 언어를 사용하는 일 말이죠. 많은 사람들이 그것에 반대합니다. 영화적이지 않다는 것이죠. 영화는 상황에 형태를 부여하는 웅장한 이미지라고들 생각하는 거예요. 앙드레 바쟁André Bazin은, 훌륭한 영화 이론가인데요, 관객이 어디를 볼지 선택할 수 있어야 하며, 바로 여기에 영화의 휴머니즘이 있다고 말합니다. 관객에게 몽타주와 조작을 들이밀어서는 안 된다는 것입니다. 제게는 그러한 회의론이 감상벽에 대한 회의론과 마찬가지입니다. 둘 다 느끼고 생각할 수 있는 공간을 좁히죠. 많은 영화 감독들이 해석적이다, 또는 얽매여 있다, 조작적이다라고 일컫는 그 형식이 제가 실험해보고 싶은 형식이고, 만일 감정적으로 열려 있는 어딘가에 도달하는 데 사용하기만 한다면 괜찮다고 저는 생각합니다.

— 계획할 수 없는 순간에 대해 언급하셨습니다. 영화는 아주

많은 계획이 필요하고, 대본도 미리 쓰여지고, 장면들도 미리 준비됩니다. 숭고함도 언급하셨습니다. 저에게 숭고함이란 마음대로 만들어질 수도, 계산될 수도 없는 것입니다. 그 개념을 영화에서는 어떻게 접목시키십니까?

— 좋은 질문이면서도 거대한 질문이군요. 숭고함이란 무엇일까요? 저는 고전적인 의미에서의 숭고함은 단순히 질적 수준이 아니라 형식과 내용이라는 요소들이 기대를 뛰어넘어 그 자체보다 더 위대해지는 것으로 생각합니다. 무언가가 초월하는 그것이죠. 영화는 '그때 거기서'와 같은 현장감presence과 많은 관련이 있는데요, 현장감 속에 생각들과 관념들이 구체적이어서 눈에 보이고 명확하면서도 투명합니다만, 항상 파악될 수 있는 것은 아닙니다. 숭고한 순간은 독특한 형태, 독특한 표현을 발견한 순간입니다.

— 예를 하나 든다면요?

— 타르콥스키Tarkovsky의 영화 〈거울〉(1975)에 아주 유명한 장면이 있습니다. 어린 시절의 기억인데요, 우리는 작은 오두막 안에 있고, 첫 번째 이미지는 거의 그림 속 장면 같으면서도 모든 시간을 담아낸 듯한 기억처럼 느껴집니다. 오두막은 비어 있고, 감독의 시선으로 그것을 바라보면 누군가 이곳에 살았었군 하게 되죠. 누군가가 이곳에서 아이였고, 누군가가 이곳에서 나이가 들었고, 누군가가 이곳에서 세상을 떠났어요. 마치 우리가 시간의 밖에서 무언가를 보고 있는 듯합니다. 불현듯 카메라가 장면의 편집 없이 (전

체 장면이 단 한 번에 촬영되면서) 움직이기 시작하고, 방을 뛰어다니는 아이들이 보이지만 거울에 비친 모습을 통해서 보는 것이고, 거울이 텅 비자 밖에서 아이들의 목소리가 들려 오고, 아이들은 불이 났다고 외칩니다. 그러고 나면 외양간이 불타고 있는 광경이 보입니다. 동시에 비가 내리죠. 그리고 아무도 손을 쓸 수가 없어요. 그때 거기서이자 바로 이 순간이자 동시간대라는 이미지로, 지금 일어나고 있는 거예요. 장면의 편집이 없기 때문이고 (시간은 초당 스물네 개의 프레임으로 흐릅니다) 또한 우리가 영원한 방에서 순간적인 방으로 이동했기 때문이죠. 우리는 이 순간이 그들이 결코 잊지 못할 순간이라는 것을 깨달아요. 마치 세상이 무너지는 듯합니다. 물과 불이 공존하고 있는데, 이 두 원소는 원래 그래서는 안 되죠. 그리고 아무도 아무것도 할 수가 없어요. 세상이 스스로 기능한다는 것은 아이들이나 어머니 양쪽 모두에게 대단한 통찰력입니다. 그들은 그저 서서 기다릴 뿐이고, 아무도 공포에 빠지지 않으며, 벌어지고 있는 이 중대한 사건이 전개되는 것을 그저 관찰하고 있을 뿐이죠.

이 영화가 저에게 왜 그렇게 강한 감동을 주었는지 이해하기까지 영화를 여러 번 봐야 했어요. 그 장면에는 실제로 결합하는 것이 불가능했어야 할 아주 다양한 시간의 층위가 있고, 아주 다양한 상태들이 공존합니다. 그리고 극히 영화적이지요. 영화가 아닌 다른 예술 형식에서는 결코 나올 수가 없었죠.

• • •

몇 달 후 나는 유아킴과 에밀을 다시 만났고, 두 사람은 아침 일찍 오슬로의 그랜드 호텔 앞에서 나를 차에 태우고, 뭉크의 집과 그렇게도 많은 작품들의 배경이 된 풍경을 촬영하기 위해 오스고슈트란으로 갈 예정이었다. 물결 모양을 이루는 하늘을 머리에 이고 물가에 앉아 고민에 빠진 남자의 모습을 그린 〈멜랑콜리〉, 나무줄기들 사이로 해변과 바다가 보이는 숲속에서 관람객을 똑바로 바라보며 유혹하고 서 있는 여자의 모습을 그린 〈여름밤의 꿈(목소리)〉, 멀리 불이 켜진 집과 크고 어두운 나무가 있는 난간을 기대고 있는 소녀들의 모습을 그린 〈다리 위의 소녀들〉은 모두 알아볼 수 있고 식별이 가능한 현실의 일부를 보여주고 있으며, 이 현실은 바로 오스고슈트란에서 목격된다.

나는 열네 살 때 수학여행으로 너르홀름에 있는 크누트 함순의 집에 가본 것을 제외하고는 미술이나 문학 속 세계와 관련된 장소를 찾아본 적이 없었는데, 그것의 '순례'라는 측면이 나에게는 몹시 낯설었고, 사실상 꼴불견처럼 느껴졌다. 스톡홀름 곳곳에는 시와 소설의 인용 문구가 적힌 안내판들이 그 배경이었던 장소마다 설치되어 있는데, 나는 스톡홀름에서 살 때 그 안내판들이 극도로 거슬렸고 몹시 잘못된 것만 같았다. 비록 에이빈드 욘손Eyvind Johnson의 《크릴론》에서 베스테르브룬 다리를 묘사하는 글이 베스테르브룬

다리를 다룬 것이며, 아스트리드 린드그렌Astrid Lindgren의 《미오, 나의 미오》에서 텡네르룬덴을 묘사하는 글이 텡네르룬덴을 다루었다지만, (제아무리 사실적으로 묘사했다고 해도) 허구와 현실 그 자체라는 이들 둘은 서로 아무런 관련이 없기 때문이다. 그들은 서로 완전히 다른 별개의 차원에 존재했고, 서로 합쳐져서는 안 되며, 실제로 합쳐질 수도 없었다.

이것은 합리적인 주장이라기보다는 마음 속 감정이었을 뿐이기에, 예술적 출발점이 문학이 아니라 시각 예술에 있는 오스고슈트란에서는 어떤 식으로 전개될지 궁금하긴 했다.

그랜드 호텔과 칼 요한 거리 모두, 뭉크가 그림을 그렸던 모티프였다는 사실과, 당시의 호텔 외관과 거리 구조가 그대로 남아있다는 사실은 생각지도 못했다. 또는 뭉크와 그의 예술가 친구들이 입센의 단골이었던 그랜드 호텔에서 술을 마시곤 했다는 사실도, 젊은 날의 뭉크가 자신의 첫사랑 밀리 타울로브Milly Thaulow가 남편과 아이들을 데리고 산책하는 모습을 본 곳이 칼 요한 거리였다는 사실도, 또는 함순의 《굶주림》 속 이름 없는 주인공이 이곳에서 배회했다는 그 문제에 대해서도 미처 생각하지 못했다. 나에게는 오슬로에 대한 나만의 기억이 있었고, 이는 내가 읽었던 사건들이나 사람들에 대해 저장되어 있던 그 어떤 기억보다도 강한 빛으로 빛났으며, 그리고 그것은 당시 그 시절에 그곳에 있었던 에드바르 뭉크, 한스 예게르, 오다 크로그, 크리스티안 크로그, 시그비엔 옵스트펠데르, 오세 너레고르, 밀리 타울로브, 크누트 함순에게도 그랬을 것임이 틀림없고, 그들 역시 역사와 과거는 현재 속에 용해되어 있다고, 현재는 유동적이고 즉흥적이고 우연적이며 결코 완전히 미지의 것은 아니지만 그럼에도 절대 확립되지는 않는다고 느꼈음에 틀림없다. 함순은 '함순'이 아니라 함순일 뿐 어쩌면 그냥 크누트에 지나지 않았을 뿐인, 가능한 모든 일에 대해 신문 기사를 쓰는 단단한 껍데기를 덮어쓴 자신감 넘치고 호전적이며 제멋대로 구는 청년이었고, 뭉크는 '뭉크'가 아니라 뭉크일 뿐 어쩌면 에드바르에 지나지 않았을 뿐인, 가정과 가족에 대한 유대감에서 벗어나보려 하나 제대로 못하고, 예민하고 자기 몰입적이며 냉소적일 때가 많은 청년이었을 수도 있다. 두 사람 모두 위대함을, 위대해지는 것을 꿈꾸었지만, 둘 중 아무도 자신에게 그런 능력이 있는지 혹은 그 능력이 실제로 무엇을 의미하는지 몰랐다. 크누트는 글을 썼고, 에드바르는 그림을 그렸다. 세상에 그런 야망을 지닌 젊은이들은 얼마나 많은가? 두 사람 모두가 그것을 지니고 있었다는 것을 (위대함이 아니라 사실은 그 반대인 소소함만이 가득했거나 혹은 그 소소함을 탐구해보려는 의지로 충만했다는 점을, 함순의 사소한 길거리 싸움과 난리법석을, 뭉크의 혼자만의 기억들과 열등감을,) 그들의 주위 사람들이 이해했을 수도 있고 못했을 수도 있지만 어쨌거나 우리가 이제껏 이해하고 있는 것과는 아주 다른 방식이었을 것이다. 왜냐하면, 우리에게는 '뭉크'도 '함순'도 모두 확실시된 관념이자 일종의 상징이지만, 노르웨이의 가장 위대한 예술가이자 가장 위대한 작가였던 그들이었음에도 삶이 끝날 무렵까지 그들 자신이나 주변 사람들에게는 결코 그렇지 않았음에 틀림없는 것이다. 그들의 이름을 둘러싸고 생겨난 광신이나 그들이 연상시키는 분야 전체가 우리와 그들의 작품 사이에서와 그들과 그들의 삶 사이에서는 하나의 장막처럼 작용한다. 전기 작가들은 언제나 그들의 이름 주위에 모여있는 신화와 관념 덩어리 아래를 파헤치려고 글을 쓰며, 있었던 그대로의 삶과 시대로 뚫고 들어가려고 노력하는데, 이 덕분에 새로운 불균형이 드러날 때도 많다. 나는 뭉크, 함순, 어니스트 헤밍웨이, 악셀 산데무세, 앙나르 뮈클레 및 옌스 비에네보에에 대한 전기를 읽었다. 이들 모두 이름에 강력한 신화가 붙어 있고, 이들 모두 심각한 실패와 약점, 우매함과 불쾌한 성격 장애들로 가득 차 있다는 점에서 지나치게 소심한 사람들로 묘사되어 있었다. 그 책들을 읽고 나자 그런 인물이 그런 책을 쓸 수 있었거나 그런 그림을 그릴 수 있었다는 것을 도무지 이해할 수 없었다. 아마도 비에네보에가 최악이었던 것 같다. 그의 전기를 읽은 뒤, 그의 삼부작《야수성의 역사》(1966~73)를 꺼내 들었다. 몇 문장만 읽어도 내가 방금 읽은 그의 삶으로는 그가 이런 글을 쓸 **수 없었다**는 것은 명백했다. 책에 묘사된 '비에네보에'와 같은 인물이 그토록 예민하고 통찰력 있고 현명하며 현장감으로 가득 찬 글을 쓴다는 것은 불가능했다. 뮈클레와 헤밍웨이도 마찬가지였고, 산데무세와 함순은 한층 더 심했다. 왜일까? 나는 다른 사람에 대해 글을 쓴다는 것은 아무리 객관적이려고 노력해도 글을 쓰는 사람, 즉 전기 작가 자신이라는 테두리 안에서만 써진다고 생각한다. 그리고 인생은 언제나 약점, 어리석음, 사소함, 괴벽, 실수, 교만과 비겁함, 방종과 야망으로 가득 차 있고, 전기 작가는 언제나 대상 인물의 위에 서서 이 모두를 내려다보기 때문에 이는 불가피하다. 그러나 한 인간은 그저 밖에서 본 일개 인간이 아니요, 단지 다른 인간과의 만남의 합이 아니며, 한 인간은 그 무엇보다도 자기 스스로에게 한 인간이고, 바로 거기서부터 우리는 글을 쓰며, 바로 거기서부터 우리는 그림을 그린다.

비에네보에의 전기를 읽고 나면, 그가 어리석었다고 생각하기 쉽다. 비에네보에의 책을 읽고 나면, 그가 결코 어리석지 않았음을 깨닫는다. 뭉크의 경우도 마찬가지이다. 아마도 이렇게 말하면 좀 이상하게 들리겠지만, 나는 뭉크를 언제나 과소평가해 왔는데, 언제나 내 눈에는 뭉크가 조금은 어리석고, 조금은 순진하며, 자신은 물론 다른 사람도 잘 이해하지 못한 사람처럼 보였다. 그럼에도 그가 그림을 그렇게 잘 그릴 수 있었던 것은 무엇보다도 운의 문제였거나, 그림을 그린다는 것이 생각을 하는 것과는 아주 달라서 조금 어리석은 사람도 뭔가를 찾아낼 수 있어서라고 나는 생각해 왔다. 뭉크에 대한 이러한 이미지가 뚜렷한 생각으로 내 의식 속에 자리잡은 적은 거의 없지만, 그것은 그에 대해 내가 가졌던 일종의 막연한 느낌이었다. 나는 뭉크에 대한 수 프리도의 평전《절규 뒤에》를 읽고 나서야 나의 편견을 의식하게 되었다. 이 책에서의 뭉크는 전기 작가가 내려다 보는 인물로서가 아니라 눈높이에서 묘사되며, 우리와 같은 한 사람의 실존 인물로서, 상실의 경험이 그를 특징짓고 삶에 대한 그의 통찰력을 심화시켰던, 실존을 탐구했던 매우 지적인 인물로서 부각된다. 그가 천재였다고 말하려는 것은 아니다. 나는 천재가 무엇인지도 모를뿐더러 그런 게 사람들 사이에 있다고 정말로 믿지도 않지만, 다만 그의 그림들에서 발견된 통찰력은 결코 우연이 아니었으며, 그림을 그리는 그의 능력과도 (비록 그 능력이 그것을 표현될 수 있게 만들었더라도) 아무 상관이 없다고 생각한다. 상징적인 '뭉크'는 그의 그림에서 쉽사리 '인생'을 덜어 내며, 전기적인 '뭉크'는 '인생'에서 쉽사리 '그림'을 덜어 낸다.

• • •

오스고슈트란으로 향하던 날 아침은 영하 5도의 추운 날씨였고, 여전히 칠흑같이 어두운 하늘이 안개로 덮여 있었다. 내가 그랜드 호텔 밖에 서서 기다리고 있을 때, 출근길에 나선 사람들이 지나갔고, 건물들의 외벽 사이로 울려대는 그들의 발소리에 나는 오슬로가 어떤 곳일 수 있는지를, 그 거리 특유의 정적을, 사람들이 말도 없이 어떻게 지나가는지를, 그리고 그 정적의 느낌은 여러 무리의 사람들이 이야기를 나누며 지나갈 때조차도 발걸음 소리도, 말도 용해시키면서 어떻게 존재하는지를 떠올렸다.

검은 차 한 대가 보행자 전용 도로를 따라 내려오다가 멈추고 섰다. 에밀과 유아킴이었다. 나는 희미하게 윙윙거리는 따뜻한 차 안으로 들어갔고, 십오 년 전에는 알아채지 못했을, 그러나 지금은 노르웨이적이라고 보고, 생각하는 건물들을 지나 오슬로를 빠져나갔다. 가문비나무들, 언덕과 비탈, 목조 주택들, 노란 도로 표지판과 노란 경계선, 작은 보트 선착장이 스쳐 지나갔다. 자갈이 박힌 콘크리트로 만든 버스 정류소, 자동차 번호판의 작은 노르웨이 국기, 에밀과 유아킴의 말투와 용어는 내가 평소에 둘러싸여 있었던 스웨덴적인 것과는 사뭇 달랐다.

우리 고유의 문화가 우리를 감싸고 있고, 그 문화의 많은 것이 우리를 규정짓기 때문에 때로는 숨이 막히는 듯한 느낌이 들기도 하지만, 잠시 그 문화에서 떠나 있다 오면 그 감싸는 느낌도 좋고, 그것이 주는 긍정이 치유처럼도 느껴진다.

여명 속에서 남쪽을 향해 차를 타고 달려가면서, 나무 사이로 혹은 갑자기 펼쳐지곤 하던 들판 위로 자욱하던 안개 가운데 그런 생각을 하고 있었다. 그리고는 인생이 얼마나 이상한지를 생각했다. 그것이, 죽은 지 칠십 년이 넘은, 그리고 오래전 학교에서 배운 한 남자의 발자취를 따라 걷기 위해서 지금 나를 여기로, 바로 이 사람들과 바로 이 차로 이끌었던 것이다.

한 시간도 채 지나지 않아 우리는 간선도로를 벗어나 오스고슈트란 쪽으로 방향을 틀었다. 안개가 너무 짙어서 도시 전체를 볼 수가 없었고, 보이는 것이라고는 우리가 달리는 도로뿐이었다. 내가 피오르가 있을 것이라고 짐작했던 방향에는 잿빛 벽만이 있었다.

영화 제작진이 추위 속에서 주차장에 서서 우리를 기다리고 있었다. 그들 옆에 주차를 한 뒤, 유아킴과 나는 겉옷에 마이크를 부착한 채로 처음에는 카메라를 앞세웠다가 나중에는 뒤따르게 하며 길을 따라 내려갔다. 오래된 흰 목조 주택들과 작은 정원들이 있는 길들은 백 년 전에도 그랬을 것 같은 모습이었다. 내가 돌아서서 길을 올려다보자, 뭉크의 모티프 중 하나였던, 몇몇 아이들이 누워있던 길과 그림 밖을 직시하던 소녀가 떠올랐다. 여기에서 나온 것이 분명하다고 생각했다. 기묘한 느낌이었다. 어떤 것은 알아볼 수 있는 반면 어떤 것은 알아볼 수가 없었고, 알아볼 수 있는 부분도 너무 불분명해서, 기억하려고 하면 할수록 점점 더 멀어지는 꿈이 떠올랐다.

사람 하나 보이지 않았고 어디에나 아무런 움직임도 없었으며 꼼짝 않는 집들과 텅 빈 거리뿐이었다.

어느 정원에 회색이라는 점만 제외한다면 얼어붙은 용암처럼 뒤틀려서 꼭 화산처럼 보이는 바윗돌들이 놓여 있었다.

— 뭉크는 저런 바위들을 그렸습니다. 이번 전시 작품 중 하나가 바로 저 바위들을 그린 것이 거의 확실합니다, 내가 말했다.

— 가서 볼까요, 유아킴이 말했다.

막상 바위들 앞에 서자 확신을 할 수가 없어졌는데, 왜냐하면 내가 생각하고 있던 그림에서는 바다를 배경으로 한 언덕 위의 바위처럼 보였던 반면, 여기서는 그저 주택 단지 한가운데에 놓여 있었기 때문이었다. 동시에 틀림없이 그 바위들의 형태였고, 그림 속 바위들임에 분명했다.

그때 이후로, 오스고슈트란에서 그가 그렸던 그림 중 상당수에서 그렇게 생긴 바위들을 보았고, 그가 그림을 그리기 위해 결코 멀리 가지 않았다는 것을 깨달았다. 바위들은 그의 집에서 오십 미터 정도 떨어진 곳에 있었고, 그는 이곳 그림의 대부분을 같은 도로변에서 그렸다. 해변 그림 중 대다수는 집 바로 아래 해변에서, 그리고 정원 그림 중 대다수는 자신의 정원에서 그렸다. 그저 국지적이었던 것이 아니라 지극히 국지적이었다.

나는 그의 모티프 세계가 얼마나 작고 좁은지를 보고 아주 흐뭇했다. 저 바위들은 우리가 올라가서 놀던 바위처럼 어렸을 때의 기억에 남은 무언가였을 수도 있지만, 아침에 빵을 사러 가면서 지나쳤던, 거의 눈에 띄지도 않은 무언가였을 수도 있다. 작품들 속에서는 바위들이 바닷가에서나 하늘 아래에서 세계 속의 한 장소로서 매우 특별한 의미를 지니고 있었으며, 여느 화가가 골고다 언덕이거나 혹은 다른 중요한 의미의 장소를 그렸을 때처럼 실존적인 의미로 채워져 있었다. 그러나 골고다 언덕 자체는 그저 하나의 평범한 언덕일 뿐이며, 그것에 중요성을 부여한 것은 우리들이었다. 뭉크는 모든 모티프에 동일한 관심과 비중을 부여함으로써 세상에서 인간으로 존재한다는 것은 어디에서나 동일하며, 그 중요성은 우리 자신 안에 있음을 보여주었다. 그러므로 정원의 빨랫줄에 걸려 있는 빨래가 성경이나 신화 속의 모티프만큼이나 실존적인 무게를 지닐 수 있는 것이다. 또는 노르웨이의 자그마한 해변 휴양지에 있는 어느 정원에 놓인 특이한 모양의 바위들도 마찬가지이다.

우리는 촬영팀을 앞세운 채 계속 걸어갔다.

— 저곳이 뭉크의 집이군요, 유아킴이 맞은편 거리에 있는 작은 황토색 집을 향해 고개를 끄덕이며 말했다. 벽에는 〈뭉크의 집〉이라고 적힌 흰색 안내판이 붙어 있었다.

— 정말 작군요, 내가 말했다.

— 거의 여름 별장 같지요? 정원으로 내려가서 볼까요, 유아킴이 말했다.

집 뒤의 정원은 좁고 길었고, 해변을 향해 꽤 가파르게 경사져 있었다.

— 루드비그 카슈텐Ludvig Kasten과의 싸움을 그린 그림은 대략 여기서 그렸을 것이 분명해요. 카슈텐은 여기에 누워 있고, 뭉크는 여기에 서 있고, 집은 저 뒤에 있죠, 그가 말했다.

— 맞아요. 그런데 그림 속에서는 집이 훨씬 더 커 보였어요, 내가 말했다.

우리는 다시 집 앞까지 걸어갔고, 그곳에서 한 여성이 우리를 기다리며 서 있었다. 그녀는 집 안의 모든 것이 뭉크가 세상을 떠났을 때와 같은데, 그때처럼 지저분하지는 않다고 말했다. 우리는 고개를 숙여서 안으로 들어갔다. 놀라울 정도로 작은 방에 하얀 겨울 햇살이 부드럽게 내려앉았다. 창문 아래로 책상 하나, 벽쪽으로 침대 하나, 구석으로 그릇장 하나가 놓여 있었다. 그리고 안쪽에 작은 부엌과 침대가 놓인 작은 침실 하나가 더 딸려 있을 뿐, 그게 전부였다. 우리는 잠시 물건들을 둘러보면서 그 안을 돌아다녔다. 뭉크의 겨울 외투가 옷걸이에 걸려 있었고, 정장 재킷과 조끼가 다른 옷걸이에 걸려 있었으며, 구석의 그릇장에는 약병들과 테레빈유 병, 튜브에 든 물감들과 오래 쓴 팔레트 하나가 들어있었다. 아래에는 검은색의 정장 구두 한 켤레가 있었는데 기껏해야 270mm 정도의 치수였다.

— 그래요, 그렇군요. 그러니까 여기가 그가 살았던 곳이군요, 내가 말했다.

— 저 아래에 그의 작업실이 있었어요. 철거되었지만 예전과 비슷하게 재건되었습니다, 여성이 말했다.

나는 뭉크가 침대에 누워 있는 모습을, 창가에 서 있는 모습을, 옆방에서 친구들과 앉아서 술을 마시는 모습을, 아주 빈번했을 것이 분명한, 술에 취한 여름밤들 중 하나를 떠올려보려 했다. 툴라 라센Tulla Larsen과의 싸움에서는 권총을 휘두르다가 실수로 그만 자신의 손가락에 총을 쏘고 말았다.

그러나 내가 볼 수 있었던 것이라고는 '지금 여기'의 이 방뿐이어서 박물관 같고 꾸며진 듯했는데, 왜냐하면 그 고유함이 이곳에서 살았던 삶이 아니라 시간이 멈춰버렸음에 있었기 때문이었다. 촬영팀은 돌아다니면서 촬영을 했고, 유아킴은 서서 주위를 둘러보고 있었다.

— 사실 저는 예술에 대한 전기적 접근 방식을 별로 좋아하지는 않아요, 그가 말했다.

— 나도 그래요, 내가 말했다.

— 하지만 여기 이렇게 와 있네요.

— 뭉크의 집을요. 그리고 나는 뭉크의 외투를 만져봤구요!

— 〈멜랑콜리〉의 해변이 저 아래인 것 같아요. 논쟁의 여지가 조금 있지만요, 조금 더 아래쪽에 있는 해변에서 그림을 그렸을 수도 있거든요, 에밀이 말했다.

— 그리로 내려갈까요, 우리가 〈멜랑콜리〉 바위를 찾아낼 수 있는지 보자구요, 유아킴이 말했다.

몇 분이 지나 우리는 해변에서, 다른 바위들보다 더 큰 바위 옆에 서서, 이것이 〈멜랑콜리〉 바위인지 아닌지에 대해 의견을 나누었다.

— 만일 그 바위가 여기에 있었다면 숲은 여기에 있었을 겁니다. 제가 기억할 수 있는 한에서는요, 유아킴이 내륙 쪽을 가리키며

말했다.

— 그러나 저 밖의 부두는 맞는 것 같아요. 그리고 해안선이 맞아요. 그 이후로 숲을 베어 버렸을 수도 있지 않을까요, 내가 말했다.

— 그럼 앉아 보세요, 어디 봅시다!

나는 턱을 한 손으로 괴고 바위에 앉았지만 웃음을 참을 수가 없었다.

— 그건 멜랑콜리가 아닌데요, 유아킴이 말했다.

— 압니다. 하지만 많은 사람들이 지켜보는 가운데 멜랑콜리해진다는 게 쉬운 게 아네요. 직접 해보시죠, 내가 말했다.

유아킴은 턱을 한 손으로 괴고 앉아 멍한 표정을 지었다. 해변은 그의 뒤로 구부러져 돌출된 부두에서 끝났지만 훨씬 더 짧았고 그림에 있는 깊이감이 전혀 없었다.

— 여기는 아니군요. 다음 장소로 가 봅시다! 내가 말했다.

숲을 지나 다음 만에 다다르자, 그 나무줄기들 사이의 그 해변과 그 바다가 보였다. 뭉크의 그림 중 상당수에서 보았던 곳들은 이곳으로부터의 풍경이었다. 그리고 우리가 해변에 내려가자, 구부러진 해안선이 〈멜랑콜리〉의 해변과 비슷하다는 것을 알 수 있었다.

무척 기묘했다. 이 경험은 마치 어린 시절의 추억의 장소를 방문했을 때 모든 것이 얼마나 충격적일 정도로 작아 보이는지와 흡사했다. 나는 이삼 년 전 아이들을 데리고 서부 노르웨이에 있는 외갓집에 차를 몰고 갔을 때를 떠올렸다. 길은 내가 기억하는 것보다 훨씬 더 좁았고, 거리는 더 짧았으며, 내 기억 속에서는 세상의 한가운데였던 곳이 실제로는 세상의 변방이었다. 그리고 내 기억 속에서는 거실 두 개가 모두 광활하고 물건으로 가득하고 온갖 일들이 일어나고 있었지만, 실제로는 작고 초라했던 것이다.

그러나 그것은, 그림 속에서는 '숲' 자체이던 이 숲이 너무 작고, 그림 속에서는 거의 신화적이던 이 해변이 너무 평범했기 때문만이 아니라, 숲도 해변도 놀라울 정도로 구체적이어서 내 마음 속의 이미지들을 거부하는 듯했기 때문이기도 했다.

'현재'가 이렇게도 강력한 이유는 이것만이 유일하게 존재하는 것이며, 다른 모두는 우리가 가진 관념일 뿐 그 자체로는 형태도, 모양도, 무게도 없기 때문이다. 내가 외갓집의 거실에 서자, '현재'는 이십 년이 넘는 동안의 수백 개의 기억이 있었음에도, 그 모든 기억들을 일격에 무너뜨렸다.

그러나 형태도 없고, 모양도 없고, 무게도 없는 것, 즉 우리의 생각들, 감정들, 관념들, 아이디어들, 기억들, 그리고 이미지들이 언제나 '지금'이라는 현실의 존재 속으로 녹아 없어진다고 믿는 것은 큰 오해일 것이다. 반대로 우리는, 현실이란 우리가 어떻게 보는지를 배운 그것이며, 우리가 미리 가지고 있는 이미지 속에 나타나서 그것을 확증하는 것이라고 주장할 수도 있다. 물론 이 역시 그렇게 단순하지는 않지만, 세계 자체와 세계에 대한 우리의 이미지 사이의 유동적인 영역이 회화가 탐구하는 바이며, 탐구야말로 그 핵심 활동이다. 우리가 뭉크를 여전히 기억한다는 것과 그의 작품이 우리 문화 속에 여전히 살아있다는 것은, 그가 그와 동시대를 살았던 대다수 화가들보다 그 영역을 더 깊이 파고 들었기 때문이다.

그러나 그의 작품은 어떤 방식으로 여전히 살아 있다는 것인가? 실제 그림들은 실제 장소에 있으며, 그 대부분이 미술관에 있고, 이는 그 그림 속에 담긴 모티프들이 구체적인 장소에 있는 것과 유사하다. 그러나 예술은 구체성의 영역이 아니라, 우리의 관념 세계, 즉 우리들 한 사람 한 사람의 마음 속에서 그 존재를 영위한다.

• • •

크리스마스를 몇 주 앞두고, 가끔씩 들어가보는 스웨덴의 한 경매 사이트에서 뭉크의 그림 한 점이 올라온 것을 보았다. 1904년작으로 한 여성의 초상화였는데, 뭉크가 자신의 기나긴 평생에 걸쳐 제작한 수천 점의 판화 중 한 점이었다. 그 작품 이전에는 뭉크의 그림을 실제로 살 수 있다는 생각을 해본 적이 없었다. 2012년에 〈절규〉의 회화 작품 하나가 팔렸을 때 일억 이천만 달러를 훌쩍 뛰어넘었던 것이다. 그러나 판화는 아주 많고, 회화 작품과 같은 의미에서의 원본이 아니기 때문에 경제적으로 감당할 만한 수준이었고, 이 작품은 육칠 년 된 폴크스바겐 골프 한 대 정도의 가격이었다.

나는 화면의 이미지를 확대했다. 그 초상화는 매우 단순했고, 단 하나의 선만으로 그린 것 같았으며 아름다웠다. 속으로 젠장, 입찰해야겠군, 싶었다. 그런 다음 나는 생각했다. 정신 차려, 뭉크를 벽에다 건다구? 어떤 사람들이 뭉크를 소유한담? 부르주아 계급에 속한 나이 많은 노인들이나, 그림을 상속받았거나, 신분 과시로 그걸 사들인 부자들이겠지. 그렇지만 어떤 종류의 신분이 부여되었다는 거지? 어쨌거나, 내가 동일시하고 싶은 부류라고는 없었다.

나는 여러 모로 스무 살 때와 똑같은 방식으로 세상을 경험했는데, 마치 정체성은 삶보다 훨씬 더 느리게 변하는 듯해서 유조선처럼 천천히 나아갔고, 내가 그 유조선이었던 반면, 유조선 주위를 사방으로 에워싼 소형 쾌속정들과 소형 유람선들은 이 유조선과 관련된 사건들이었다. 스무 살에는, 부르주아적인 삶은 최악의 것이었고, 상상할 수 있는 모든 방법으로 거부해야만 하는 것이었다. 결코 표현된 적도 없고, 막연하게라도 생각도 못 했던 이상적인 삶은 순회공연 중인 밴드 생활에 가깝거나, 내가 그러리라라고 상상했던 그 생활에 가까운 삶이었다. 그것은 밤새 술을 마셔대고 음악과 끊임 없는 여자들에, 급진적이고 대안적이면서도 불타오르는 정치적 신념이 어우러진 쾌락주의였다. 그것은 유치했지만, 내가 밝혔듯이, 스무 살짜리의 인생관이었다. 그리고 그것은 여전히 내 안에 남아 있었고, 내가 인생에서 어디까지 왔는지, 내가 무엇을 했는지, 왜 했는지, 내 행동이 어떤 가치를 표방하는지 생각해 본 적이 없다는 의미에서 일반적으로 억압되어 있었지만, 가끔 밴드와의 인터뷰를 읽거나 그런 류의 존재가 묘사된 소설을 접한다면, 나는 어쩌면 술을 마시고 타락한 채, 스톡홀름, 코펜하겐, 베를린, 런던 등 그저 어떤 도시로든 여행을 떠나서 진창 술을 마셔대고 싶다는 거칠고 길들여지 않은 욕구를 느낄 수도 있었다. 글도 조금 쓸 수는 있겠지만, 주로 그냥 막 사는 것이었다. 페리를 타고 폴란드로 가서 유럽을 자동차로 일주하며 끊임없이 새로운 도시의 싸구려 호텔에 묵으면서 술을 마시고, 마시고, 또 마시는 것이었다.

이상한 것은 내가 정말 그런 식으로 사는 사람인 것처럼 느꼈다는 점이다. 내 인생의 절대적으로 모든 것이 정반대를 나타내는데 말이다. 나는 건물 세 채로 이루어진 집에다, 내가 머물고 가꾸기를 즐기는 정원이 있고, 이웃집과 그 집의 정원까지 사들여서, 한 해의 절반인 여름 동안 여가의 대부분을 그 모두를 유지하는 데 보낸다. 나에게는 아이가 넷 있고, 나는 아이들을 올바르게 키우려고 노력하고, 욕설을 용납하지 않으며, 지저분하거나 무질서한 것을 못 견딘다. 집에는 장난감과 학용품, 인형과 태블릿 피시가 가득하고, 차로 아이들을 등하교시킬 때면 스피커에서는 아이들이 듣는 끔찍한 대중 음악 소리가 끊임없이 흘러나온다. 나는 집을 깔끔하게 정리하고, 아이들이 학교에 갈 때 제대로 옷을 차려입고, 숙제를 하고, 어른들에게 예의 바르게 행동하는 것을 중요하게 생각한다. 내가 모든 면에서 실패했다는 것은 전혀 별개의 문제이다. 그러나 이들 중 그 어느 것도 내 정체성에는 아무런 흔적조차 남기지 않았고, 그 안에서 나는 여전히 작가가 되고 싶었던, 어떤 식으로든 인생의 대안으로 간주될 수 있는 것만 받아들였던, 스무 살짜리 남자였다.

내가 내집 벽에 뭉크의 그림을 건다는 것은 결코 있을 수 없는 일이었다.

하지만, 그 그림은 너무나 아름다웠다.

게다가 그림은 생생했고, 백 년이 훨씬 지난 후에도 그녀의 시선은 여전히 살아 있었다.

이 그림을 산다는 것은, 사실 누가 뭐래도 신경도 쓰지 않는다는 것이 아닌가?

맞다. 그건 나를 까짓것 아무것도 신경 쓰지 않는 사람으로 만들어 줄 것이었다.

만족스러웠다.

• • •

이틀 후, 나는 마감 십 분 전에 경매에 응찰했다. 단 하나의 다른 입찰이 등록되어 있었고, 입찰가는 낮았다. 가끔씩은 이런 사이트에서 월척을 낚을 수도 있다는 것을, 가끔씩은 멋진 그림들이 거의 완벽히 눈에 띄지 않는 일도 있어서 호가보다 낮은 가격에 그냥 낙찰받을 수도 있다는 것을, 나는 알고 있었다.

몇 분이 흘렀고, 나보다 높은 입찰가가 나왔다.

그러니까 그 그림을 역시 원하는 어떤 작자가 그 어딘가에 있었던 것이다.

나는 다시 입찰가를 올렸다.

다른 입찰자는 나만큼은 그 그림을 꼭 사고 싶지 않을 수도 있고, 나의 새로운 입찰이 그렇게 재빨리 나온 것이 무모함을 뜻해서, 적어도 내 생각이지만, 그 혹은 그녀가 겁을 먹고 줄행랑을 칠 수도 있었다.

그러나, 내 예상은 빗나갔다. 새 입찰이 즉시 들어왔다.

나는 그 작자에게 희망을 주기 위해서 잠시 기다림으로써, 그 작자가 그 자리에 앉아서 성공했다는 기쁨과 그림을 얻었다는 기쁨으로 가득 차오르게 만든 다음, 마감 시간 단 몇 분을 남겨두고 새로 입찰에 응했다.

하!

불과 몇 초 만에 그 작자가 입찰가를 올렸다. 동시에 마감 시간은 연장되었다. 이미 그림의 가격은 내가 낼 수 있다고 생각했던 금액보다 더 높았지만, 이제는 더이상 돈이 문제가 아니라, 이겨야 했고, 다른 입찰자가 누구든 박살을 내야만 했다.

그리고 마침내, 다시 한번 입찰가가 오간 이후, 잠잠해졌다.

그 그림은 내 것이 되었다.

그 후로 며칠 동안 때때로, 그 돈을 쓸 수 있었을 다른 모든 일들을 떠올렸다. 아이들이 오래오래 기억할 멋진 휴가도 있었고, 집수리도 있었다. 아이들은 이제 다 컸지만 아직 자기들만의 방이 없었고 곧 방을 필요로 할 터였다. 대신 아이들에게는 벽에 걸 작은 그림 한 점이 생겼다. 가을에 사과와 배로 주스를 만들 수 있는 과일 착즙기도 떠올랐다. 오래전부터 생각했지만 고작 일 년에 한 번 사용될 뿐일 물건에 너무 많은 돈을 쓰는 불필요한 지출 같아서 장만하지 않았던 것이다. 그리고 더군다나, 착즙기 장만은 훨씬 더 부르주아스러운 일이었다.

동시에 나는 하루에도 몇 번씩 경매 사이트에 접속해서 그 그림을 보았다. 나는 뭉크의 그림들과 관련해서 일 년 내내 일해 왔고, 그의 화집들을 수없이 훑어봤으며, 그의 그래픽 작품 선집을 아주 잘 알고 있었다. 많은 사람들, 특히 예술가들은 뭉크를 화가이기보다 뛰어난 그래픽 아티스트로 평가하며, 그의 가장 큰 재능이 거기에 있다고 여겼다. 뭉크는 몇 안되는 수단으로 하나의 모티프를 포착할 수 있었던 동시에 그것을 거의 잔인하다시피 혹은 거칠다시피 강화시키곤 했다. 이 그림은 그런 그림이 아니라 오히려 섬세했고, 선 몇 개만으로 여성의 머리와 시선이 그려졌고, 그 결과 그녀의 존재감은 놀랍도록 생생했다.

그녀가 누구인지 설명이 없으니 아마도 모델이었을 것 같다. 그림 제목은 〈여성의 두상Kvinnehode〉이었다. 1904년이라고 쓰여 있고, 당시 뭉크는 이미 상징주의에서 벗어나 자신의 예술 안에서 살았던 기나긴 시기로 접어들고 있었고, 그의 그림들은 그가 피난처로 삼은 그 장소에 대한 하나의 길고 긴 서사가 되었으며, 그 속에는 짧은 메모와 메시지부터 서사시적인 작품까지 상상할 수 있는 모든 형태가 다 담겨 있었다.

이는 그를 고독한 예술가로 신화화하는 것이다. 노르웨이에서 뭉크만큼 신화화된 예술가는 거의 없다. 그는 생전에 고난을 겪은 그의 인생과 그의 작업을 하나로 묶음으로써 스스로 이를 행했으며, 그 관념은, 그에 대해 글을 쓰는 모든 미술사학자들이 이는 신화라고, 그는 전혀 고독하지 않았고 오히려 유럽 전역의 사람들과 교류했다고, 또한 그가 자신의 예술 이력을 섬세하고 치밀하게 구축하고 관리했던 사업가였으며, 〈절규〉나 〈흡혈귀〉와 같은 그림에서 표현을 찾은 것은 그의 천재성이 아니라 시대 정신이었으며, 그는 그것을 표현한 많은 사람 중 한 명에 불과하다고 강조함에도 불구하고 여전히 유효하다.

물론, 그 모두가 진실이다.

화가들에게는 그들과 관련된 신화나 관념이 쉽게 만들어지는 면이 있는데, 그것은 아마도 그들의 창작물에는 언어language가 없고, 그들이 만들어내는 공간들에는 개념들concepts이 없으며, 언제나 수수께끼 같은 이 공간들은 설명되어야만 하기 때문일 것이다. 1960년대 이후 인문학의 경향은, 전적으로 작품의 내적 일관성만을 추구했던 구조주의로부터, 탈구조주의와 포스트모더니즘, 페미니즘과 탈식민주의에 이르기까지, 대부분 비개인적이고 탈중심적인 경향을 보여왔지만, 반백 년 넘게 미학적, 사회적, 정치적 맥락에서 예술을 이론화해왔음에도 불구하고 '위대한 예술가'는 공적 영역에서 여전히 지배적인 위치를 차지하고 있는 존재이며, 이는 역사적으로는 근현대의 신화적 존재들인 마네, 모네, 세잔, 피카소, 폴록과 함께 뭉크까지도 대형 미술관에서 끊임없이 새로운 구성으로 전시되어 꾸준히 재활용됨으로써 이루어졌고, 또한 동시대에는 호크니, 키퍼, 리히터를 비롯한 몇몇 작가들 사이를 오가며 붙여지는 '세계에서 가장 위대한 생존 예술가'라는 수식어를 통해서 이루어진다.

이것은 우리의 현실이 너무 상업화되어 있기 때문에 발생하는 것만은 아니며, 귀중한 것들을 모아 가시화시킬 '장소'를 만듦으로써 이들을 영웅시하려는 충동은 인간의 본성에 내재되어 있다고 나는 생각한다. 호메로스가 그런 장소이고, 아리스토텔레스와 프락시텔레스가 그런 장소들이며, 물론 남성에게만 국한되는 것은 아니어서, 버지니아 울프, 한나 아렌트, 시몬 드 보부아르 역시 그런 장소들이며, 이들은 중요한 것이 집중되어서 가시화되고 연관지어질 수 있는 장소들이다. 모든 예술가가 그 수준에 도달하기를 원하지만(아니라고 하는 사람들은 자기 자신이나 우리를 속이고 있다), 뭉크가 했듯, 그 수준에 도달하게 된다면, 한쪽만 바뀌는 것이며, 밖을 향한, 즉 타인을 향한 쪽만 바뀌고, 안을 향한, 즉 예술을 향한 쪽은 그대로 유지된다.

어쩌면 '그림 이전의 그림'은 더 커졌다. 이는 무언가가 과연 무엇인지, 혹은 무엇이어야 하는지에 대해, 특히 무엇이 효과적이었던가에 대한 선행 관념들이 더 많아졌고, 따라서 한바탕 전쟁을 치러야만 한다는 관점에서이지만, 그 실천 수단 자체는 변하지 않았다. 오롯이 캔버스와 붓과 색상뿐이다.

노년의 뭉크가 존경스러운 점은, 작업을 하는 가운데 자신의 위대함에 대한 모든 관념들을 무너뜨리는 데 성공했고, 이전에 성공했던 공식을 깨고 매 그림마다, '바로 이 나무야, 바로 이 숲이야, 바로 이 색상이야' 하고 처음처럼 새롭게 시작했다는 점이다. 그의 마지막 작품 중 하나는 1942년에 그린 〈벽을 칠하는 도장공Maler ved husveggen〉으로, 사다리 위에 서서 집 외벽을 칠하는 남성의 모습을 그린 작품이다. 이 그림은 뭉크의 내면과는 아무 관련이 없이, 그가 있는 장소, 그가 그림을 그리는 곳에서 일시적으로 일어나는 일상의 한 장면이다. 뭉크는 특별히 잘 그리지 않고 재빨리 대충 그린다. 도장공의 몸은 두세 번의 붓질에 지나지 않으며, 배경은 풀과 덤불을 나타내는 녹색과 꽃을 나타내는 노란색과 적갈색 모양을 그저 다소 급하게 대강 칠한 것이다. 배경에는 빨간색 헛간이 있고, 이 헛간은 그림에 깊이를 더하고 상상할 수 있을 가장 단순한 방법으로 관람자를 끌어들인다.

그의 가장 유명한 그림인 〈절규〉를 장악한, 왜곡된 채로 공포에 질린 얼굴이나 분위기로부터 이 그림보다 더 크게 벗어날 수는 없다. 〈절규〉가 표현하고 있는 것에도, 또한 〈절규〉가 고흐의 밀밭이나 피카소의 〈게르니카〉와 어깨를 나란히 하는 최고 경지의 작품이라는 것에도 의심의 여지가 없다. 그러나 어느 화창한 날, 정원에서 사다리에 올라가 벽을 칠하는 도장공이라니 말이다. 인상파 화가들은 이처럼 순간을 온전히 포착해서 익숙한 순간과 일상적인 순간을 결합하고, 우리의 가장 내밀한 것을 일상적 순간의 너머에 있는 것이자 어느 여름날 우리가 문득 느낄 수 있는 것, 말하자면 우리를 신경쓰지도 않을뿐더러 아무것도 신경쓰지 않고 그저 존재할 뿐이며 항상 존재하는, 즉 '영존하는' 세상 속에서 결합해서 이와 같은 모티프들을 고양시킨다. 그러나 흰색과 베이지색의 붓질 두세 번으로 이루어진 몸으로 사다리 위에 서 있는 뭉크의 도장공에게 영원함은 없으며, 그를 둘러싼 정원이나 가까스로 희미하게 보이는 하늘에도 영원함은 없다. 내면의 의미도, 외부 세계에서 추출한 의미도 없이 그저 무심하게 묘사된 일상의 한 장면으로, 사방이 무의미하게 다가올 뿐이다.

이것이 예술가로서의 육십사 년간의 경험이 그를 데려온 장소일까?

어떤 의미에서는 그렇다. 뭉크는 사다리에 올라선 남자를 사진처럼 사실적이고 해부학적으로 정확하게 그릴 방법을 무척 잘 알고 있었고 (파리에서의 젊은 시절에 인체를 연구하며 그가 그린 그림은 기술적으로 완벽하다), 어느 여름날 정원에 있는 한 남자를 인상주의적으로 그릴 방법도 무척 잘 알고 있었으며, 사다리에 올라선 남자를 '뭉크답게' 그릴 방법도 응당 알고 있었다. 그가 그러지 않기로 했을 때는 그 기법들 중 어느 것도 자신이 원하는 것을 성취하는 데 도움이 되지 않았기 때문이었다. 오히려 그에게 방해가 되었을 것이다.

그렇다면 그는 무엇을 추구했을까?

그다지 대단할 것은 없었다. 그것은 위대한 예술을 창조하는 것도 아니었고, 걸작을 그리는 것도 아니었으며, 그저 이 미미한 장면의 본질을 포착하는 것이었다. 도장공의 본질은 붓을 들어 올린 손에서 끝나는 신체의 수직 호이고, 사다리의 본질은 약간 불안정한 수평 계단들이고, 꽃과 풀의 본질은 노랗고 푸른 색상이다. 뭉크는 그곳에 서 있는 도장공을 바라보는 것이 행복했음에 틀림없고, 그를 그리는 것이 행복했음에 틀림없다. 왜냐하면, 이 그림이 표현하는 것은 바로 그 장면에서 펼쳐지고 있는 기쁨이기 때문이다. 어쩌면 그는 언젠가 어린 시절에 즐겁게 그렸던, 배경에 빨간 건물이 자리했던 또 다른 정원을 기억했던 것은 아닐까?

비뚜름하게 설치된 작은 사다리, 머리 위로 한껏 뻗은 남자의 팔, 이와 같이 이 그림에는 약간 유머러스한 요소도 있지만, 또한 동시에 이 작업에 대한 존경심도 있다. 이는 뭉크가 이 모티프를 미화시키지 않고도 그저 주목할 만한 한 점의 그림으로서의 가치가 있다고 판단한 것만으로도 느껴진다. 이 그림을 그렸을 때 뭉크는 일흔여덟이었고, 의심할 여지없이 노르웨이 최고의 예술가이자 많은 이들에게 '진정한 예술가The Artist'의 상징으로 여겨졌다는 사실을 알고서도 이 그림을 스스로의 작품 활동에 대한 역설적인 평가로 보지 않기는 어렵다. 사다리 위의 남자는 집을 칠하고 있고, 뭉크는 그림을 칠하고 있다. 여기에 대체 무슨 차이가 있느냐는 것이다.

뭉크는 그 무렵 자신의 가장 유명한 작품 중 하나인 〈시계와 침대 사이〉라는 제목의 자화상을 그렸고, 이 작품은 다른 자화상들과는 달리, 자신을 평범한 인간으로서 평범하게 묘사한다. 그는 시곗바늘이 없는 시계와 침대 사이에서, 일부 뭉크 자신의 그림도 있는, 그림으로 가득한 벽을 뒤로하고 서 있다. 그의 손은 순종적인 자세와 자기 중심적 자세의 경계에 있는 중립적인 태도로 옆으로 내려져 있고, '있는 그대로의 내가 여기에 있다'라고 말하고 있다. 그의 표정 역시 중립적이어서 감정도, 내면의 드라마도 전달하지 않는다. 그리고 그의 작품에서나, 세상에서의 그의 위치에서 중심을 차지했던 시선은 보이지 않고, 눈은 거의 그림자로 가려져 있다. 마치 그가 우리 앞에 자신을 놓아 둔 듯하고, 마치 더도 말고 덜도 말고, 이것이 전부이며 이것이 바로 나라고 말하는 듯하다.

아, 이는 그가 열아홉 살에 그렸던 그다지도 거만했던 자화상과는 얼마나 다른가! 그러나 다리에 담요를 덮고 의자에 앉아 거의 성난 몸짓으로 우리를 향해 고개를 돌리는, 하나의 동일한 동작으로 자신을 드러내는 동시에 자신을 숨기고 있어서 매우 독특한, 또 다른 후기 자화상과도 다르다. 시계와 침대 사이의 남자는 자신을 숨기지 않는다, 그저 그곳에 꼿꼿이 서 있을 뿐이다.

또는 그보다 몇 년 앞서 에켈뤼에서 그린, 한 손에 붓을 들고 태양을 응시하는 위대한 화가로서의 자화상이나, 자신의 고통을 성화처럼 표현한 작품인 〈지옥의 자화상Selvportrett i helvete〉은 말할 것도 없다. 그러나 이 작품은 어떤가? 정장에 셔츠 차림으로 침실에 꼿꼿이 서 있는 노인은, 가까이 다가와 있음이 명백한 죽음에 응답이라도 하듯 서 있다. 그는 마치 이렇게 말하는 것만 같다. '아마도 대수롭지는 않았소. 그래도 무엇인가 있었단 말이요! 그리고 당신들은 나에 대해 모르는 게 정말 많구려.'

도장공을 그린 그림은 자화상은 아니지만, 세상 가운데에 서서 집을 칠하고 있는 인부와 역시 세상 가운데 서서 그를 그리고 있는 뭉크와의 차이점을 통해 뭉크 자신에게 그림을 그리는 것이 과연 무엇이었나에 관한 성찰을 유도한다. 도장공도, 뭉크도, 세상 가운데 서 있지만, 같은 방식으로 그 속에 있는 것은 아니다. 왜냐하면 뭉크가 캔버스에 입히는 색상은, 도장공이 벽에 입히는 색처럼 세계 속에서 물질로서 존재하지만, 이와 더불어 새로운 세계까지 창조하기 때문이다. 그 세계가 우리가 그림을 볼 때 목격하는 세계이다. 두 세계의 연결은 다소 불분명할 수 있지만, 뭉크는 결코 그것을 놓아주지 않으며, 이는 자신의 가장 엉뚱한 실험작 속에서도 지켜진다. 그리고 이 그림에서는 마치 그 '연결'이 주제인 듯, 도장공은 집을 칠하고, 뭉크는 그림을 칠한다는, 있는 그대로의 세계와 그것을 그림으로 옮겨놓는다는 장면을 나란히 배치해서 이들 세계의 유사성을 보여준다. 시계와 침대 사이의 자화상과는 달리 이 그림은 삶의 기쁨과 유머로 가득하며, 멜랑콜리가 희미하게 깔려 있다. 비록 이 그림 자체는 소소하고 언급할 가치가 거의 없다 해도(이 그림은 전시된 적이 없다), 뭉크의 명료하고도 강력한 주제인 일하는 사람들, 자연 속의 사람들을 다루는 작품군에 속하며, 이들 작품들은 조화롭고 아름답다. 대개의 경우 사람들은 팔을 크게 뻗어서 열매를 따고, 목재를 들어 올리고, 나뭇가지를 잡고, 집 벽을 칠하지만, 그들의 얼굴은 전혀 보이지 않으며, 그들의 정체성이나 그들이 누구인지가 아니라 그들이 존재한다는 것, 자연의 일부로서 자연과 일체화된다는 것이 중요하다.

이 그림들은 멜랑콜리할 수밖에 없는데, 왜냐하면 이들이 항상 멀리서 보여지기 때문이고, 또한 이들을 바라보고 있는 사람은 거기에 있지 않으며, 그는 그가 알고 있는, 삶을 기념하는 유일한 방법, 즉 삶을 외면함으로써 그림을 그리는 행위 자체에 빠져있는 것 말고는 그 일체화의 일부가 될 수 없기 때문이다.

* * *

크리스마스를 며칠 앞두고, 나는 내가 산 그림을 찾아오기 위해서 말뫼로 차를 몰고 갔다. 경매 회사 사무실은 시내 중심가에 자리잡고 있을 거라고 생각했지만, 휴대전화기의 위치 안내 앱은 철로를 따라 창고와 작업장을 지나 건물 밖에 넓게 자갈이 깔려 있는 병영 같은 건물로 나를 안내했다. 내 차례가 되자 직원이 창고에서 그림을 꺼내서 건네주었다. 뭉크가 만든 그 무언가를 처음으로 소유하게 된 순간이었다. 그가 1904년 베를린에서 판화로 찍어, 연필로 서명했던 작품을, 나는 백십이 년이 지나 말뫼 외곽의 한 공단 지역에서 내 손에 움켜쥐고 있었다.

나는 이 그림을 차 뒷좌석에 놓고 창문을 통한 빛이 내 뒤의 그림자를 밝히는 가운데 시동을 걸고 크리스마스를 앞둔 차들로 가득한 도로를 따라 집으로 향했다.

단순한 그림이었지만 아름다웠고, 그 존재감이 너무 강해서 벽에 걸려 있는 다른 그림들을 완전히 가리지 않을 만한 위치를 찾느라 오랜 시간이 걸렸다.

세상에서는 매일매일 수천 개의 사람 얼굴이 그려진다. 아이들도 항상 그리고 있지만, 미술 전공 학생, 아마추어 예술가, 그리고 전업 예술가들도 있다. 모두 하나같이 이마, 눈, 코, 입, 턱, 뺨, 귀, 머리카락을 그린다. 그리고 그 일은 어렵지 않고, 약간의 연습만으로도 종이에 얼굴 하나가 뚝딱 생겨난다.

그렇다면, 무엇이 이 그림을 특별하게 만들었을까?

그건 바로 그렇기 때문이다.

정보의 양은 최소한으로 줄어들었지만, 얼굴의 존재감은 감소되지 않았고, 오히려 마치 이제야 그 존재감이 펼쳐질 여지가 생긴 듯했다.

그리고 그것이 곧 이 작품의 핵심이 아닐까? 존재감? 한 인간이라는 존재감, 풍경 하나라는 존재감, 방 하나라는 존재감, 사과 한 알의 존재감과 더불어, 바로 그 사람과 그 풍경과 그 방과 그 사과를 부각시키는 바로 그 회화나 소묘의 존재감.

그림들은 그 자체로 말과 개념과 생각을 초월하며, 세상이 원하는 대로 '세상'의 '존재감'을 환기시킨다. 이는 또한 이 책에서 사유되고 쓰여진 모든 것은 당신의 시선이 작품과 만나는 순간 그 효력을 상실하고 만다는 것 또한 의미한다.

주석

1 Gilles Deleuze, *Francis Bacon: The Logic of Sensation*, translated by Daniel W. Smith, London, 2003.
본서는 《감각의 논리(하태환 옮김, 민음사)》를 참조하였습니다.

2 MM.PN.858, Munch Museum, eMunch.no. Translation © Francesca M. Nichols.

3 MM.T.2734, Munch Museum, eMunch.no. Translation © Francesca M. Nichols.

4 Stian Grøgaard, *Edvard Munch: Et utsatt liv*, Oslo 2013, pp.48-9

5 Edvard Munch, *Livsfrisens tilblivelse*, Oslo c. 1928, MM. UT.13, Munch Museum, eMunch.no. Translation © Francesca M. Nichols.

6 Gilles Deleuze, 〈Literature and Life〉, Translated by Daniel W. Smith and Michael A. Greco, in *Critical Inquiry* Vol. 23, No.2, 1997, University of Chicago Press.
본서는 〈문학과 삶(권순모 옮김, 필로버스)〉을 참조하였습니다.

7 Poul Erik Tøjner, *Munch: Med Egne Ord*, Oslo 2003, p.43. 영어번역: *Munch: In His Own Words*, translated by Jennifer Lloyd and Ian Lukins, London 2003.

8 Ibid. pp.24~6.

9 MM.N.46, Munch Museum, eMunch.no. Translation © Francesca M. Nichols.

10 Ulrich Bischoff, *Edvard Munch: Image of LIfe and Death*, Cologne 2016, p.63.

11 Edvard Munch, *Livsfrisens tilblivelse*

12 Rolf Stenersen, *Edvard Munch: Close-up of a Genius*, translated and edited by Reidar Dittmann, Oslo 1994, p.142.

그림 설명

따로 소장처를 밝히지 않은 그림은 뭉크 미술관의 소장품입니다.

사진: © 뭉크 미술관(Munchmuseet)

17 〈양배추밭Kålåker〉, 1915. 캔버스에 유화, 67 × 90 cm

285 〈눈 속의 앙상한 나무둥치Knudrete trestamme i snø〉, 1923.
캔버스에 유화, 95 × 100 cm

287 〈붉은 집이 있는 정원Hage med rødt hus〉, 1882.
종이에 유화, 23 × 30.5 cm. 개인 소장

289 〈느릅나무 숲의 봄Vår i almeskogen〉, 1923~25.
캔버스에 유화, 154 × 165.5 cm

291 〈헬겔란스모엔의 시골 병원Sykestuen på Helgelandsmoen〉, 1884.
종이에 유화, 67 × 58.5 cm

293 〈검은 옷을 입은 잉에르 뭉크Inger Munch i svart〉, 1884.
캔버스에 유화, 97 × 67 cm. 노르웨이 국립 미술관

295 〈튀링겐의 설경Snølandskap fra Thüringen〉, 1906.
캔버스에 유화, 84 × 109 cm

297 〈별들 아래Under stjernene〉, 1900~05. 캔버스에 유화, 90 × 120 cm

299 〈해변의 겨울밤Vinternatt ved kysten〉, 1910~13.
캔버스에 유화, 92 × 112 cm

301 〈폭풍Stormen: 오른쪽 중간 부분〉, 1926~27.
캔버스에 유화, 205 × 61 cm

303 〈정원의 사과나무Epletre i hagen〉, 1932~42.
캔버스에 유화, 100.5 × 77.5 cm

305 〈숲속의 남자 누드Mannsakt i skogen〉, 1919.
캔버스에 유화, 160 × 110 cm

307 〈고리버들 의자 옆의 모델Modell ved kurvstolen〉, 1919~21.
캔버스에 유화, 120 × 100 cm

309 〈벽을 칠하는 도장공Maler ved husveggen〉, 1942.
캔버스에 유화, 90 × 68 cm

편집 후기

'뭉크'를 보지 않고도 뭉크를 볼 수 있을까, 뭉크가 처음 선보였을 때 그 모습 그대로 뭉크를 볼 수 있을까, 무슨 생각을 해야 할지 모른 채로 뭉크의 그림들을 본다는 것이 여전히 가능할까, 크나우스고르가 던지는 질문들입니다.

비단 노르웨이에서 나고 자란 크나우스고르에게만이 아닌 누구에게나 뭉크는 '절규의 화가'라는 문턱을 넘기 힘든 예술가가 아닐까 합니다. 그런 경우가 '뭉크'만으로 국한될까요. 한 줄로 정리된 관념이 그 아래에 있는 심연을 덮고 있을 때가 얼마나 많습니까.

2017년 짧은 오슬로 여행길에 올랐던 적이 있습니다.

첫 일정이었던 뭉크 미술관에서는 때마침 기획전《숲 속으로》가 열리고 있었습니다. 당시에는 크나우스고르라는 작가도, 바로 그가 기획한 전시라는 것도 (들었을 테지만 듣고도) 미처 몰랐습니다. 이튿날 본 노르웨이 국립 미술관의 뭉크 전시실이 우리가 아는 '달'이었다면, 뭉크 미술관의《숲 속으로》는 '달의 이면'처럼 낯선 작품들로 가득했습니다.

한참이 지난 2022년 처음으로 크나우스고르의 소설을 읽기 시작했던 무렵, 뉴욕의 한 서점에서 우연히 이 책의 영어본을 발견했습니다. 책을 읽다보니 기억 속에 '달의 이면'으로 남은 2017년 전시를 이야기하고 있었습니다. 이 책의 출간을 앞두고 있는 오늘은 마침 2024년 서울에서 대규모 뭉크 전시를 앞두고 있는 시점입니다. 과연 이번에는 뭉크가 하얀 캔버스를 앞에 두고, 붓을 들었을 때의 그 시선을 염두에 두고 이 그림들을 바라볼 수 있을까요.

크나우스고르는 독일, 영국, 스웨덴, 노르웨이의 현역 작가들과 영화 감독 및 미술 사학자를 초대해 함께 뭉크를 읽습니다. 이들의 목소리에 귀를 기울이면서, 《나는 이래서 쓴다》의 한 구절이 떠오릅니다. "나는 우리의 자아가 실은 '이질적이고 낯선 것'과 '타자'로 이루어진 것이 아닌가 하고 가끔씩 생각하곤 합니다. 왜냐하면 우리가 생각을 행하는 언어 자체가 우리의 소유물이 아니며, 우리 밖에서 왔고, 우리가 태어나기 전에도 존재했고, 우리가 죽고 나서도 여전히 존재할 것이기 때문이며, 또한 우리가 언어를 통해서 사고하는 범주며 개념이나 세계관 역시 우리의 소유물이 아니기 때문입니다. 이 모두가 외부에서 옵니다."

'거의 존재하지 않는 것에 대한 기나긴 묘사를, 길고도 공허한 묘사를 좋아한다'는 작가는 자신이 읽어가는 뭉크를 (백여 점의 작품을 망라하는 대규모 전시와 함께) 한 권의 책으로 묘사했습니다. 그는 또한, "이 책에서 사유되고 쓰여진 모든 것은 당신의 시선이 작품과 만나는 순간 그 효력을 상실하고 만다는 것 또한 의미한다."라며 겸허하게 책을 마무리합니다. 그러나 과연 그럴 수 있을까 싶기도 합니다.

《루스 아사와》, 《나는 이래서 쓴다》, 《웨스턴레인》에 이어 《뭉크를 읽는다: 그렇게도 작은 공간에 그렇게나 많은 간절함이》라는 뜻깊은 작품으로 독자 여러분을 다시 찾아뵙게 되어 무척 기쁩니다. 특히 이번 프로젝트는 노르웨이 국제문학협회의 경제적 지원과 주한 노르웨이 대사관의 관심과 격려 속에 추진되었습니다. 이 자리를 빌어 안네 카리 한센 오빈 주한 노르웨이 대사님께 특별히 감사드립니다. 또한 주한 노르웨이 대사관의 이규형 자문관께도 깊이 감사드립니다.

앞으로도 저희 비트윈은 언어와 문화 및 시대와 세대 사이에 존재하는 간극에 관심을 둔 의미있는 프로젝트로 꾸준히 독자 여러분을 찾아뵙겠습니다. 감사합니다.

뭉크를 읽는다
칼 오베 크나우스고르 지음
이유진 옮김

초판인쇄 2024년 4월 26일
초판발행 2024년 5월 3일

펴낸이 이주동
편집 이영숙 이헌영 사이연구소
기획 사이연구소
북 디자인 윤지혜

펴낸곳 비트윈
인쇄 제책 퍼스트경일
출판등록 2020년 8월 22일
주소 서울 특별시 양천구 신정로 7길 60-7, 404-1502
대표전화 02.2060.2805
전자우편 betweenbooks.99@gmail.com
블로그 https://blog.naver.com/betweenlab
인스타그램 https://www.instagram.com/betweenlabs

ISBN 979-11-975032-3-8
책값은 뒤표지에 있습니다.